BIANCA

AF274434

MELANIE MILBURNE

DIAMANTES EN ROMA

HARLEQUIN

Cualquier forma de reproducción, distribución, comunicación pública o transformación de esta obra solo puede ser realizada con la autorización de sus titulares, salvo excepción prevista por la ley.
Diríjase a CEDRO si necesita reproducir algún fragmento de esta obra.
www.conlicencia.com - Tels.: 91 702 19 70 / 93 272 04 47

Editado por Harlequin Ibérica.
Una división de HarperCollins Ibérica, S.A.
Avenida de Burgos, 8B - Planta 18
28036 Madrid
www.harlequiniberica.com

I.S.B.N.: 978-84-1074-476-9
Depósito legal: M-6757-2025
Impreso en España por: BLACK PRINT
Fecha impresión para Argentina: 17.12.25
Distribuidor exclusivo para España: LOGISTA
Distribuidores para Argentina: Interior, DGP, S.A. Alvarado 2118.
Cap. Fed./Buenos Aires y Gran Buenos Aires, VACCARO HNOS.

MIXTO
Papel
FSC FSC® C159065

Capítulo 1

CUANDO descubrió la verdad, Emilio estaba sentado a la mesa de un café, en Roma, cerca de su oficina. Se le encogió el corazón al leer el artículo sobre dos gemelas separadas desde su nacimiento debido a un proceso ilegal de adopción. El artículo era periodismo de alta calidad: un fascinante y conmovedor relato del fortuito encuentro de las gemelas debido a que la dependienta de una tienda de Sídney confundiera a una de ellas.

Emilio se recostó en el respaldo del asiento y contempló a los transeúntes: turistas y trabajadores, jóvenes y mayores, casados y solteros... Todo el mundo preocupado con sus cosas, completamente ignorantes de la angustia que le consumía.

No era Gisele la que aparecía en la película porno.

Tenía la garganta seca. ¿Por qué se había mostrado tan intransigente, tan obstinado? No había creído a Gisele al declarar su inocencia. Se había negado a escucharla. Gisele le había rogado y suplicado que la creyera, pero él se había negado a hacerlo.

Gisele había llorado y gritado, y él se había dado la vuelta y la había abandonado. Había cortado toda comunicación con ella. Y había jurado no volver a hablar con ella ni a verla en la vida.

Y se había equivocado por completo.

Su empresa casi se había venido abajo a causa del escándalo, y había tenido que trabajar muy duro para estar donde estaba ahora: dieciocho horas al día, veinticuatro algunas veces, y viajes constantemente. Había ido de proyecto en proyecto como un autómata, había pagado sus deudas y, por fin, había empezado a ganar millones y a disfrutar de un éxito sin límites.

Y todo el tiempo había culpado a Gisele.

El sentimiento de culpa se le agarró al estómago. Siempre se había enorgullecido de no cometer errores de juicio. Buscaba la perfección en todo. El fracaso era anatema para él.

Y, sin embargo, se había equivocado por completo con Gisele.

Emilio clavó los ojos en el móvil. Todavía tenía el teléfono de ella en la lista de contactos; lo había conservado para recordarse a sí mismo no bajar nunca la guardia, no fiarse nunca de nadie. Nunca se había considerado un sentimental, pero los dedos le temblaron al rozar en la pantalla el nombre de ella.

De repente, le pareció que llamarle para pedirle disculpas por teléfono no era apropiado. Tenía que decírselo cara a cara. Era lo menos que podía hacer.

En vez de a Gisele, llamó a su secretaria.

—Carla, cancela todas las citas de la semana que viene y consígueme un billete de avión para Sídney lo antes posible –dijo Emilio–. Tengo que ir allí por un asunto urgente.

Gisele estaba enseñándole a una madre primeriza el faldón de bautismo que ella misma había bordado cuando Emilio Andreoni entró en la tienda. Al verle, tan alto, tan fuera de lugar entre ropa de niño, el corazón le dio un vuelco.

Había imaginado ese momento, por si a él se le ocurría ir a disculparse si llegaba a enterarse de la existencia de su hermana gemela. Se había imaginado reivindicada por fin. Había imaginado que, al mirarle, no sentiría nada, a excepción de un amargo odio y desprecio por su crueldad e imperdonable falta de confianza en ella.

Sin embargo, lo único que sintió fué dolor. Un dolor casi físico al ver a ese hombre cara a cara, al encontrarse con esos ojos negros fijos en los suyos.

Después de romper con él, había visto la foto de Emilio en los periódicos, y aunque no había podido evitar emocionarse, no había sido nada parecido a lo que sentía en ese momento.

Emilio conservaba el color oliva de su piel, la misma nariz recta, la misma penetrante mirada de sus ojos oscuros y la dureza de una mandíbula que no parecía haber visto una cuchilla de afeitar en las últimas treinta y seis horas. El pelo, negro y ondulado, lo llevaba algo más largo que la última vez que lo había visto, ensortijado al rozar el cuello de la camisa, y parecía peinado con los dedos. Y grandes ojeras añadían a la impresión que daba de no haber dormido.

–Perdone –dijo Gisele a la joven madre–, ahora mismo vuelvo con usted.

Gisele se acercó a él.

–¿Qué se te ofrece? –le preguntó con fría voz.

Los ojos de Emilio capturaron los suyos.

–Me parece que sabes a qué he venido, Gisele –respondió Emilio con esa voz profunda que ella tanto había echado de menos.

Gisele tuvo que hacer un gran esfuerzo por controlar las emociones. No era el momento de que Emilio viera lo mucho que todavía le afectaba, aunque solo fuera físicamente. Tenía que ser fuerte, demostrarle que no le había destrozado la vida. Demostrarle que había salido adelante, que sabía valerse por sí misma y que había salido adelante. Tenía que demostrarle que él ya no significaba nada para ella.

–Sí, claro –respondió Gisele con voz fría.

–¿Podríamos hablar en privado? –preguntó él.

Gisele enderezó la espalda.

–Como puedes ver, estoy atendiendo a una clienta –con un gesto con la mano, señaló a la mujer que la esperaba.

–¿Podrías almorzar conmigo? –le preguntó Emilio, aún con los ojos fijos en los suyos.

Gisele se preguntó si Emilio no estaría buscando imperfecciones en su rostro. ¿Había notado la falta de lustre en la cremosa piel de antaño? ¿Se había fijado en las ojeras que el maquillaje no lograba disimular? Emilio siempre había buscado la perfección; no solo en el trabajo, sino en todas las facetas de la vida.

–Soy la propietaria de este establecimiento y

también lo dirijo, no me tomo tiempo libre para almorzar –contestó ella con cierto orgullo.

Gisele le vio pasear la mirada por la boutique de ropa de niño, el negocio que ella había comprado unas semanas después de su separación, justo unos días antes de la fecha en la que debería haberse celebrado su boda. Y era ese negocio lo que la había sacado a flote, aminorando el sufrimiento de los dos últimos años.

Algunos amigos bienintencionados y también su madre, nada más enterarse de que Lily no iba a sobrevivir, le habían sugerido que vendiera la tienda. Sin embargo, allí rodeada de ropa de bebé, se sentía allí más cerca de Lily, su preciosa y frágil hija fallecida a las pocas horas de nacer.

Emilio la miró a los ojos.

–Entonces... ¿cenamos juntos?

Con irritación, Gisele vio a la joven madre salir de la tienda; sin duda, molesta por la presencia de Emilio.

–No puedo cenar contigo, tengo otro compromiso –respondió ella.

–¿Tienes relaciones con algún hombre? –preguntó él, taladrándola con los ojos.

–Eso no es asunto tuyo –contestó Gisele alzando la barbilla.

Emilio suspiró.

–Soy consciente de que esto no es fácil para ti, Giesele. Para mí, tampoco lo es.

–¿Quieres decir que nunca se te pasó por la cabeza que acabarías viniendo a verme para pedirme disculpas por haberte equivocado? –preguntó ella con cinismo.

La expresión de Emilio se tornó fría, distante.

–No me enorgullezco de mi comportamiento, de haber roto nuestra relación –declaró él–. Pero tú, en mi lugar, habrías hecho lo mismo.

–Te equivocas, Emilio –le contradijo Gisele–. Habría tratado de encontrar otra explicación al porqué de la cinta.

–¡Por el amor de Dios, Gisele! ¿Acaso crees que no busqué otras explicaciones? Fuiste tú quien me dijo que eras hija única. Tú tampoco sabías que tenías una hermana gemela. ¿Cómo iba yo a imaginar algo por el estilo? Vi la cinta de vídeo y te vi a ti. Vi el mismo pelo rubio, los mismos ojos azul grisáceo, e incluso los mismos gestos. Es natural que creyera lo que estaba viendo.

–Tenías otra opción: podías haber creído en mí, a pesar de la evidencia. Pero no lo hiciste porque no me querías, lo único que querías era una esposa perfecta agarrada a tu brazo. Esa maldita cinta me manchaba, así que yo ya no te servía. Aunque se hubiera descubierto la verdad en dos horas, en lugar de en dos años, habría dado lo mismo. Tu negocio tenía prioridad, era lo más importante para ti.

–He dejado mi trabajo para venir a verte aquí –contraatacó él con el ceño fruncido.

–Pues ya me has visto, así que puedes ir a tu avión privado y volver a casa –contestó ella con gesto altanero antes de girar sobre sus talones.

–Maldita sea, Gisele –Emilio le agarró un brazo, deteniéndola.

Gisele sintió los fuertes dedos de Emilio obligándola a darse la vuelta. El contacto le quemó la piel. El corazón le dio un vuelco al sentirse presa de la mirada de él. No quería perderse en esos ojos, no quería volver a hacerlo, una vez bastaba. Enamorarse de un hombre incapaz de amar y de confiar en nadie había sido su perdición.

No quería sentirle tan cerca otra vez.

Percibía su olor: una mezcla de almizcle y loción para después del afeitado. Podía ver su negra barba incipiente y quiso acariciarla. No logró evitar fijarse en los contornos de aquella hermosa boca, una boca que la dejó sin sentido la primera vez que la besó...

Gisele salió de su ensimismamiento bruscamente. La misma boca que la había maldecido. La misma boca que le había dicho cosas imperdonables. No, no iba a ponerle las cosas fáciles. Emilio le había destrozado la vida, el futuro. Las acusaciones de él le habían herido mortalmente.

Pero por fin, a su regreso a Sídney, la esperanza había despertado en ella al enterarse de que estaba embarazada de dos meses. No obstante, sus esperanzas se habían visto truncadas tras el segundo ultrasonido. Había llegado a preguntarse si no sería un castigo por no haberle dicho a Emilio que estaba embarazada.

–¿Por qué lo pones más difícil de lo que es? –preguntó Emilio.

Gisele necesitaba protegerse de él y la ira que tenía dentro le ofrecía esa protección.

–¿Crees que puedes aparecer sin más, disculparte y esperar que te perdone? –preguntó ella–. No te perdonaré nunca, Emilio. ¿Me has oído? ¡Nunca!

–No espero que me perdones –contestó él–. Lo que sí espero de ti es que actúes como una persona adulta y me escuches.

–Me comportaré como una persona adulta cuando tú dejes de intentar controlarme como a una niña con una rabieta –respondió ella con ira en la mirada–. Y suéltame el brazo.

Emilio aflojó los dedos, pero no la soltó. A ella le dio un vuelco el corazón cuando Emilio le puso la yema del dedo pulgar en el reverso de la muñeca. Automáticamente, se humedeció los labios. A él no se le escapó el gesto, y se le dilataron las pupilas. Ella conocía muy bien esa expresión, que desató en su cuerpo una reacción visceral, concentrada en ese lugar secreto entre las piernas. En ese momento, por su mente pasaron escenas eróticas compartidas entre ellos: imágenes provocativas e íntimas, imágenes que hicieron que la sangre le hirviera en las venas.

–Cena conmigo esta noche –insistió Emilio.

–Te he dicho que tengo otro compromiso –respondió ella, evitando los ojos de Emilio.

Emilio le puso la otra mano en la barbilla, sujetándole la mirada con la suya.

–Y yo sé que mientes –dijo él.

–Una pena que no tuvieras esa capacidad de deducción dos años atrás –dijo Gisele con rencor, liberando su brazo por fin.

–Iré a recogerte a las siete –declaró Emilio–. ¿Dónde vives?

Gisele sintió un súbito pánico. No quería que Emilio entrara en el piso en el que vivía. Era su hogar, su refugio, el único lugar en el que se sentía segura y libre para dar rienda suelta a su dolor. Además, ¿cómo iba a explicarle las fotos de Lily? Era mucho mejor que Emilio no se enterara nunca de la breve vida de su hija. ¿Cómo si no podría soportar que Emilio le dijera que debería haber abortado, como su madre y sus amigos le habían aconsejado que hiciera? Emilio no habría querido una hija imperfecta, no habría encajado en su ordenada y perfecta vida.

–Pareces no querer darte por enterado, Emilio –declaró ella con una mirada desafiante–. No quiero volver a verte. Ni esta noche, ni mañana por la noche, ni nunca. Ya te has disculpado, así que no hay nada más que decir. Y ahora, por favor, márchate. De lo contrario, tendré que pedir a los encargados de seguridad que te echen.

La expresión de él se tornó burlona.

–¿Qué encargados de seguridad? Cualquiera puede entrar aquí y vaciarte la caja registradora sin que tú puedas hacer nada por impedirlo. Ni siquiera tienes circuito cerrado de televisión.

Gisele apretó los labios, reprochándole haber notado ese defecto suyo. Su madre, su madre adoptiva, había mencionado eso mismo hacía solo unos días, reprochándole que se fiaba demasiado de sus clientes. A ella le suponía un esfuerzo no confiar en la gente, quizá fuera por eso por lo que le había ido tan mal... al fiarse plenamente de Emilio.

Emilio continuó observándola.

–¿Has estado enferma recientemente? –preguntó él.

Gisele, de repente, se quedó muy quieta.

–¿Por qué lo preguntas?

–Porque estás más pálida y mucho más delgada que cuando estábamos juntos –contestó Emilio.

–Así que te parece que dejo bastante que desear, ¿eh? –Gisele endureció la expresión–. Suerte para ti que suspendiste la boda.

Emilio frunció el ceño.

–Has malinterpretado mis palabras –dijo él–. Ha sido un comentario referente a tu palidez, no a tu belleza. Sigues siendo una de las mujeres más bellas que he visto en mi vida.

A Gisele le sorprendió lo cínica que se había vuelto; en el pasado, se habría sonrojado y se habría sentido sumamente halagada. Ahora, sin embargo, le enfurecía que Emilio tratara de conseguir su perdón con cumplidos. Emilio estaba perdiendo el tiempo y se lo estaba haciendo perder a ella.

Gisele se acercó al mostrador y se colocó tras él.

–Ahórrate los cumplidos, déjalos para cualquier inocente que se los crea y se deje llevar a la cama –declaró ella–. Eso ya no funciona conmigo.

–¿Crees que he venido para eso? –preguntó Emilio.

–Creo que has venido para aclararte la conciencia –contestó Gisele–. Desde luego, no has venido por mí, sino por ti mismo.

Emilio tardó unos segundos en contestar.

–He venido por los dos –dijo él por fin–. Quiero aclarar las cosas entre los dos. Quiero que hablemos. Ninguno de los dos va a poder seguir adelante, continuar con su vida, con este malentendido entre los dos.

Gisele alzó la barbilla.

–Yo he rehecho mi vida –dijo ella.

Emilio le lanzó una mirada desafiante.

–¿En serio, *cara*? ¿De verdad lo crees?

Gisele parpadeó para contener las lágrimas que, súbitamente, amenazaban con aflorar a sus ojos.

–Naturalmente que lo creo –respondió ella fríamente–. Duerme tranquilo, Emilio; después de la forma como me trataste, te olvidé tan pronto como me bajé del avión. De hecho, hacía meses que no me acordaba de ti.

Emilio capturó su mirada más tiempo del que a ella le habría gustado.

–Voy a pasar aquí el resto de la semana –le dijo Emilio al tiempo que le ofrecía su tarjeta de visita–. Si cambias de parecer respecto a que nos veamos, llámame, a cualquier hora.

Gisele agarró la tarjeta con mano temblorosa.

–De todos modos, no voy a cambiar de parecer –insistió ella.

Cuando Emilio salió por la puerta, Gisele soltó el aire que había estado conteniendo en los pulmones. Miró la tarjeta que tenía en la mano y se recordó a sí misma que, si permitía que Emilio Andreoni se le acercara una vez más, sería la única que acabaría sufriendo las consecuencias.

Capítulo 2

UN PAR de días más tarde, Gisele recibió la inesperada visita de Keith Patterson, su casero.

–Ya sé que le va a sorprender, señorita Carter, pero he decidido vender el edificio a una constructora –dijo Keith Patterson después de saludarle atentamente–. Me han ofrecido una cantidad de dinero que no he podido rechazar. Con la crisis financiera, mi esposa y yo hemos perdido bastante dinero y tenemos que pensar en nuestra jubilación. Y este es un buen momento.

Gisele, alarmada, parpadeó. Aunque estaba logrando salir adelante, un traslado suponía un gasto imprevisto y, sin duda, el nuevo alquiler sería más caro. No quería aumentar sus gastos, y menos ahora que había contratado a una empleada. No quería que su negocio fracasara.

–¿Significa eso que tengo que irme a otro sitio? –preguntó ella.

–Eso dependerá del nuevo propietario –contestó Keith–. Si quisiera realizar cambios en el inmueble, tendrá que pedir permiso al ayuntamiento, y eso llevará semanas, quizá hasta un par de meses. Me ha dado su tarjeta, para que usted se ponga en contacto con él respecto al alquiler.

Keith le dio una tarjeta.

A Gisele le dio un vuelco el corazón al leer el nombre de la tarjeta.

–¿Emilio Andreoni ha comprado el edificio? –preguntó ella sin poder disimular su perplejidad.

–¿Sabe quién es? –preguntó Keith.

–Sí. Pero es un arquitecto, no un constructor.

–Quizá haya decidido hacerse constructor también –comentó Keith–. Tengo entendido que ha ganado varios premios con algunos de sus proyectos. Parecía muy interesado en comprar el inmueble.

–¿Ha dicho por qué quería comprarlo? –preguntó Gisele, apenas pudiendo contener la ira.

–Sí, ha dicho que era por motivos sentimentales –respondió Keith–. Quizá perteneciera a algún familiar suyo en el pasado. En los años cincuenta, había bastantes italianos con fruterías por aquí. Aunque no me acuerdo de sus nombres.

Gisele apretó los dientes. Sabía que nadie de la familia de Emilio había vivido allí; al menos, nadie de importancia para él. Emilio apenas le había hablado de su pasado, pero suponía que no se parecía mucho al suyo. Con frecuencia, se había preguntado si su noble linaje no habría tenido que ver con el deseo de Emilio de casarse con ella en el pasado. Una burla del destino que ella y su hermana gemela fueran el resultado de las relaciones ilícitas de su padre con un ama de llaves cuando él y su esposa vivían en Londres.

Una vez que Keith Patterson se hubo marchado,

Gisele clavó los ojos en la tarjeta encima del mostrador de la tienda. Se debatió entre romperla en trozos pequeños, como había hecho con la otra dos días atrás, o si llamarle para reunirse con él. Si rompía la tarjeta, Emilio aparecería en la tienda, sin avisar antes, y la pillaría desprevenida.

Decidió que lo mejor era verle controlando la situación. Agarró el teléfono y marcó el número.

—Emilio Andreoni.

—¡Sinvergüenza! —le espetó ella, sin poder evitarlo.

—Qué agradable sorpresa, Gisele —contestó él en tono suave—. ¿Has decidido, por fin, reunirte conmigo antes de que me vaya?

Gisele casi rompió el teléfono de la fuerza con que lo agarraba.

—Me cuesta creer lo que estás dispuesto a hacer para salirte con la tuya —dijo ella—. ¿Crees que subiéndome el alquiler vas a hacer que te odie menos?

—Estás dando por supuesto que voy a cobrarte alquiler —contestó Emilio—. Puede que no te cobre ni un céntimo.

—¿Qué... qué has dicho?

—Quiero proponerte un negocio —dijo Emilio—. Queda conmigo y lo hablaremos.

Gisele sintió un temblor en todo el cuerpo.

—No quiero hacer negocios contigo —replicó ella.

—No rechaces de antemano lo que voy a ofrecerte, escúchame antes —le pidió Emilio—. Quizá te sorprendan los beneficios que podrías sacar.

—Sí, ya me lo imagino —dijo Gisele en tono de

burla–. Alquiler gratis a cambio de mi cuerpo y mi autoestima. No, gracias.

–Deberías pensarlo, Gisele. No quieres arriesgar todo lo que has conseguido con tanto esfuerzo, ¿verdad?

–Ya sobreviví una vez después de perderlo todo –contestó ella, atacando.

Y le oyó tomar aire.

–No me hagas jugar sucio, Gisele. Sabes que puedo hacerlo y lo haré si no me queda otra.

Gisele volvió a temblar. Sabía lo cruel que Emilio podía ser. También sabía que tenía medios y recursos para complicarle la vida, como había hecho justo antes de la boda.

–Ni quiero ni necesito tu ayuda –declaró ella–. Aunque tenga que pedir limosna por las calles. Me da igual. No voy a aceptar nada de ti.

–Acabo de terminar el proyecto de un lugar de vacaciones por encargo de una de las empresas punteras europeas del sector –explicó Emilio–. No tengo más que mover el ratón del ordenador para hacer que tu negocio abarque nuevos mercados al instante. Tu tienda ya no será un comercio local, se convertirá inmediatamente en una marca reconocida en todo el mundo.

Gisele pensó en el proyecto de ampliación y expansión que quería realizar durante los próximos años. Quería agrandar el negocio y vender en los grandes comercios del centro de la ciudad; y, sobre todo, vender por Internet. Lo único que se lo había impedido hasta el momento era la falta de dinero y no tener contactos.

Quería rechazar la oferta de Emilio y colgarle el teléfono, pero eso significaría darle la espalda a un éxito profesional con el que la mayoría de la gente solo podía soñar. Sin embargo, cualquier tipo de negocio con Emilio implicaría el contacto con él.

Un contacto que no quería, no se lo podía permitir.

–Piénsalo, Gisele –insistió él–. Conmigo, tienes mucho que ganar, aunque solo sea temporalmente.

–¿Qué quieres decir con eso de temporalmente? –preguntó ella sin comprender.

–Me gustaría que vinieras a Italia a pasar un mes conmigo –contestó Emilio–. Sería una especie de reencuentro, a ver qué tal nos va juntos otra vez. Por supuesto, te pagaré por el tiempo que pases conmigo.

–No voy a pasar ni un minuto contigo –respondió Gisele con vigor–. Y voy a colgar ahora mismo, así que no te molestes en llamar...

–También podría presentarte a gente y... te pagaría un millón de dólares –añadió Emilio.

Gisele se quedó boquiabierta.

¡Un millón de dólares!

¿Podría? ¿Podría sobrevivir un mes viviendo con Emilio? En el pasado, lo había hecho, con amor. ¿Podría hacerlo con odio?

¿Querría Emilio que se acostara con él?

Un escalofrío le recorrió el cuerpo. Claro que sí, claro que Emilio querría acostarse con ella. ¿Acaso no había visto deseo en los negros ojos de Emilio el día que fue a su tienda?

–Necesito algo de tiempo para pensarlo –dijo ella.

–¿Qué es lo que tienes que pensar? –preguntó Emilio–. Es una proposición sumamente ventajosa para ti, Gisele. Y, si después de un mes ninguno de los dos ve motivos para seguir juntos, te marchas y ya está. Con tu dinero, por supuesto.

–¿Seguro que no te importa que pase un mes contigo sabiendo cómo te odio? –preguntó Gisele.

–Comprendo perfectamente lo que sientes por mí –contestó él–. Sin embargo, creo que deberíamos explorar la posibilidad de un futuro juntos con el fin de no cometer el mayor error de nuestras vidas si no lo hacemos.

Gisele frunció el ceño.

–¿A qué viene todo esto? –preguntó ella–. ¿Por qué no dejar las cosas como están?

–Porque tan pronto como te vi el otro día, me di cuenta de que tenemos un asunto pendiente –replicó Emilio–. Puede que me odies, pero noté la reacción de tu cuerpo al acercarme a ti. Sigues deseándome, igual que yo a ti.

A Gisele le dolió reconocer que Emilio seguía conociendo bien las reacciones de su cuerpo. ¿Qué posibilidades tenía de salir de esa situación con el orgullo intacto?

–Quiero un día o dos para pensarlo. Y, si acepto, serán dos millones de dólares, no uno.

–Vaya, te has hecho una auténtica negociante. Dos millones es mucho dinero, Gisele.

–Tengo mucho odio dentro –le espetó ella.

–Estoy deseando enfrentarme al desafío de destruir tu odio –dijo él.

Gisele contuvo el deseo.

–No lo conseguirás nunca, Emilio. Podrás pagar una auténtica fortuna por mi cuerpo, pero jamás tendrás mi corazón.

–De momento, me conformo con tu cuerpo –dijo él con pasión–. Enviaré un coche a recogerte el viernes por la tarde. Si decides aceptar, solo necesitas el pasaporte y algo de ropa.

Tras esas palabras, Emilio cortó la comunicación.

Cuando el chófer de Emilio aparcó el coche delante del edificio de apartamentos donde ella vivía, Gisele trató de convencerse a sí misma de que solo había aceptado por un motivo: quería hacerle la vida imposible a Emilio durante un mes. Le haría pagar caro la forma como la había tratado en el pasado. No iba a resultarle fácil conquistarla. Ya no era la dulce, tímida e inocente virgen que se había enamorado de él, sino una mujer más mayor, más dura y más cínica. Y sumamente enfadada.

Al mismo tiempo, pasar un mes en Europa le daría la oportunidad de tratar con su hermana, a la que había conocido hacía solo dos meses. Sienna vivía en Londres, que estaba mucho más cerca de Roma que Sídney.

Aún no había logrado reponerse de la impresión que le había causado descubrir la verdad. No solo por el escándalo de las cintas pornográficas, aunque no era poca cosa. No, era como si toda su vida se hubiera basado en una mentira. Ya no sabía quién era. Le parecía como si Gisele Carter, nacida y criada en Sídney, hija única de Richard y Hilary Carter, se hubiera desvanecido de repente, como si hubiese desaparecido.

¿Quién era ahora?

Ya no era la hija de su madre. Tampoco era la hija de su madre natural. ¿Cómo había elegido su madre, Nell Baker, con que bebé quedarse y a cuál dar? ¿Lo había hecho porque quería hacerlo o por dinero?

Enderezando la espalda, dejó a un lado esos pensamientos, agarró la maleta y salió de la casa.

Emilio estaba esperando en el bar del hotel cuando la vio aparecer. Al instante, sintió tensión en el bajo vientre. Había conocido a cientos de mujeres hermosas, pero nunca ninguna le había afectado como Gisele.

Gisele iba vestida con un elegante y sencillo vestido color crema con un lazo negro atado a la cintura que acentuaba su delgadez. Su cabello, rubio platino, estaba recogido en un moño, lo que ensalzaba la delicada gracia de su cuello. Llevaba maquillaje, pero parecía natural.

Emilio olió el perfume de ella, su perfume, un aroma fresco y veraniego que, en el pasado, le había impregnado el cuerpo incluso horas después de hacer el amor. Llevaba mucho tiempo echando de menos ese perfume. No olía lo mismo en otras mujeres.

Se levantó para saludarle y, aunque Gisele llevaba tacones altísimos, él seguía siendo bastante más alto que ella.

–¿Has traído el pasaporte? –preguntó Emilio.

–He estado a punto de no hacerlo, pero he recordado dos millones de razones para traerlo.

Emilio se permitió una pequeña sonrisa de satisfacción. Gisele, a pesar de no parecer hacerle gracia, estaba allí. Puso una mano en el codo de ella y la condujo a un tranquilo rincón del bar, y la sintió temblar. Sintió el temblor de ella en su propio cuerpo...

–¿Qué te apetece beber? –preguntó él–. ¿Champán?

Gisele sacudió la cabeza.

–Yo no estoy celebrando nada. Una copa de vino me basta.

Emilio pidió las bebidas y, cuando les hubieron servido, se arrellanó en el asiento y se quedó contemplando la expresión gélida de ella. Se sabía merecedor de la ira de Gisele. La había echado de su vida con crueldad y sin miramientos, convencido de que ella le había traicionado. La imagen de ella con ese hombre le había atormentado, hasta que descubrió la existencia de la hermana gemela de Gisele.

Al volverla a ver, recordó los motivos por los que en el pasado había querido casarse con ella. No se trataba solo de la belleza de Gisele ni de su elegancia. No era solo por la suave voz de ella ni la forma como se mordía el labio inferior cuando se sentía insegura. Era algo en los ojos de Gisele, unos ojos a veces azules, a veces grises, dulces y tiernos cuando, en el pasado, le miraban. ¿Qué hombre no quería que la mujer que había elegido como esposa le mirara así?

Gisele le había parecido la mujer perfecta como esposa, dulce y tierna, sumisa y cariñosa. El hecho de no haber estado enamorado de ella no tenía importancia. El amor nunca había formado parte de su vida. En su experiencia, lo que la gente decía y hacía era muy distinto. El escándalo del vídeo pornográfico le había hecho afianzarse más en su idea de que el amor no servía para nada, la gente siempre acababa defraudándole a uno. Pero, al final, había sido él quien había defraudado a Gisele. Había sido él quien, con su falta de confianza en ella, había destruido su amor. Ahora, estaba decidido a recuperar a Gisele. Quería recompensarle. No quería que un fracaso así empañara su vida. Él había cometido un error y tenía que arreglarlo.

Y ahora haría lo que fuera necesario por arreglarlo.

Sabía que Gisele seguía deseándole, y estaba deseando tenerla en los brazos una vez más. Estaba deseando subir al cuarto y demostrarle a Gisele que aún podían disfrutar de un futuro juntos, que podían dejar atrás el pasado. Gisele se estaba haciendo la dura, pero estaba seguro de que, una vez que la besara, ella se derretiría. Cualquier otra cosa era inconcebible.

No podía fracasar.

—He reservado un vuelo para mañana a las diez de la mañana –dijo Emilio.

–¿Tan seguro estabas de que vendría? –inquirió Gisele con una penetrante mirada.

–Digamos que te conozco lo suficiente como para suponer que lo harías –contestó él.

–Ya no me conoces, Emilio –declaró ella–. No soy la misma que hace dos años.

–No te creo –contestó Emilio–. Sé que todos cambiamos un poco con el tiempo, pero uno no puede cambiar cómo es en el fondo.

Gisele alzó un delgado hombro, un gesto de no dar importancia.

–Es posible que dentro de un mes no pienses lo mismo –comentó Gisele, y bebió un sorbo de vino.

–¿Sigue tu hermana en Sídney? –preguntó él.

–No, volvió a Londres hace diez días –Gisele se quedó contemplando el contenido de su copa con el ceño fruncido–. Los periodistas la seguían a todas partes; bueno, a las dos. Casi me daba miedo... –Gisele se mordió el labio inferior y vació el contenido de su copa como si quisiera contener las palabras.

–Ha debido de ser difícil para ambas –comentó él.

Gisele alzó la mirada, la expresión de sus ojos era dura, fría y llena de resentimiento.

–Si no te importa, prefiero no hablar de ello –dijo Gisele–. Todavía estoy tratando de asimilarlo. Lo mismo le pasa a Sienna.

–Podrías invitarla a que pasara unos días con nosotros en Roma –dijo Emilio–. Me gustaría conocerla.

Gisele volvió a encoger los hombros con indiferencia.

–Ya veremos.

Emilio hizo un gesto al camarero para que les sirviera dos copas más y luego dijo:

–Háblame de tu tienda. ¿Cómo es que te dio por poner ese negocio?

Gisele bajó el rostro y clavó los ojos en la copa que el camarero acababa de dejar delante de ella.

–Cuando volví de Italia... quería establecerme, tener una base. Me gustaba la idea de trabajar para mí misma. En el pasado, había vendido a la dueña de la tienda algunos artículos y ella me ofreció comprarle el negocio cuando decidió venderlo.

–Es mucha responsabilidad para una mujer de solo veinticinco años; bueno, eso ahora, entonces tenías veintitrés –comentó Emilio–. ¿Te ayudaron tus padres?

Gisele dejó la copa en la mesa.

–Al principio, sí; pero luego, cuando enfermó mi padre, empezaron los problemas. Tenía deudas, aunque no nos enteramos hasta que murió: malos negocios, perdió dinero con la compra y venta de acciones. Yo tuve que ayudar a mi madre... a Hilary.

Emilio dejó su copa en la mesa.

–Siento no haber enviado una tarjeta dándoos el pésame –dijo él–. Sabía que estaba muy enfermo. Debería haberos llamado. Debió de ser un momento muy difícil para tu madre y para ti.

Gisele volvió a clavar los ojos en la copa de vino al tiempo que la agarraba con fuerza.

–Tardó ocho miserables meses en morir –dijo ella–. Y ni una sola vez mencionó el hecho de que yo tuviera una hermana gemela –entonces, le miró a él–. Tanto mi padre como mi madre sabían que el motivo de nuestra ruptura era ese vídeo porno, pero no dijeron ni una sola palabra. Jamás se lo perdonaré.

Emilio, con cuidado, le quitó la copa de vino de las manos y la dejó en la mesa.

–Comprendo que estés enfadada con ellos, pero nuestra relación se rompió por mí, porque no creí en ti. Si hay un culpable, ese soy yo.

Gisele le sostuvo la mirada en silencio.

–¿Sabes lo que realmente me molesta? –preguntó ella.

–No. Dímelo.

–¿Cómo eligieron? –preguntó Gisele.

–¿Te refieres a quién se quedaba con qué gemela?

Gisele lanzó un soplido.

–No puedo quitármelo de la cabeza –confesó Gisele–. ¿Cómo lo hicieron? ¿Cómo pudo mi madre, mi madre natural, renunciar a mí? ¿Y cómo pudo mi padre pedirle una cosa así? Y no solo eso, ¿en qué estaba pensando mi madre adoptiva cuando accedió a criar a la hija de su marido y de la amante de él?

Emilio se inclinó hacia delante y le tomó las manos, estrechándolas.

–¿Se lo has preguntado a ella?

–Claro que se lo he preguntado –contestó Gisele–. Me dijo que lo hizo para tener contento a mi padre. Se ha pasado la vida intentando hacer feliz a mi padre sin conseguirlo.

–Por lo que tú me contabas, me parecía que tu familia era la familia perfecta –dijo Emilio, acariciándole las manos–. Nunca me dijiste que tus padres no eran felices.

Gisele miró las manos de ambos, juntas, y retiró las suyas al instante. Después, se enderezó en el asiento.

–No quería decírselo a nadie, pero nunca me consideré digna de mis padres –declaró ella–. Hacía lo posible por complacerles, pero jamás lo conseguí. Mi madre no era maternal, nunca me abrazaba ni jugaba conmigo. En realidad, me crió una niñera. Ahora comprendo por qué, yo no era su hija. Mi padre se portó igual de mal conmigo; en el fondo, creo que habría preferido que fuera un varón. Mi madre no pudo darle hijos, pero su amante le dio dos hijas, y mi padre eligió a una de ellas. Desde que lo sé todo, me he preguntado con frecuencia si no pensaría que había hecho una mala elección o si, por el contrario, habría preferido no tener nada que ver con ninguna de las dos. Mi padre se pasó la vida con una mujer a la que no quería, fue un desgraciado.

Emilio frunció el ceño. Era la primera vez que oía a Gisele hablar de su infancia con honestidad. Hasta ese momento, comparándola con su propia infancia, había envidiado la de ella. Ahora se daba cuenta de lo poco que la conocía, a pesar de haber estado a punto de casarse con ella. Le había impresionado su belleza, pero se había fijado poco en lo demás.

–¿Y tu hermana, cómo lo está pasando? –preguntó él.

Gisele encogió los hombros una vez más.

–Parece afectarle mucho menos que a mí –respondió Gisele–. Supongo que criarse con una madre soltera y algo ligera de cascos le ha hecho ser más dura. A mí me parece que Sienna era la madre, más que la hija, la mayor parte del tiempo. Mi hermana me dijo que ha habido muchos hombres en la vida de su madre. Ha debido de tener una infancia muy dura.

–¿Le da pena no haber conocido a tu padre?

–Sí y no, supongo –Gisele frunció el ceño–. Creo que le habría echado en cara lo que hizo. Es muy directa, no se calla las cosas. A mí no me vendría mal ser un poco como ella. Ya es hora de que aprenda a hablar por mí misma.

–Creo que ya lo estás haciendo, y muy bien –Emilio esbozó una sonrisa ladeada–. Quizá tengas razón, es posible que hayas cambiado.

Los ojos de Gisele brillaron.

–No lo dudes.

Emilio permitió que transcurrieran unos segundos de silencio.

–¿Le has dado al chófer las llaves y los papeles de la tienda?

–Sí.

–Estupendo –dijo él–. Tu empleada se encargará de la tienda hasta que decidas qué hacer. Ya he hablado con ella.

Gisele frunció el ceño.

–¿Qué quieres decir?

–Puede que decidas quedarte en Italia. Sería una imprudencia no tener en cuenta esa posibilidad –explicó Emilio.

Gisele le lanzó una mirada desdeñosa.

–Debe de ser agotador cargar con un ego tan

monumental como el tuyo. ¿En serio crees que voy a volver contigo como si nada hubiera pasado? Estás pagándome para que pase un mes en tu casa y eso es lo único que va a pasar.

Emilio reprimió un súbito enfado. No estaba acostumbrado a que le desafiara; en el pasado, Gisele siempre se había mostrado sumisa. ¿Dónde estaba la joven que había elegido como esposa?

–¿Te apetece otra copa? –preguntó él tras un tenso silencio.

–No, gracias.

–He pensado que mejor que nos lleven la cena a mi suite –dijo él.

Gisele le miró con expresión de sorpresa.

–¿Por qué no vamos a un restaurante? –preguntó ella.

–La suite me parece más íntima.

–Olvídalo, Emilio –dijo ella empequeñeciendo los ojos–, no voy a dejarme seducir.

–¿Eso crees?

–Lo sé –respondió Gisele con decisión, alzando la barbilla.

Capítulo 3

GISELE caminaba rígida mientras Emilio la conducía a su suite. Le llegaba el olor de la loción para después del afeitado, despertando recuerdos que quería olvidar. Era como viajar al pasado. ¿Cuántas veces había entrado con él en el ascensor de algún hotel en Europa acompañándole en sus viajes de negocios? El recuerdo de imágenes eróticas le erizó la piel, y se mordió el labio inferior para contenerlas.

Por aquel entonces, todo su deseo había sido complacerle. Desde el principio, se había dado cuenta de que era un hombre orgulloso y seguro de sí mismo, y a ella jamás se le había ocurrido enfrentarse a él; nunca le había llevado la contraria y jamás se había opuesto a sus deseos. Le había amado, completa y desesperadamente. Ella le había querido demasiado y él no la había querido a ella en absoluto.

Y ahora, para Emilio, que ella volviera con él era una cuestión de orgullo. Sabía que no la quería por sí misma, solo quería que el mundo se enterase de que estaba reparando un error. Un hombre tan conocido como él no podía permitirse el lujo de que le considerasen injusto. La historia de Sienna y ella había salido en todos los periódicos. Le sorprendía que Emilio no hubiera informado aún a los periodistas de su intención de reanudar la relación con ella.

El ascensor se detuvo y Emilio le cedió el paso. Al pasar por su lado, el corazón le dio un vuelco. ¿Y si Emilio notaba que le estaba ocultando algo? ¿Y si Emilio se daba cuenta de que el dolor de ella, reflejado en sus ojos, no era solo por lo que él le había hecho, sino por la pérdida de su hija? La hija cuya mantita color rosa, que aún olía a la pequeña, estaba doblada en su maleta. No había sido capaz de despojarse de ese lazo de unión con la pequeña Lily. Su madre... No, no su madre, sino Hilary, le había dicho que no era bueno aferrarse a ese recuerdo; le había dicho que dejara atrás el pasado, que se desprendiera de la manta y continuara haciéndole frente a la vida.

Gisele no estaba preparada para ello. En su opinión, no lo estaría nunca.

—Relájate, *cara* –dijo Emilio mientras abría la puerta de la suite–. Parece como si tuvieras miedo de que una bestia fuera a devorarte.

Gisele entró por delante de él.

—Me duele la cabeza –dijo ella, y no mentía.

Emilio arrugó el ceño.

—¿Por qué no me lo has dicho antes? –preguntó Emilio.

—No es nada serio –respondió ella, humedeciéndose los labios con la lengua–. Creo que no debería haber tomado una segunda copa de vino. El alcohol no me sienta bien.

–¿Cuándo ha sido la última vez que has comido? –le preguntó Emilio.

Y a él no le pasó desapercibido que ella tuviera que pensarlo.

–No me acuerdo –respondió Gisele por fin–. Tenía tantas cosas que hacer... No me has dado mucho tiempo.

–Lo siento, pero tengo que volver a Roma inmediatamente por un proyecto que tengo entre manos –contestó Emilio–. Es para un cliente muy importante. Me costó mucho conseguir ese contrato. Son varios millones.

Gisele pensó en todo el dinero que ganaba con sus proyectos. Pero sospechaba que a Emilio no le había resultado fácil el éxito. En cualquier caso, si de algo podía presumir Emilio era de ser un hombre dedicado. Se le notaba hasta en el brillo de sus ojos oscuros y en la pronunciada y dura mandíbula, muestras de su personalidad implacable. Iba a pasar un mes junto a una persona sumamente intransigente. ¿Quién saldría triunfal de la experiencia? Un temblor le recorrió el cuerpo.

–Haré que nos suban la cena inmediatamente –dijo él–. Un botones ha subido ya tus cosas. ¿Quieres que pida una camarera para que ayude a deshacer el equipaje? Debería habérseme ocurrido antes.

–No –respondió Gisele. Quizá con demasiada rapidez, pensó al verle arquear las cejas–. ¿No nos vamos a ir mañana por la mañana? No hace falta.

–¿Prefieres pasar la noche en la suite de invitados? –preguntó él.

Gisele le lanzó una mirada penetrante.

–¿Dónde pensaba si no que iba a dormir?

Emilio se le acercó y le acarició la mejilla con los nudillos de una mano.

–¿En serio crees que vamos a dormir en habitaciones separadas un mes entero? –preguntó él.

Gisele le apartó la mano como si se tratara de una molesta mosca.

–No he firmado un contrato que me obligue a acostarme contigo.

–A propósito de contratos... –Emilio se acercó a su portafolios, que estaba encima de una mesa cerca de la ventana, lo abrió, sacó un documento y volvió al lado de ella con los papeles en la mano–. Al final de tu estancia, se te ingresará en el banco la cantidad que hemos acordado.

Gisele miró los papeles y deseó poder echarse atrás. Pero no podía darle la espalda a dos millones de dólares, y menos en esos momentos. ¿Qué otra cosa tenía en la vida, a parte de la tienda? El sueño de casarse y tener una familia era solo eso, un sueño... que había quedado atrás.

Gisele agarró los papeles y se sentó en la silla que tenía más cerca. Leyó los papeles, todo estaba bien. Después de un mes, recibiría dos millones de dólares y no le debería nada a Emilio. Firmó con una mano no todo lo firme que habría deseado.

–Ahí lo tienes dijo ella, devolviéndole los papeles.

Emilio los dejó a un lado antes de volverse de nuevo a ella.

–Bueno, ya hemos cerrado el trato.

Gisele alzó la barbilla.

–Sí, acabas de perder dos millones.

«Por nada a cambio», añadió ella en silencio.

–¿Cuánto tiempo crees que vas a aguantar, eh? –Emilio le dedicó una sonrisa burlona–. ¿Una semana? ¿Dos?

Ella le lanzó una fiera mirada.

–Si lo que quieres es alguien que se acueste contigo, será mejor que vayas a buscarlo a otra parte. No me interesa.

–Quieres vengarte de mí, ¿es eso? –preguntó él, aún sonriendo con sorna.

–No sé de qué me estás hablando –contestó ella con las mejillas encendidas.

–¿Crees que no te conozco? Te has propuesto hacerme sufrir durante un mes. Pero... ¿crees que con hablarme mal y contestarme de mal modo vas a conseguir que deje de desearte? No te engañes a ti misma, Gisele. Vas a volver a acostarte conmigo, y no porque te haya pagado, sino porque no vas a poder contenerte.

En ese momento, Gisele pensó que no podía odiarle más de lo que le odiaba. Quería abofetearle por pensar que ella no tenía autocontrol, ni disciplina ni amor propio.

–Te odio profundamente –le espetó ella–. ¿Te has enterado? Te odio.

La calma de Emilio le enfureció aún más.

–El hecho de que sientas algo por mí es buena señal –contestó él–. La ira es mucho mejor que la indiferencia.

Gisele estaba decidida a demostrarle lo fría e indiferente que ella podía llegar a ser.

–Está bien, de acuerdo –Gisele se quitó los tacones y comenzó a desabrocharse el vestido–. ¿Quieres que me acueste contigo? En ese caso, venga, cuanto antes nos lo quitemos de encima, mejor.

Emilio se quedó quieto y en silencio, observándola, con los ojos fijos en ella. Vio cómo se le dilataban las pupilas al verla despojarse del vestido, que cayó al suelo. Se había quedado delante de él con solo el sujetador y las bragas; dos años atrás, con mucho menos. Pero, de repente, se sintió más desnuda que nunca.

Se llevó las manos atrás para desabrocharse el sujetador, pero los dedos le temblaban miserablemente. Le entraron ganas de llorar. Las emociones le cerraron la garganta...

–Vístete –dijo Emilio con voz seca, volviéndose de espaldas.

Gisele se sintió desolada. Emilio le había dado la vuelta a la situación.

Se sintió tonta.

Se sintió insegura.

Se sintió rechazada.

Le vio acercarse al bar y servirse una copa. Vaciar el vaso de un trago...

Gisele se pasó la lengua por los secos labios.

–¿He de suponer que vas a prescindir de mis servicios esta noche?

Emilio se volvió hacia ella con expresión ilegible.

–Voy a hacer que te suban la cena –contestó él–. Por favor, siéntete como en tu casa. Yo voy a salir.

–¿Adónde vas? –Gisele no pudo evitar preguntar, y se avergonzó de haber hablado como una esposa celosa.

Emilio se acercó a la puerta; entonces, se volvió y le lanzó una mirada indiferente.

–No me esperes –dijo él, y se marchó.

Gisele se agachó, agarró los tacones y los arrojó contra la puerta. Lágrimas de ira le empañaron los ojos.

–¡Maldito seas! –exclamó ella–. ¡Vete al infierno!

Emilio volvió a la suite a las dos de la madrugada. Había pasado horas callejeando por Sídney, decidido a no volver al hotel hasta haberse calmado. Había deseado aceptar lo que ella le había ofrecido, pero no quería darle más motivos de odio. Esperaría el momento oportuno, esperaría a que ella se le ofreciera voluntariamente, como sabía que acabaría haciendo. Una noche no era suficiente para ninguno de los dos. Sabía que Gisele, una vez que se entregara a él, querría más. Ahora estaba enfadada y dolida, pero se le pasaría. El tiempo lo curaba todo.

La cena que había pedido que subieran a la suite parecía casi intacta. Frunció el ceño al ver los platos llenos y el vino encima de la mesa.

Se acercó al ventanal y contempló el puerto de Sídney, en frente del hotel. Suspiró. De no haber sido por el escándalo, habría celebrado su segundo aniversario de bodas con Gisele dos semanas atrás. Quizá incluso hubieran tenido algún hijo. Lo habían hablado. Ese era otro de los motivos por los que había querido casarse con ella, Gisele siempre había mostrado deseos de tener una familia numerosa. A él también le había gustado la idea. Tantos años en casas de familias de acogida o de mendigo por las calles le habían hecho desear un hogar propio, acogedor, una familia...

La envidia que le había dado ver a gente feliz en sus hogares era uno de los motivos por los que se había hecho arquitecto. Decisión que había tomado apenas cumplidos los diez años. Había supuesto que le haría feliz construir casas, hogares, pero no había sido así. Sospechaba que lo único que podría satisfacerle sería tener su propia familia, solo eso podría llenar el vacío que sentía por dentro.

Ahora también tenía esa sensación de pérdida, de que su vida estaba incompleta. ¿Era por eso por lo que se había sentido atraído por Gisele, por la secreta soledad de ella?

Emilio se apartó del ventanal al oír un ruido a sus espaldas.

—No has cenado —dijo él en el momento en que Gisele estaba buscando el interruptor de la luz.

Ella se llevó una mano a la garganta, su expresión era de sorpresa.

—Me has dado un susto de muerte. ¿Por qué no has encendido la luz?

—He preferido estar a oscuras.

—Podrías haber dicho algo —dijo ella en tono acusatorio.

—Lo he hecho. He dicho que no has cenado.

—No tenía hambre.

—Tienes que comer —dijo Emilio—. Estás demasiado delgada.

–Nadie te ha pedido tu opinión –le espetó ella.

Emilio se le acercó.

–¿No podías dormir? –preguntó Emilio.

–¿Qué más te da a ti eso?

–Estoy preocupado por ti –dijo él–. Tienes aspecto de llevar meses sin dormir bien.

–¿Así que estás preocupado por mí? –preguntó ella echando chispas por los ojos–. Qué pena que no estuvieras preocupado por mí cuando me echaste a la calle sin miramientos hace dos años.

Emilio apretó los dientes para no decir nada de lo que pudiera arrepentirse más tarde. ¿Cuánto tiempo iba Gisele a seguir intentando haciéndole pagar lo que le había hecho?

–¿Quieres que te prepare un vaso de leche caliente? –le preguntó él.

Gisele lanzó una ahogada carcajada, una carcajada casi histérica.

–Sí, vale, ¿por qué no? Y échale un chorro de whisky, eso me dejará fuera de juego.

Emilio echó leche en una taza y la metió en el microondas que había cerca del bar. Después, se apoyó en el mostrador y se la quedó mirando.

–Sé, por experiencia, que llevar un negocio es agotador. Yo también he pasado muchas noches sin dormir.

Gisele hizo una mueca.

–Apuesto a que no tuviste problemas en conseguir mujeres que te distrajeran de vez en cuando.

–No tantas como pudiera parecer –contestó él.

Ella le lanzó una mirada cínica.

–Bueno, solo para que lo sepas, yo no voy a

abrirme de piernas como una de tus amiguitas baratas.

—Hace un par de años no tuviste problemas en hacerlo. Y otra cosa, dos millones no es barato, *cara*.

Gisele levantó la mano para darle una bofetada, pero él se le adelantó, agarrándole la muñeca.

—Ni se te ocurra —le advirtió Emilio—. Sentirías las consecuencias.

Gisele trató de zafarse de él, pero era como un gato luchando contra una pantera. Él era demasiado fuerte, estaba demasiado cerca... era demasiado de todo.

—¿Qué consecuencias? —preguntó Gisele—. ¿Me vas a pegar tú también? ¿Es eso lo que hacéis los tipos duros italianos?

—Sabes muy bien que jamás te pondría la mano encima.

Ella le lanzó una mirada retadora.

—En estos momentos me sujetas con cinco dedos.

—Y no voy a soltarte hasta que no dejes de comportarte como una niña malcriada.

—Te odio —le espetó ella, furiosa.

—Sí, ya me lo habías dicho.

—Lo digo en serio.

—Te creo.

—Quiero que te mueras y que te pudras en el infierno.

—También te creo. Pero los insultos no te van a llevar a ninguna parte.

Gisele sintió los muslos de él demasiado cerca

de los suyos. Sintió el calor del cuerpo de Emilio, un calor que su fría piel anhelaba. Olió a coñac en su aliento...

Notó cómo se le endurecían los pezones al sentir el duro torso de él tan cerca. Clavó los ojos en la sensual boca de Emilio, una boca que había besado infinidad de veces, una boca dura y tierna a la vez, exigente y tan generosa al mismo tiempo...

–Te odio –repitió Gisele, pero no sabía si se lo decía a él o estaba tratando de convencerse a sí misma.

Necesitaba sentir ira.

Era la única defensa que tenía. Era lo único que tenía. Era su armadura, lo que la había hecho soportar todo ese tiempo.

Emilio le puso una mano en el rostro y le acarició la mejilla con el pulgar, con un ritmo hipnotizante.

–Deja de resistirte, Gisele –dijo él–. No me rechaces sin más, deja que veamos si podemos arreglar las cosas entre los dos.

–Hay cosas que no tienen arreglo –respondió ella–. Es demasiado tarde. Han pasado demasiadas cosas.

–¿Lo dices en serio? –preguntó Emilio.

Gisele no sabía qué pensar cuando se encontraba en los brazos de Emilio, pegada al fuerte cuerpo de él. Le sintió endurecer, agrandarse, obedecer a esa preparación primitiva del macho antes de copular. Y su propio cuerpo respondió. La humedad en la entrepierna le recordó que no era inmune a él. Daba igual que le odiara o no. Daba igual que no quisiera tener nada que ver con él. Su cuerpo tenía sus propias necesidades, al margen de la razón.

–Creo que estás haciendo esto porque te preocupa la opinión de la prensa y también lo que puedan pensar tus clientes y tus colaboradores si no haces nada por compensarme por el malentendido –dijo ella mirándole con expresión desafiante–. Te preocupa el qué dirán, por eso el mes de reconciliación. Parecerá como que estás haciendo lo correcto, lo que debes hacer, pero no te servirá de nada porque no me quedaré contigo. No lo haría ni por todo el oro del mundo.

Emilio tiró de ella hacia sí, su expresión endurecida, amarga, dura.

–En ese caso, será mejor que le saque provecho al dinero que ya te he pagado, ¿no te parece?

Y entonces, la boca de Emilio descendió sobre la suya.

Fue un beso furioso, duro, cruel. Gisele lo sintió en todo el cuerpo, de la cabeza a los pies. Y le devolvió el beso con toda la furia que llevaba dentro. Y al sentir la lengua de él en la línea de sus labios, abrió la boca y le permitió la entrada sin titubeos.

Le deseaba.

Quería un duelo con él. Quería saborearle otra vez...

Y quería hacerle daño. Quería hacerle recordar lo que había perdido. Utilizó los dientes, pero no para darle pequeños y suaves mordiscos. Le mordió el labio inferior con fuerza, como una tigresa con su presa en la boca.

Emilio respondió también con mordiscos, des

pertando en ella una ardiente pasión. Y ella sintió sabor a sangre en la boca, aunque no sabía si era suya o de él. Y sintió la dureza de la barba incipiente de Emilio en la mejilla cuando él, cambiando de postura, le agarró la cabeza en un asalto sensual.

Gisele también enterró las manos en los oscuros cabellos de él. Y al moverse y volver a sentir el duro miembro de Emilio, el cuerpo entero le tembló. Le deseaba con locura, con pasión...

Le deseaba.

Le deseaba, a pesar de odiarle. Quería que la poseyera salvajemente, que la hiciera sentirse viva otra vez.

«Dios mío, por favor, haz que vuelva a sentirme viva».

De repente, Emilio la hizo apartarse de sí como si fuera la portadora de una enfermedad mortal y contagiosa. Se pasó una mano por la boca e hizo una mueca al ver un pequeño rastro de sangre en la mano.

–¿Es tuya o mía? –preguntó él.

–¿Tiene importancia? –Gisele arqueó las cejas.

–Sí, claro que la tiene –Emilio frunció el ceño–. No era mi intención hacerte daño.

Gisele le lanzó una mirada retadora al tiempo que se llevaba la mano al labio inferior.

–¿No?

Emilio se sacó un pañuelo limpio del bolsillo del pantalón, se acercó a ella otra vez, le alzó la barbilla y le pasó el pañuelo suavemente por los labios. Entretanto, le sujetó la mirada con la suya.

–No tiene por qué ser así entre los dos, Gisele –dijo él con voz ronca.

Gisele le quitó el pañuelo, se separó de él y le dio la espalda.

–No voy a cambiar de parecer. Jamás te perdonaré.

Oyó los pasos de él y luego sintió las manos de Emilio en los hombros, y su cuerpo entero se estremeció. Cerró los ojos. ¿Dónde estaba? ¿Qué le estaba pasando? ¿Por qué quería darse la vuelta y acurrucarse contra él?

–Gisele, sé que me deseas –dijo él, acercándole el excitado cuerpo a la espalda.

–Eso es lo que tú crees.

–Lo sé.

Entonces, Gisele se volvió y le lanzó una encolerizada mirada.

–Quiero que el mes llegue a su fin con el fin de verme libre de ti para siempre.

Emilio la miró con fijeza, buscando algo en ella, aunque no sabía qué. Ella adoptó una expresión de indiferencia; al menos, eso le pareció.

–Deberías acostarte –dijo Emilio, acariciándole con la yema del pulgar el labio inferior–. El vuelo va a ser largo y pesado, a pesar de ir en primera.

–¿Qué? –Gisele le lanzó una burlona mirada–. ¿Ya no vas en avión privado?

La expresión de él se tornó inescrutable.

–Tener un avión privado ya no me parece que sea el símbolo del éxito de una persona –contestó Emilio–. Prefiero gastar el dinero en otras cosas.

–¿Cómo por ejemplo?

Emilio bajó la mano, apartándola del rostro de ella, y retrocedió unos pasos.

–Buenas noches –dijo él–. Hasta mañana.

–Ya es mañana –contestó ella con pedantería y enfado, pero no le sirvió de nada, puesto que Emilio ya se había marchado.

Capítulo 4

NO DURMIÓ, como era de esperar. Ni siquiera el cóctel químico que el médico le había recetado para impedir que soñara con Lily le hizo efecto aquella noche. Gisele no dejó de dar vueltas y más vueltas en la cama, y dejó pasar las horas pensando en la boca de Emilio y en cómo se las iba a arreglar para sobrevivir un mes entero en compañía de él.

Al final, se dio por vencida. Se acercó a la maleta, sacó la manta de Lily y se la pegó al pecho como si aún envolviera a su bebé, aún viva y respirando. Los ojos se le llenaron de lágrimas. ¿Cuántas noches había hecho eso mismo? ¿Cuándo iba a dejar de sufrir de esa manera la pérdida de la niña?

Debía haberse quedado dormida porque, de repente, oyó a Emilio llamando a la puerta con los nudillos.

–Hora de levantarse, Gisele –dijo él–. Son las siete.

–Estoy despierta –contestó ella alzando la voz al tiempo que se incorporaba en la cama.

Gisele dejó la manta de Lily en la maleta antes de meterse en la ducha.

* * *

Emilio estaba sirviéndose un café cuando entró Gisele, con cara de estar yendo hacia el patíbulo y dispuesta a no pedir clemencia.

–¿Has dormido bien? –preguntó él.

–Como un tronco.

Emilio lo dudaba. Tenía marcadas ojeras y el rostro sumamente pálido.

–Deberías comer algo –dijo él, indicándole con un gesto el desayuno, que una camarera había subido a la habitación.

–No tengo hambre.

Emili respiró hondo.

–¿Crees que ponerte en huelga de hambre te va a servir de algo?

–No me he puesto en huelga de hambre –contestó ella echando chispas por los ojos–. Simplemente, no tengo hambre.

–Nunca tienes hambre –comentó él con irritación–. No es normal. Tienes que comer. Si no te alimentas, vas a desaparecer.

–¿Y qué más te da a ti? –preguntó ella–. Tu última novia era mucho más delgada que yo. Una modelo de trajes de baño con la que saliste el mes pasado, ¿no? ¿O la he confundido con esa aristócrata londinense de mucho pecho? –Gisele adoptó expresión pensativa, como si tratara de recordar–. ¿Cómo se llamaba...? ¿Arabella? ¿Amanda? ¿Ariel?

Emilio apretó los dientes y retiró una silla de la mesa.

–Siéntate.

Ella le lanzó una mirada de censura.

–¿Sabes? Si lo que querías es que alguien te

obedeciera, podrías haberte comprado un perro, te habrías ahorrado mucho dinero.

–Me pareció que sería mucho más divertido enseñarte a ti –respondió él–. Y ahora, siéntate y come.

Gisele se sentó con una sacudida de cabeza.

–Al menos, yo no me meo en la alfombra –dijo ella.

–Si lo hicieras, no me extrañaría –murmuró Emilio.

Gisele agarró una rodaja de beicon y se la echó al plato.

–¿Y tú, has dormido? –preguntó Gisele–. No lo parece. Tienes muy mal aspecto.

–Gracias.

–De nada –respondió Gisele al tiempo que clavaba el tenedor en el beicon.

Emilio la vio mordisquear el beicon. Los pequeños y blancos dientes de ella, junto con esos sensuales labios, le habían mantenido despierto toda la noche. Apartó la mirada de ella y se sirvió otro café.

–¿Quieres té o café? –preguntó él.

–Té –respondió Gisele–. Y perdona, ya sé que es algo muy poco italiano.

–¿Leche y azúcar en el té?

Gisele arqueó las cejas, mirándole fijamente.

–¿No te acuerdas de cómo tomo el té o es que me estás confundiendo con alguna de las muchas que me siguieron? –preguntó ella.

Emilio apretó los labios. No se enorgullecía de la cantidad de mujeres con las que había estado. Ahora, era como si ella le clavara el puñal hasta el fondo.

–Te gusta sin leche y con una cucharadilla de azúcar –respondió él.

Gisele tamborileó la mesa con los dedos.

–No.

–¿No? –Emilio frunció el ceño–. En ese caso... ¿cuándo dejaste de tomar azúcar con el té?

–Dejé el azúcar cuando... –Gisele se interrumpió y bajó la mirada, clavándola en el plato.

–¿Cuándo? –le instó Emilio.

Gisele apartó el plato.

–Tengo que recoger mis cosas. Aún no he hecho la maleta.

–Pero si no has deshecho la maleta –observó Emilio irónicamente.

–Tengo que... peinarme –Gisele se pasó una mano por el pelo–. Lo tengo todo revuelto.

–Estaba perfectamente hasta este momento, cuando te has llevado la mano a la cabeza y te lo has revuelto –observó Emilio.

–Tengo que maquillarme.

–Ya estás maquillada –comentó él.

Gisele se mordió el labio inferior; entonces, hizo una mueca de dolor y se llevó dos dedos a los labios.

Emilio sintió un nudo en el estómago.

–¿Te duelen? –preguntó él.

–Otras cosas me han dolido más –contestó ella.

Se hizo un momentáneo silencio.

–Lo siento –dijo Emilio por fin.

–¿El qué? ¿Haberme pagado para que vuelva a tu vida o haberme echado como si hubiera tenido la lepra?

–Ya te he dicho que no me enorgullezco de lo que hice hace dos años. Quiero aprovechar esta oportunidad para compensarte –Emilio lanzó un suspiro–. La noche que te dije que te marcharas... debió de ser terrible para ti.

–No fue el mejor momento de mi estancia en Italia, eso por supuesto –respondió ella con gesto de no darle importancia–. Pero me hizo más fuerte.

Emilio paseó la mirada por el cuerpo de ella.

–No se te ve más fuerte, *cara* –comentó él con voz suave–. Quieres dar esa impresión, pero no lo consigues del todo.

Gisele parecía empeñada en evitar mirarle a los ojos.

–Preferiría que no me llamaras eso –dijo ella.

–En el pasado, siempre te llamaba *cara*.

–El pasado ha quedado atrás –contestó ella con voz tensa–. El presente es diferente.

–No tan diferente. Volvemos a estar juntos.

Gisele le lanzó una mirada desafiante.

–Solo por un mes.

Emilio se llevó la taza de café a los labios y bebió un sorbo antes de responder:

–Quizá, después de pasar allí un tiempo, cambies de opinión y decidas quedarte.

–¿Para hacer qué? –preguntó ella–. ¿Para agarrarme de tu brazo, obedecerte en todo y renunciar a tener una opinión propia? No, gracias. Me he hecho mayor. Espero de la vida algo más que ser el juguete de un hombre rico.

Emilio tuvo que esforzarse para contener su irritación.

–Ibas a ser mi esposa, no un juguete –respondió él en tono de reproche.

–¿Por qué me pediste a mí que me casara contigo, Emilio? ¿Por qué a mí y no a cualquiera de las otras con las que habías salido antes que conmigo? ¿Qué tenía yo de particular?

Emilio dejó la taza dando un golpe en la mesa con ella.

–Creo que conoces la respuesta, Gisele.

–Porque era virgen, ¿verdad? –dijo ella–. Toda una novedad en estos tiempos poseer a una mujer a la que nadie ha poseído antes. Naturalmente, era la candidata perfecta para ser tu esposa. Perfecta, hasta que estalló el escándalo y, de repente, no era digna de ti. Estaba manchada. Usada. Imperfecta. Y no hay nada que aborrezcas tanto como la imperfección, ¿verdad?

Emilio se apartó de ella con expresión sombría.

–Tenemos que marcharnos en menos de una hora –dijo él–. Creo que no es necesario que te recuerde que, tan pronto como salgamos del hotel, todo el mundo estará pendiente de cómo nos comportamos el uno con el otro. No voy a tolerarte insultos ni rabietas de niña mimada... ni delante de mis empleados, ni delante de la prensa ni en público. Cuando quieras discutir conmigo, ten la decencia de esperar a que estemos solos.

Gisele le miró alarmada.

–No esperas que aparente estar enamorada de ti, ¿verdad?

Emilio le dedicó una mirada severa.

–Eso es exactamente lo que espero de ti –contestó él–. Se supone que estamos resucitando nuestra relación.

A Gisele le dio un vuelco el estómago.

–No puedo fingir algo que no siento.

–No vas a tener más remedio –dijo él implacablemente–. No voy a darte dos millones de dólares por lanzarme miradas asesinas delante de todo el mundo. Si no estás de acuerdo, dímelo ahora, rompemos el contrato y damos el asunto por zanjado. Tú dirás qué quieres hacer.

Gisele vaciló. ¿Podría hacerlo? ¿Podría representar el papel que había asumido unos años atrás voluntariamente? Era solo por un mes. Cuatro semanas de cara a la galería; en privado, podría ser ella misma.

–Está bien, lo haré.

Por fortuna, no había periodistas cuando Gisele y Emilio salieron del hotel para tomar su vuelo. Pero muy distinto fue cuando aterrizaron en el aeropuerto Leonardo da Vinci de Roma. Tan pronto como cruzaron la aduana, los paparazis se arremolinaron alrededor de ellos como moscas a la miel.

Gisele se sintió agobiada y asaltada por imágenes del pasado cuando estalló el escándalo. Los chispazos de las cámaras fotográficas la hicieron parpadear. El corazón le latía con tal fuerza que temió la posibilidad de desmayarse.

Emilio, hablando en italiano, pidió a los periodistas que se retirasen para dejarla pasar, y la rodeó con los brazos con gesto protector.

–Señor Andreoni –le dijo un periodista acercándole un micrófono al rostro–, ¿es que la señorita Carter y usted van a casarse pronto?

–Vamos a pasar un tiempo juntos antes de tomar ninguna decisión –respondió Emilio.

Gisele había aprendido algo de italiano cuando vivía con Emilio, pero no lo suficiente para entender todas las palabras que estaban diciendo; sin embargo, entendió la palabra «matrimonio» en italiano. ¿Era eso lo que Emilio estaba diciendo a los periodistas?

–¿Señorita Carter? –era el mismo reportero el que ahora, poniéndole el micrófono delante, se dirigía a ella en inglés–. ¿Está contenta de haber vuelto con el señor Andreoni?

–Yo... sí, muy contenta –logró contestar Gisele.

–Hace dos años de su muy pública separación –continuó el periodista–, debe de sentir un gran alivio ahora que ha salido a la luz quién era la persona que aparecía en el vídeo pornográfico.

Gisele no quería hablar de la vida privada de su hermana. Sienna no había querido dar explicaciones, solo le había dicho que la prensa había exagerado el contenido e importancia del vídeo.

–¿Va su hermana a venir a visitarla a Italia, ahora que usted va a vivir aquí? –preguntó otro periodista.

–No tengo pensado quedarme...

–Ambos tenemos muchas ganas de pasar unos días con Sienna Baker –interpuso Emilio, cortándola–. Y ahora, si nos disculpan...

–Señorita Carter, una pregunta más... –era otro periodista.

–Basta –declaró Emilio con decisión.

Emilio la condujo al coche rápidamente.

–No olvides lo que te dije sobre tu comportamiento conmigo en público –le recordó Emilio.

Gisele notó que el chófer les miraba por el espejo retrovisor, a través del cristal de separación entre la parte delantera y los asientos posteriores del vehículo. Se arrellanó en el asiento, al lado de Emilio, a pesar de tener ganas de abrir la puerta y salir corriendo de allí.

Respiró hondo y miró por la ventanilla durante el trayecto. De repente, el Coliseo apareció ante sus ojos y se le hizo un nudo en la garganta. Aún recordaba la ilusión del primer viaje a Italia, después de conocer a Emilio, cuando estaba haciendo un curso de bordado en Londres. Se habían conocido en una exposición de arte a la que había ido con una compañera de clase. Tan solo unos minutos después de entrar en la pequeña galería, había notado los ojos de Emilio fijos en ella. Aún recordaba cómo le había latido el corazón mientras él se le acercaba. Mucho más alto que los demás, no solo en estatura, sino también en porte. Y una semana después, había reconocido estar completa y absolutamente enamorada de él.

–El ama de llaves es nueva –dijo Emilio interrumpiendo el silencio en el coche–, se llama Marietta.

–¿Qué ha pasado con Concetta? –preguntó Gisele frunciendo el ceño.

–La despedí al día siguiente de que tú te marcharas –respondió Emilio apretando los dientes.

–¿Por qué? Creía que era la mejor ama de llaves que habías tenido.

–Sí.

–Entonces... ¿por qué la despediste?

–Se pasó de la raya, me dijo que había sido un idiota por echarte –contestó él–. La despedí al instante.

–Bien por Concetta –dijo Gisele–. ¿No le has pedido que vuelva, ahora que voy a estar aquí?

Emilio juntó las cejas, mirándola fijamente.

–No volvería.

Gisele le dedicó una dulce sonrisa.

–Podrías ofrecerle dos millones de dólares.

Emilio, sin contestar, volvió el rostro hacia la ventanilla.

Cuando el chófer detuvo el coche delante de la casa de Emilio en el lujoso barrio residencial cerca del parque Villa Borghese, Gisele se quedó tan impresionada como dos años atrás, cuando vio por primera vez la impresionante construcción de cuatro pisos, jardines de estilo renacentista y una fuente en el centro de la explanada circular que rodeaba el camino de la entrada. Una casa digna de una persona que había triunfado en la vida.

Emilio le dijo al chófer que se encargara del equipaje y luego condujo a Gisele a la puerta principal de la casa, que se abrió como por arte de magia. Una mujer de unos cincuenta y tantos años y vestida con uniforme les saludó con sonrisa formal.

–*Bentornati, signorina* Carter –dijo la mujer–. Bienvenida. Felicidades por su compromiso matrimonial.

–*Grazie* –respondió Gisele, estrechando la mano del ama de llaves y devolviéndole la sonrisa con un esfuerzo.

¿Compromiso matrimonial? ¿Qué compromiso matrimonial? Apenas podía contener la ira. ¿Qué demonios había contado Emilio? Pero, por supuesto, no podía discutir con él delante de la empleada. Por lo tanto, se quedó muy quieta, con una falsa sonrisa estampada en el rostro mientras contenía la cólera.

Emilio habló a Marietta en italiano antes de volverse a Gisele.

–Marietta deshará tu equipaje mientras tú descansas –declaró él.

Gisele vaciló al pensar en la manta de Lily dentro de la maleta.

–¿Te... te importaría que lo hiciera yo misma? Además, he traído poca cosa. Por cierto, tengo que comprar algo de ropa.

–Yo me encargaré de que tengas toda la ropa que necesites –dijo él mirándola fijamente.

–De todos modos, insisto en deshacer mi equipaje –continuó ella–. Ya no estoy acostumbrada a que me sirvan.

–Como quieras.

Gisele sintió un gran alivio y le vio volverse para dar órdenes a Marietta. No quería que nadie tocara la manta de Lily.

Emilio se volvió de nuevo hacia ella, le tomó la mano y jugueteó con su dedo anular.

–Tengo el anillo de compromiso en un cajón del escritorio.

–¿Conseguiste sacarlo de la fuente? –preguntó ella arqueando las cejas.

–Con la ayuda de tres fontaneros, pero sí, lo conseguimos –contestó Emilio.

Gisele esperó a estar a solas con él en el despacho para dar rienda suelta a su enfado.

–¿Cómo te has atrevido a decirle al ama de llaves que estamos prometidos? ¡Ese no era el trato! Yo solo he accedido a pasar aquí un mes, pero no como prometida tuya.

La expresión de Emilio no se alteró, parecía como si estuviera tratando con una niña mimada.

–Tranquilízate, *cara*. No es necesario que te pongas histérica.

–¡No estoy histérica! –y Gisele dio una patada en el suelo para enfatizar la fuerza de sus palabras.

–No levantes la voz –dijo él.

Gisele cerró las manos en dos puños y dijo entre dientes:

–Lo has hecho a propósito, ¿verdad? Obligándome a llevar puesto ese anillo, haces que me resulte imposible que niegue que estamos prometidos.

–*Cara*, estás demasiado cansada –dijo Emilio–. Lo que dices no tiene sentido. Naturalmente que tienes que llevar mi anillo mientras estás aquí. Para que la gente se crea que nos hemos reconciliado, tiene que parecer que volvemos al punto donde lo dejamos.

Gisele le lanzó una furibunda mirada.

–Y crees que el que yo lleve puesto ese anillo automáticamente te dará derecho a acostarte conmigo, ¿verdad?

–Con anillo o sin anillo, vas a acostarte conmigo –declaró Emilio–. Vas a dormir en mi habitación, te guste o no. No quiero que los empleados de la casa sospechen nada.

A Gisele le dio un vuelco el corazón.

–Prefiero dormir en el suelo a acostarme en la misma cama que tú.

Y tras esas palabras, Gisele le dio la espalda, furiosa.

Al cabo de unos segundos, oyó abrirse la puerta de la caja fuerte y respiró hondo.

–Dame tu mano –le ordenó Emilio.

Gisele se volvió de nuevo, rígida como una estatua.

–Espero que no se te ocurra repetir la proposición matrimonial –comentó ella cínicamente.

Los ojos de Emilio brillaron momentáneamente.

–Se me llegó a pasar por la cabeza, pero he decidido no hacerlo.

–¿Por qué? –preguntó Gisele–. ¿Te preocupa que pueda decir que no?

Emilio le deslizó el anillo en el dedo y le sujetó la mano mientras capturaba su mirada.

–¿Estás segura de que dirías que no? –inquirió él.

–¿Por qué no haces la prueba? –le desafío ella.

Emilio lanzó una queda carcajada y ella tembló al sentir en todo el cuerpo la sensualidad de ese sonido.

–Estoy convencido de que accederías si el precio te pareciese justo –contestó Emilio antes de llevarse la mano de ella a los labios.

Gisele sintió cosquillas en el vientre. Tragó saliva cuando los labios de él le acariciaron el reverso de la muñeca. Quería cerrar los ojos y entregarse a la magia creada por él.

–Para –dijo ella, pero sin convicción, y convencida de que Emilio lo sabía.

Emilio le pasó la lengua por la muñeca, una lametada sensual que la hizo estremecer de placer. Contuvo un quedo gemido, decidida a no reconocer lo mucho que le afectaba la proximidad de él, el roce de él, la increíble habilidad de Emilio para derrumbar sus defensas. Las piernas apenas la sostenían. La columna vertebral parecía estar soltándose, vértebra a vértebra. ¿Dónde estaba su fuerza de voluntad? ¿Qué había pasado con la ira que tanto necesitaba?

–Sabes a verano –dijo Emilio con los labios pegados a su muñeca.

Gisele tembló al tiempo que él le daba un pequeño y suave mordisco. El deseo le irguió los pezones. ¿Cómo iba a poder resistirse a él? Estar tan cerca de Emilio y no responder a sus caricias era una tortura.

–Necesito una ducha –dijo Gisele.

–Date una ducha conmigo.

¡Los recuerdos que esas palabras despertaron! La llama de la pasión comenzó a quemarla al recordar el duro cuerpo de Emilio penetrándola bajo el agua de la ducha, el recuerdo de la lengua de él saboreándola íntimamente... y de ella devolviéndole caricia por caricia. Y las imágenes que le asaltaron la hicieron enrojecer.

–No –contestó ella, tratando de separarse de Emilio.

Él, mirándola fijamente a los ojos, continuó sujetándola.

–No tardarás mucho en cambiar de parecer, *cara*. Los dos lo sabemos, ¿no es cierto?

Gisele le lanzó una mirada encolerizada.

–Suéltame.

Emilio la estrechó contra sí y le dio un duro beso en la boca antes de soltarla.

–Vete y descansa un rato –dijo él–. Nos veremos en la cena.

Gisele había temido el momento de entrar en el dormitorio de Emilio. Después de abrir la puerta, le sorprendió ver que la habitación había cambiado por completo. La pintura era distinta, igual que la cama, las lámparas y la decoración. Se preguntó si Emilio lo había hecho intencionadamente, con el fin de borrar la presencia de ella después de apartarla de su vida.

La habitación ahora tenía un aire veneciano, con la ropa de cama y las cortinas en negro y dorado. Las lámparas de mesa, a ambos lados de la enorme cama, tenían incrustaciones de ónice y oro. Y la alfombra hacía juego con las cortinas y la ropa de cama.

El cuarto de baño era de mármol negro pulido con grifería dorada al igual que los marcos de los espejos. Había una ducha con dos cabezas de ducha, una bañera hundida de mármol y una toallera con montones de toallas blancas.

Era una decoración lujosa y decadente, perfecta para la seducción, pensó ella mientras se apartaba de ahí y se acercaba a las puertas de balcón que daban a una terraza con vistas a los jardines.

Abrió el balcón y salió afuera a respirar el cálido aire primaveral con un ligero aroma a rosas. Los jardines de la parte de atrás de la casa no habían cambiado, los mismos setos, las mismas plantas herbáceas y las rosas de siempre. Había un sendero bordeado de lavanda que conducía a una fuente más grande que la de la entrada. El sonido del agua siempre le había relajado. Cuántas noches se había quedado dormida en los brazos de Emilio oyendo el rumor de esa fuente y pensando en su futuro juntos...

Salió de su ensimismamiento, volvió a entrar en la habitación y cerró la puerta de la terraza. Después, salió del dormitorio.

Siguiendo el pasillo, encontró otra habitación decorada en tonos café y blanco, con grandes ventanales con vistas también a los jardines.

Después de deshacer el equipaje y guardar sus cosas en el armario, encontró un cajón en el que puso la manta de Lily y unas fotos.

Un profundo cansancio la invadió de repente. Apenas se quitó los zapatos, se tumbó en la cama, cerró los ojos y se quedó dormida.

Emilio entró en varias habitaciones en busca de Gisele; por fin, la encontró en el dormitorio más distante del suyo. Su cabello rubio platino estaba desparramado sobre la almohada, su delgado cuerpo apenas hundiendo el colchón. Parecía un ángel, un ángel de rasgos perfectos; sin embargo, tan pálida que apenas parecía real. ¿Cómo iba a conseguir traspasar la barrera del enfado de ella? Tendría que hacerlo poco a poco, paso a paso.

Mirando al pasado, se daba cuenta de lo mal que había tenido que pasarlo Gisele cuando él la apartó de su vida. En el momento, la había tenido por una cazadotes disgustada por ver venirse abajo sus planes en el último minuto. Ahora, sin embargo, la veía tal y como era: una mujer joven que había amado profundamente y cuya vida, por un antojo del destino, se había venido abajo sin que ella hubiera tenido culpa alguna.

¿Adónde había ido Gisele?

¿A quién había pedido ayuda?

Él había cometido un grave error.

Emilio se la quedó mirando, vio cómo le temblaban los labios, la oyó murmurar y mover las manos como si estuviera buscando algo en la cama. Entonces, Gisele comenzó a moverse y a gemir:

–No, no... por favor, no...

–Gisele, shhh, vamos, tranquila, no pasa nada –dijo Emilio con voz suave después de sentarse en el borde de la cama y tomarle las manos.

Gisele abrió los ojos y, bruscamente, se incorporó hasta sentarse en la cama. Al principio, pareció desorientada; después, su expresión se tornó hostil.

–¿Qué haces aquí? –le preguntó ella retirando las manos de las de él.

–No lo digo por ofenderte, pero esta es mi casa y estás en una de las habitaciones de mi casa –contestó Emilio.

Gisele se retiró un mechón de pelo de los ojos con gesto irritado y le lanzó una mirada llena de reproche.

–No deberías espiar a la gente –comentó Gisele.

–No te estaba espiando –respondió él–. Estaba buscándote, te he encontrado aquí, me ha parecido que tenías una pesadilla y he tratado de calmarte, eso es todo.

Gisele se mordió el labio inferior, las mejillas se le enrojecieron y evitó su mirada.

Emilio, poniéndole una mano en la barbilla, le hizo volver el rostro y mirarle a los ojos.

–¿Tienes pesadillas con frecuencia, *cara*? –preguntó Emilio.

Una sombra cruzó los azules ojos de ella.

–De vez en cuando.

Emilio le acarició la mejilla con el dedo pulgar.

–Me gustaría poder borrar estos dos últimos años –declaró él–. Me gustaría volver atrás el reloj. Ojalá no te hubiera dicho lo que te dije.

Gisele no respondió. Se limitó a mirarle con expresión acusadora.

–¿Qué hiciste la noche que te eché de mi casa? –preguntó Emilio.

–Me fui a un hotel –respondió ella–. Al principio, me siguieron unos periodistas, pero conseguí esquivarlos. Al día siguiente, tomé un avión para Sídney.

–En estos dos años, ni una sola vez trataste de

ponerte en contacto conmigo –comentó él, aún acariciándola.

–Me lo prohibiste, ¿o no te acuerdas?

Emilio la miró fijamente durante unos momentos antes de bajar la mano.

–Servirán la cena dentro de media hora –anunció él al tiempo que se ponía en pie–. Te veré abajo.

Capítulo 5

DESPUÉS de darse una ducha, Gisele se puso un vestido ceñido color pardo y un par de tacones. Se secó el pelo, se lo recogió en un moño y se maquilló lo mínimo. Clavó los ojos en el anillo de compromiso, que ahora le quedaba grande. El enorme brillante había girado hacia la parte de la palma de la mano, por lo que no era visible. ¿Un mal presagio?

Emilio estaba en el salón cuando ella bajó. Estaba tomando un aperitivo junto al ventanal. Cuando se volvió, le paseó la mirada por el cuerpo como una caricia.

–Estás preciosa –dijo él.

–Gracias –Gisele no pudo evitar un leve sonrojo.

–¿Qué quieres beber? –le preguntó Emilio.

–Una copa de vino blanco.

Emilio le sirvió el vino y se lo llevó. Y ella vio cómo se le oscurecían los ojos, clavados en los suyos.

–¿Te encuentras mejor después de haber descansado un rato? –le preguntó Emilio.

–Sí –respondió ella, y bebió un buen trago de vino para calmar los nervios.

–¿Por qué no te has instalado en mi habitación, como te dije que hicieras?

–No puedes obligarme a acostarme contigo –contestó Gisele–. Necesito más tiempo. Me están pasando muchas cosas y con demasiada rapidez.

–¿No te ha gustado la decoración? –preguntó Emilio.

–Según parece, no has reparado en gastos para borrar todo rastro que yo hubiera podido dejar en la habitación –comentó ella con aspereza.

Emilio se llevó la copa a los labios con expresión inescrutable.

–Necesitaba un cambio.

–Dime, ¿les ha gustado a tus siguientes novias? Emilio frunció el ceño.

–Si no te gusta la decoración, podemos instalarnos en otra habitación, Gisele. Pero, en cualquier caso, te vas a acostar conmigo. No voy a permitir que se extienda el rumor de que no mantenemos relaciones.

–¿Cuánto tardaste en sustituirme? –preguntó ella.

–Gisele, ese camino no conduce a ninguna parte.

–¿Cuántas? –insistió ella con un nudo en la garganta.

–Yo podría hacerte la misma pregunta.

–Bien, adelante, hazla le instó Gisele.

–Está bien, ¿cuántos amantes has tenido después de que rompiéramos? –preguntó Emilio apretando los dientes.

Gisele se arrepintió de haberle provocado. ¿Tenía el valor de mentirle para hacerle sufrir? ¿Se atrevería a inventarse amantes? Pero... ¿qué sentido tenía eso? Además, Emilio notaría que estaba mintiendo.

–Ninguno –respondió ella tras una tensa pausa.

–Gisele...

–Pero no pienses que ha sido por falta de oportunidades –añadió ella rápidamente–. Lo que pasa es que no me apetecía tener relaciones con nadie. Y otra cosa, que no se te pase por la cabeza que estaba esperando a que tú vinieras a buscarme, porque no ha sido así.

Emilio, con la copa en la mano, se acercó al ventanal, de espaldas a ella. Cuando por fin habló, lo hizo con voz profunda, con sentimiento.

–¿Me creerías si te dijera que estaba pensando en ponerme en contacto contigo antes de enterarme de la existencia de Sienna?

A Gisele le dio un vuelco el corazón.

–¿Por qué?

Emilio se apartó de la ventana y se volvió de cara a ella con expresión inescrutable.

–No lo sé con certeza –respondió Emilio–. Supongo que quería ver si te encontrabas mejor que yo.

–¿Qué quieres decir?

–La amargura y el enfado no son buenos compañeros en la vida –contestó Emilio–. Supongo que me había cansado de estar enfadado. Me pasé dos años consumido por la ira. No podía pensar en otra cosa. Al final, llegué a un punto en el que me resultaba imposible continuar. Fue entonces cuando pensé en ponerme en contacto contigo, quizá para preguntarte, cara a cara, por qué me habías traicionado.

–Yo no te había traicionado.

Emilio lanzó un sonoro suspiro.

–Sí, ya lo sé. Cometí un error, algo a lo que no estoy acostumbrado. No suelo cometer errores.

Gisele clavó los ojos en la copa de vino y pensó en lo que él le había dicho sobre su enfado y amargura. A ella también le había consumido la ira. No obstante, todavía no estaba preparada para admitirlo y cambiar de actitud.

Marietta apareció en ese momento para anunciar que la cena estaba lista.

Gisele siguió a Emilio al comedor. Allí, la mesa estaba preparada para una romántica cena para dos: un ramo de flores del jardín y candelabros con velas.

Emilio la ayudó a sentarse antes de hacerlo él.

–He estado pensando en tu negocio –comentó Emilio–. ¿Empleas a bordadoras para que te ayuden?

–No –respondió Gisele–, lo hago todo yo. Me gusta trabajar por encargo, a los clientes les gusta que el trabajo sea personalizado.

Emilio le sirvió más vino.

–No obstante, si recibieras más encargos, supongo que no podrías hacerlo todo tú.

–Hasta el momento, no he tenido problemas.

–Sí, pero tan pronto como tu negocio despegue aquí, la situación va a cambiar –apuntó Emilio–. ¿Qué vas a hacer entonces?

Gisele se mordió el labio inferior.

–He traído algo de trabajo conmigo...

–Gisele, no podrás trabajar como has hecho hasta el momento –insistió Emilio–. Tendrás que contratar a algunas bordadoras, no tienes alternativa. Lo único que tienes que hacer es elegir a gente buena y controlar el producto.

Gisele le lanzó una mirada defensiva.

–Sé lo que me hago. Lo hago bien. Me gusta mi trabajo.

–La parte creativa de tu trabajo no es problema, *cara* –dijo Emilio–. He visto tus bordados, son exquisitos. Tienes mucho talento. Lo único que digo es que no te será posible hacerlo todo tú sola. Tienes que pensar en cómo vas a conseguir satisfacer la demanda cuando esta aumente; de lo contrario, la gente se buscará a otra.

Gisele apretó los labios antes de contestar.

–De acuerdo, lo pensaré.

Emilio lanzó un suspiro, estiró los brazos y le tomó una mano.

–Mírame, *cara*.

Gisele lo miró, pero con resentimiento.

–No voy a permitir que controles mi vida. He salido adelante sin tu ayuda. Mi tienda es uno de los comercios de más actividad en toda la calle.

–Lo sé –contestó él–. Sé que te ha ido muy bien. Lo único que quiero es ayudarte a mejorar, a que aumenten los beneficios de tu negocio. De esa manera, si las cosas no salen bien entre los dos, tendrás una base más sólida cuando vuelvas a tu casa.

Marietta apareció con la cena y Emilio llevó la conversación a temas menos contenciosos.

Gisele hizo un esfuerzo por hacer justicia a la deliciosa cena, pero estar con Emilio la hacía sentirse nerviosa y le excitaba al mismo tiempo. Emilio, cuando quería, era encantador. No podía evitar sentirse atraída por él. Los ojos de Emilio eran hipnotizantes y contenían una promesa sexual en sus profundidades.

Después de servirles café en el salón, Marietta anunció que se iba a casa ya.

–¿No vive aquí, como Concetta? –preguntó Gisele tras la marcha del ama de llaves.

–No –respondió Emilio–. Marietta vive en su casa, con su marido y sus dos hijas. Prefiere pasar allí las noches.

–En ese caso, si ella no está aquí por las noches, no hay razón para que no pueda tener mi propia habitación –observó Gisele.

La expresión de él se endureció.

–Viene muy pronto por las mañanas. ¿Qué quieres hacer, levantarte corriendo y venir a mi habitación para disimular?

Gisele dejó la taza de café y se puso en pie.

–Hay muchas parejas que duermen por separado –contestó ella–. Mis padres, a pesar de estar casados, tenían habitaciones separadas.

Emilio se levantó y se acercó a ella.

–Nuestra relación es distinta –dijo él, agarrándole las manos con suavidad y firmeza simultáneamente–. ¿Por qué niegas lo inevitable? Sé que nuestra ruptura te hizo sufrir. Comprendo que estés enfadada aún. Pero ahora que se nos presenta la oportunidad de arreglar las cosas entre nosotros, tú pareces empeñada en sabotear mis intentos de aproximación a ti.

—Hay cosas que no tienen arreglo —declaró Gisele con los ojos fijos en sus manos unidas, evitando la mirada de él.

Sintió un cosquilleo en el vientre cuando Emilio comenzó a acariciarle los dedos, una respuesta femenina a la virilidad de él. Sintió la llama del deseo en la entrepierna: una pulsación rítmica que la acercaba a...

Emilio le alzó la barbilla. Tenía las pupilas tan dilatadas que apenas se distinguían los iris de los ojos.

—¿Estás luchando contra mí o contra ti misma, *cara*?

—Te odio —sin embargo, esas palabras le salieron más huecas que unos días atrás.

—Eso no significa que el sexo conmigo no vaya a ser satisfactorio —dijo Emilio antes de acariciarle el lóbulo de la oreja con los labios.

Gisele tembló. Un delicioso escalofrío le recorrió el cuerpo cuando Emilio acercó la boca hacia la suya, jugueteando, despertando todo tipo de sensaciones en ella, haciéndola anhelar la caricia de esos labios.

Lanzó un leve gemido un momento antes de que la boca de Emilio se apoderara de la suya. Pero no fue un beso duro como el último que se habían dado, sino suave y sensual, a la vez que sumamente intenso. Al sentir la lengua de él en los labios, los abrió para permitirle la entrada; entonces, sus alientos se mezclaron, sus lenguas se unieron en un erótico ritual que azuzó la llama de la pasión.

Cuando Emilio le puso una mano en la nuca, la espalda le tembló de anticipación. La boca de él cambió de posición, y ella sintió la urgencia del deseo de Emilio; y aunque aún se controlaba, el deseo le exigía satisfacción con más y más insistencia.

Emilio le puso la otra mano en la zona lumbar de la espalda, pegándosela al cuerpo, al duro miembro. Y al sentir la erección de Emilio, el corazón le dio un vuelco y las piernas le temblaron, mientras seguían besándose.

Era maravilloso sentir otra vez. La energía sexual le daba vida...

Emilio, estrechándola contra sí con más fuerza, lanzó un gruñido gutural. Y ella se frotó contra él, el centro de su feminidad anhelando la posesión. Era casi dolor lo que sentía dentro, unos latidos rítmicos que vibraban en todo su cuerpo.

–Te deseo –rugió él como un lobo, junto a los labios de ella.

Gisele no necesitaba decir que también le deseaba, lo estaba haciendo su cuerpo por cuenta propia, un mensaje innegable. Se apretó contra Emilio, aplastando los senos contra el duro torso de él, dándole satisfacción a su boca con la de Emilio.

Emilio le bajó la cremallera del vestido y le acarició la piel desnuda de la espalda hasta hacerla creer que las piernas se le iban a doblar. Entonces, le desabrochó el sujetador, y este cayó junto con el vestido, dejándola tan solo en bragas y tacones. Bajó la cabeza y se apoderó de uno de los pezones de ella con la boca, lo chupó y después pasó al otro. Y ella gimió de placer. Era maravilloso sentirle con la piel, que la aspereza de la barba incipiente del rostro de Emilio se la acariciara.

Gisele comenzó a desabrocharle la camisa, botón a botón, mientras saboreaba con la lengua el sabor salado de la piel de Emilio al mordisquearle los pezones.

Emilio se despojó de la camisa mientras ella bajaba las manos a la cinturilla de los pantalones y lanzó un gruñido al sentirlas en la bragueta.

–Sabía que volverías a mí –dijo Emilio con voz ronca, junto a los labios de ella–. Sabía que no podrías resistirlo.

Esas palabras fueron como una jarra de agua fría, le hicieron recuperar la razón. ¿Tan seguro estaba Emilio de sí mismo y de la reacción de ella?

–Espera un momento –Gisele retiró las manos del cuerpo de Emilio.

Él frunció el ceño.

–¿Te pasa algo?

Gisele respiró hondo y se cruzó de brazos para cubrirse los pechos.

–No puedo hacer... esto –dijo ella–. Así, no... no aquí...

–En ese caso, vamos a arriba.

–No –respondió ella mirándolo significativamente.

–¿No?

–Lo siento –Gisele se agachó a recoger el vestido y el sujetador, las mejillas le ardían. Se vistió con la dignidad que pudo y, antes de encararse a él, se pasó una mano por el cabello–. Perdona, Emilio, sé que debería haber puesto fin a esto un poco antes. Creo que no estaba pensando. Cuando estoy contigo, me siento confusa. Supongo que eso es algo que no ha cambiado en estos dos años.

Emilio le dedicó una sonrisa burlona y le acarició la mejilla con la yema del dedo índice.

–Me gusta que no pienses. Cuando más me gustas es cuando, en vez de pensar, solo sientes.

Gisele se mordió el labio inferior.

–Hace mucho tiempo que no me pasaba –confesó ella con voz queda.

Emilio le cubrió la mejilla con la mano, sus ojos negros llenos de ternura.

–Lo sé –dijo él–. Por eso es por lo que quiero que, cuando nos volvamos a acostar, sea especial. Quiero saborear el momento.

–Hablas como si me hubieras echado de menos.

Emilio le acarició el labio inferior con el dedo pulgar.

–Los primeros días después de que te fueras, no había quien me aguantara –confesó Emilio–. Perdí el encargo de un proyecto. Estaba tan furioso que incluso se me pasó por la cabeza que tú tenías algo que ver con ello. Tuve que trabajar duro para compensar la pérdida de ese contrato. En realidad, en dos años, el viaje que he hecho a Sídney ha sido el único tiempo que me he tomado libre.

Gisele imaginó a Emilio trabajando sin parar para olvidarse de ella. Siempre había sido un hombre con dedicación en todo lo que hacía, por eso había logrado el éxito que tenía. En una ocasión, le había dicho que, de pequeño, cuando decidió ser arquitecto, sabía que nada lograría interponerse en su camino. Y así había sido. Emilio se había convertido en uno de los mejores arquitectos del mundo.

–Dime, ¿le has hablado a Sienna de nosotros? –preguntó Emilio de repente.

–Le dije algo, pero sin ahondar mucho –respondió Gisele–. No quería que se sintiera culpable de nuestra ruptura. Piensa que, aunque somos gemelas, prácticamente no nos conocemos. Nos llevará un tiempo acostumbrarnos la una a la otra.

–¿Te gusta tu hermana? –preguntó Emilio–. ¿Crees que podrás llegar a quererla?

Gisele pensó en su vivaz gemela, en su naturaleza generosa e impulsiva. Por lo poco que la había visto, le había parecido que Sienna se enfrentaba a la vida con cierta temeridad, lo que debía de haberle causado problemas. Pero era imposible no encariñarse con ella.

–Sienna me parece una persona encantadora –contestó Gisele–. Es inteligente, descarada y sofisticada. Pero me parece que los medios de comunicación han presentado una imagen errónea de ella al describirla como una mujer hedonista, sin freno y sin ética. En mi opinión, Sienna es una persona muy sensible, pero se esconde tras una imagen de chica alegre.

–A finales de mes tengo que ir a Londres a ver a un cliente –comentó Emilio–, me gustaría que me acompañaras. Me gustaría que me presentaras a Sienna y así, al mismo tiempo, podrías pasar unos días con ella mientras yo trabajo.

–Me gustaría mucho verla –confesó Gisele–,

pero no quiero mentirle respecto a nuestra relación. Una cosa es fingir delante de los medios de comunicación y otra muy distinta es mentirle a mi hermana.

–Quizá no sea necesario que mientas, *cara* –dijo Emilio, acariciándole los labios con el pulgar.

A Gisele le picaron los labios. Tuvo que hacer un esfuerzo por controlar la llama de la pasión. Decidió que lo mejor era apartarse de él y eso fue lo que hizo.

–Me parece que me voy a acostar ya –dijo Gisele–. Buenas noches.

Emilio no respondió, pero ella sintió el calor de la mirada de Emilio en la espalda mientras se acercaba a la puerta y salía de la estancia.

Capítulo 6

GISELE estaba abriendo la cama cuando oyó abrirse la puerta del dormitorio y Emilio, con albornoz y el pelo mojado, entró en la habitación.

–¿Qué haces aquí? –le preguntó ella sin disimular su enfado.

–Voy a acostarme –contestó él al tiempo que se quitaba el albornoz.

Gisele no pudo evitar quedarse mirando el duro y musculoso pecho, el liso abdomen y el miembro parcialmente erecto. El corazón pareció querer salírsele del pecho.

–Te he dicho que...

–Y yo te he dicho que vamos a compartir la cama durante un mes aunque no hagamos el amor. No voy a forzarte. Me conoces lo suficientemente bien como para saber que nunca haría eso.

Gisele tragó saliva.

–Eso da igual –Gisele se pasó la lengua por los labios; de repente, muy secos.

Emilio la miró con un brillo travieso e intenso en los ojos.

–Me parece que no sabes lo que quieres, Gisele. Hay momentos en los que me miras como si quisieras arrojarte a mis brazos y pasarte la vida abrazada a mí; en otras ocasiones, me miras como si quisieses arrancarme los ojos. Vas a tener que decidirte por una cosa u otra.

Para Gisele, el problema era que la razón le dictaba una cosa y el cuerpo otra muy distinta. Desgraciadamente, con las prisas de disimular lo mucho que le deseaba, se apartó de la cama con demasiada brusquedad y, al hacerlo, tiró accidentalmente el vaso de agua de la mesilla de noche y las pastillas para dormir. El vaso acabó en la alfombra y el bote de pastillas junto al pie izquierdo de Emilio.

Con la boca seca, le vio agacharse para recoger el bote.

—¿Qué son estas pastillas? —preguntó Emilio, y frunció el ceño mientras leía la etiqueta.

—Dámelas —Gisele intentó arrebatárselas.

Emilio apartó la mano, impidiéndole que se lo quitara, y continuó leyendo.

—¿Pastillas para dormir? —preguntó él mirándola fijamente.

—¿Y qué? —Gisele le miró con expresión defensiva—. Mucha gente toma pastillas para dormir.

—¿Cuánto tiempo hace que las estás tomando?

Gisele se cruzó de brazos y sus labios se cerraron en una firme línea.

—Gisele... —Emilio le alzó la barbilla, obligándola a mirarle a los ojos—. ¿Cuánto tiempo llevas tomando pastillas para dormir?

Gisele lanzó un tembloroso suspiro.

—Un tiempo... unas cuantas semanas... quizá dos meses.

–Deberías dejar de tomarlas. Crean adicción.

Gisele alzó los ojos al techo.

–Hablas como mi médico.

–*Cara*, ¿tengo yo la culpa de que estés tomando pastillas para dormir? –preguntó él con voz grave.

Gisele pensó en las semanas de después de que Emilio la echara de su vida, semanas en las que pasaba el día entero durmiendo, sumida en una profunda depresión: peinarse era todo un esfuerzo, ir a abrir la puerta era como correr un maratón... Solo se había sentido a gusto en el calor y la seguridad que la cama le proporcionaba.

Entonces, descubrió que se había quedado embarazada. La noticia la sacó de la depresión y la hizo volver a enfrentarse a la vida con renovada esperanza y cierta alegría.

¿Tenía Emilio la culpa de la muerte de Lily?

Durante un tiempo, eso era justamente lo que había creído; pero, al final, se había dado cuenta de que nadie tenía la culpa. «Era una de esas cosas...», según los médicos. Un defecto genético, un error de la naturaleza.

–No –respondió Gisele en un susurro–. No, tú no tienes la culpa.

Era el recuerdo del llanto de Lily lo que no le permitía dormir por las noches. La única forma de escapar a la tortura de oír ese llanto era atontarse con pastillas. Y ni siquiera así lo lograba siempre.

Emilio la miró fijamente a los ojos, como si tratara de leerle el pensamiento.

–¿Es por el negocio? ¿Por la muerte de tu padre? ¿Por Sienna?

Gisele le apartó la mano de su rostro, se separó de él y se abrazó a sí misma. ¿Debía contarle lo de Lily? ¿No tenía derecho Emilio a saber que había sido padre, aunque solo hubiera sido por unas horas? Además... ¿Y si Emilio se enteraba por casualidad? ¿No sería mejor que se lo dijera ella a que lo hiciera otra persona? Pero no podía soltarlo así, sin más. Tendría que elegir el momento oportuno.

–He pasado unos momentos muy difíciles –contestó ella–. No se trata de una cosa en concreto, sino de todo en general.

–De todos modos, no me gusta que te drogues. Antes nunca tuviste problemas para dormir.

–Si no recuerdo mal, había noches que casi no dormíamos –comentó ella al tiempo que le lanzaba una mirada irónica.

Las palabras parecieron flotar en el aire durante un momento, conjurando eróticas imágenes del pasado, viejos fantasmas...

Gisele vio pasión en los ojos de Emilio, que miraba su cuerpo apenas cubierto con un camisón de satín que no dejaba mucho a la imaginación. Sintió cómo se le erguían los pezones y se dio cuenta de que a Emilio no le había pasado desapercibido. El vientre se le tensó y sintió calientes latidos en la entrepierna. Y vio engordar y alzarse el miembro de Emilio, y la fuerza y la potencia de él le quitaron la respiración.

–Es verdad, tienes razón –contestó Emilio con pasión en la mirada, clavando los ojos en los de ella.

–Por favor, Emilio, no...

–¿No, qué, *cara*? –preguntó Emilio acercándose a ella–. ¿Esto?

Entonces, Emilio le acarició el cuello con los labios, debajo del lóbulo de la oreja...

Gisele tembló. Quería alzarse, quería pegar su sexo al de él. Quería sentirle dentro...

–Esto era lo que nos mantenía despiertos, ¿te acuerdas? –le susurró Emilio junto a la boca.

Gisele se humedeció los labios, el corazón parecía a punto de salírsele del pecho. Tantas sensaciones... estaba casi mareada. Lo recordaba todo. Recordaba cómo la había hecho sentir Emilio, cómo podía despertar su pasión...

Y sabía que seguía deseándole.

El tiempo pareció detenerse.

De repente, Emilio, rompiendo el hechizo, dio un paso atrás, hasta el sitio donde había dejado caer el albornoz.

Gisele parpadeó un par de veces, sin comprender. Le vio ponerse el albornoz y atarse el cinturón; al parecer, impasible a lo que había pasado entre los dos apenas unos segundos antes. ¿Qué se proponía? ¿Demostrarle lo poco que la necesitaba? ¿Dejar claro que era una entre tantas, con la que podía acostarse si le apetecía?

Emilio era el único hombre con el que ella quería acostarse, no podía imaginar desear a ningún otro. Era como si su cuerpo le perteneciera a él, le había pertenecido durante más de dos años.

–Te concederé el resto de la semana para que te acostumbres a la nueva situación –dijo Emilio–. Le pondré cualquier excusa a Marietta que explique que estamos en habitaciones separadas.

–¿Y después? –preguntó Gisele.

–Creo que los dos sabemos la respuesta –contestó Emilio clavándole los ojos en los suyos.

–¿Crees que dos millones de dólares van a bastar para hacerme disfrutar acostarme contigo? –preguntó ella.

Emilio sonrió al tiempo que abría la puerta para marcharse.

–Me aseguraré de que así sea.

Gisele durmió mal aquella noche. Cuando se levantó, se dio una ducha, se vistió y se maquilló sin prisas, con la esperanza de que, al bajar, Emilio hubiera desayunado y se hubiera marchado a trabajar.

Por fin, bajó las escaleras, dispuesta a demostrar a Emilio que no le necesitaba, decidida a mantenerse ocupada todo el día.

Cuando Marietta la vio, de camino a la terraza con una bandeja de bollos y fruta, le dijo:

–El señor Andreoni la está esperando ahí fuera. ¿Quiere que le prepare un té?

–Sí, gracias –respondió Gisele forzando una sonrisa.

Al parecer, no iba a poder zafarse de Emilio con facilidad, a pesar de ser casi las once de la mañana. Lo que era extraño, ya que Emilio solía salir de la casa temprano. En el pasado, incluso había pasado la mayoría de los fines de semana trabajando.

Emilio estaba tomando un café cuando ella salió

a la soleada terraza. Tenía un aspecto extraordinario, se le veía descansado y sano. Llevaba pantalones negros y camisa blanca remangada hasta los codos, tenía la piel morena y un aspecto irresistible.

Al verla, Emilio dejó la taza en la mesa, se levantó y apartó una silla para que ella se sentara.

–*Cara*, no pareces haber pasado una buena noche –comentó él–. ¿Ni con las pastillas has conseguido dormir?

Gisele le lanzó una furiosa mirada antes de dejarse caer en la silla.

–¿Cómo es que no estás en el trabajo? –preguntó ella.

–Me he tomado el día libre para pasarlo contigo –respondió Emilio–. Eso es lo que hacen las parejas que se acaban de reconciliar, ¿no te parece?

–No deberías haberte molestado –dijo Gisele colocándose la servilleta encima de las piernas–. La verdad es que no me apetece estar con nadie.

–Pues lo siento, pero tenemos que pasearnos juntos para que se nos vea –comentó él, y agarró la taza de café–. Esta tarde tenemos que asistir a una función, así que he pensado que deberíamos salir a comprarte algo de ropa para la función.

–Puedo ir yo sola, no es necesario que me acompañes –respondió ella mirándole–. No necesito que nadie me lleve las bolsas.

Emilio dejó la taza en la mesa una vez más.

–Gisele, te aconsejo que no te extralimites –dijo él con severidad–. Estoy intentando ser paciente contigo, pero todo tiene un límite.

Gisele vio dureza en los oscuros ojos de Emilio y apartó la mirada de él.

–¿Qué le has dicho a Marietta? ¿Cómo le has explicado que yo esté durmiendo en otra habitación? –preguntó ella para romper el tenso silencio que se había creado.

–Le he dicho que roncas.

Gisele abrió los ojos desmesuradamente.

–¿Que le has dicho qué?

Emilio se encogió de hombros, volvió a agarrar la taza y se la llevó a los labios.

–No tiene importancia, *cara*, mucha gente ronca.

–¡Pero yo no! –exclamó ella ofendida–. ¿Por qué no le has dicho que el que ronca eres tú?

–Porque no soy yo quien se opone a que nos acostemos juntos –contestó él en tono suave.

Gelese lanzó un gruñido, agarró un bollo y lo hizo trozos.

–Podías haberle puesto otra excusa menos ofensiva. Roncar parece tan poco... sexy.

–¿Vas a comerte ese bollo o solo quieres jugar con él? –le preguntó Emilio.

Gisele apartó el plato con el bollo deshecho.

–No tengo hambre.

Él le lanzó una mirada retadora.

–¿Te has propuesto enojarme? preguntó Emilio–. Porque, si es así, lo estás consiguiendo.

Gisele sintió un cierto placer. Le gustaba la sensación de poder que le daba conseguir enfadarle.

–En cualquier caso, no te vas a levantar de la mesa hasta que no hayas comido algo –declaró

Emilio tras un tenso y eléctrico silencio–. ¿Me has oído?

–Si quieres que coma, ¿por qué no dejas de molestarme? –preguntó Gisele, echando chispas por los ojos.

Ambos se callaron al oír los pasos de Marietta acercándose.

–Aquí está su té, señorita –dijo Marietta, dejando la tetera en la mesa, observándola fijamente.

–Gracias, Marietta –respondió Gisele con una sonrisa que no le llegó a los ojos.

–¿Necesitan algo más? –preguntó Marietta.

–No, nada más, gracias –dijo Emilio con firmeza.

Una vez que el ama de llaves se hubo marchado, Emilio se pasó una mano por el cabello.

–No es mi intención molestarte, Gisele –dijo él–. Es un momento difícil para los dos, tenemos que hacer un esfuerzo por acoplarnos, ambos tenemos que hacer concesiones. Quiero que lo nuestro funcione. Lo digo en serio.

–¿Por qué?

Emilio frunció el ceño como si, de repente, ella le estuviera hablando en un idioma desconocido.

–Porque lo que había entre los dos era bueno. No puedes negarlo, Gisele.

–Pues sí que lo niego –respondió ella–. ¿Qué tenía de bueno que yo tuviera que firmar un contrato prematrimonial? ¿Dónde estaba la confianza en la que debe basarse cualquier matrimonio?

–Nadie me ha regalado todo lo que tengo, me ha costado mucho esfuerzo –dijo Emilio–. Tengo derecho a proteger mis intereses. Si tanto te disgustaba, ¿por qué no lo dijiste en su momento?

Gisele apartó los ojos de él, avergonzada de haber sido tan sumisa en el pasado. Le había dolido mucho cuando Emilio se lo dijo, pero no protestó. Había firmado el contrato prematrimonial preguntándose si Emilio, algún día, llegaría a fiarse de ella lo suficiente como para dejar de temer que pudiera tratar de robarle o traicionarle.

–Gisele...

Ella lanzó un suspiro y se dispuso a servirse una taza de té.

–Dejemos el tema, ¿de acuerdo? Al fin y al cabo, da igual, ya que no vamos a casarnos.

–Puede que no dé igual... si decidimos que nuestra reconciliación sea permanente –comentó él.

Con mano temblorosa, Gisele dejó la tetera en la mesa después de servirse.

–¿Te has vuelto loco? –preguntó ella–. Jamás me casaría con alguien que no me quería lo suficiente para fiarse de mí.

–El amor y la confianza son dos cosas completamente distintas –declaró Emilio–. Lo uno no va necesariamente unido a lo otro.

–Para mí, sí –Gisele agarró su taza de té con ambas manos.

Emilio se la quedó mirando con expresión inescrutable.

–¿Crees que no te quería lo suficiente, *cara*?

–¿Me querías cuando me echaste de tu casa, negándote a escucharme? –le preguntó ella con el corazón encogido.

La expresión de él se endureció.

–Lo único que puedo hacer es pedir disculpas, nada más –contestó Emilio–. Admito que me equivoqué. ¿Qué más quieres que haga?

«Que me ames», pensó Gisele.

–Nada. No puedes hacer nada.

Emilio extendió un brazo por encima de la mesa y le agarró la mano.

–¿Dónde está el anillo de compromiso? –preguntó él.

–Lo he dejado arriba. Se me ha quedado grande y tenía miedo de perderlo.

Emilio frunció el ceño al tiempo que le acariciaba el dedo anular.

–En ese caso, tenemos que llevarlo al joyero, ¿no?

–¿Por qué lo has conservado? –preguntó ella tras una breve pausa.

Emilio le soltó la mano y recostó la espalda en el asiento de la silla.

–Vale mucho dinero.

–Lo sé, por eso. Podías haberlo vendido –observó Gisele–. ¿Por qué no lo hiciste?

Emilio apartó la silla de la mesa y se puso en pie.

–Tengo que hacer una llamada –anunció él de repente–. El chófer va a venir dentro de diez minutos. No te retrases.

Gisele lanzó un suspiro mientras le veía cruzar la terraza y entrar en la casa.

–El señor Andreoni me ha dicho que le diga que se reunirá con usted para el almuerzo, que será algo más tarde que de costumbre –le dijo el chófer cuando ella salió y se acercó al coche–. Le ha surgido un asunto urgente. Y me ha dado esto para que se lo dé.

El chófer le dio una tarjeta de crédito y un papel con la dirección de un restaurante.

–¿Por qué no me lo ha dicho él mismo? –preguntó ella, ligeramente molesta.

El chófer se encogió de hombros.

–Es un hombre muy ocupado. Siempre está trabajando.

–No es necesario que me lleve en coche –dijo ella–. Puedo ir andando.

–El señor Andreoni ha insistido en que la acompañe.

–Tómese la mañana libre –insistió Gisele mientras metía la tarjeta y el papel en el bolso.

–Me despedirá si no...

–No, no le despedirá –le interrumpió ella con decisión–. Yo me encargaré de que no le despida. *Ciao*.

Emilio ya estaba en el restaurante cuando llegó ella. No había comprado gran cosa, solo un vestido y unos zapatos para la función de aquella noche, pero no había utilizado la tarjeta de Emilio.

Se abrió paso a través del concurrido restaurante, consciente de que la oscura mirada de Emilio se centraba exclusivamente en ella.

–Hola, cariño –dijo ella ofreciéndole la mejilla, un gesto de cara a la galería.

Emilio le tomó el rostro en las manos y le plantó un apasionado beso en la boca. Ella dio un paso atrás cuando Emilio la soltó, consciente de que debía de estar colorada como un tomate y con las piernas apenas sosteniéndola.

–No pareces haber comprado gran cosa –comentó él mientras le retiraba una silla para que se sentara.

–No me gusta comprar con el dinero de otra gente –dijo ella, lanzándole una significativa mirada–. Cuando quiera comprar ropa, lo haré con mi dinero.

–Pareces decidida a desobedecerme –dijo Emilio, sentándose frente a ella en la mesa.

–Y a ti parece resultarte difícil entender que no estoy dispuesta a permitir que me digan lo que tengo que hacer –le contestó ella.

–Cuidado, *cara* –Emilio respiró hondo–, ahora estamos en público. Espera a que estemos solos para sacar las garras.

Gisele tuvo que hacer un esfuerzo para disimular su ira. Agarró la carta con el menú y ocultó el rostro en ella.

–¿Qué tal te ha ido con ese asunto tan urgente? –preguntó Gisele.

–Bien.

Se hizo un tenso silencio.

Gisele se preguntó si eso tan urgente tenía que ver con otra mujer. Le consumía pensar que Emilio pudiera estar con otra. Durante dos años, había tratado de no pensar en ello. ¿Tenía Emilio una amante en la actualidad?

–Tengo una cosa para ti –declaró Emilio.

Gisele dejó la carta.

–¿Qué?

Emilio le dio una caja de joyería.

–Espero que sea de tu medida.

Gisele abrió la caja de terciopelo negro y se quedó mirando el extraordinario brillante. Parecía muy caro; sin embargo, era mucho más sencillo que el que le había dado dos años atrás.

–No comprendo... Creía que ibas a hacer que me achicaran el otro.

–Me ha parecido que este te iba a gustar más –le explicó Emilio–. Pero, si no te gusta, puedes ir a la joyería a elegirlo tú misma. No me importa.

Gisele se mordió el labio inferior, sacó el anillo de la caja y se lo puso en el dedo anular. Le quedaba perfecto y le gustaba más que el antiguo. En realidad, el otro nunca le había gustado, pero no se había atrevido a confesarlo.

–Es precioso –reconoció Gisele, mirando a Emilio a los ojos–. Es el anillo más bonito que he visto en mi vida.

Emilio hizo gesto de no darle importancia y agarró la carta con el menú.

–¿Qué te apetece comer? –preguntó él.

Gisele se lo quedó mirando mientras él examinaba el menú.

–Dime, ¿de qué se trataba ese asunto tan urgente?

Emilio dejó la carta y, con el ceño fruncido, le clavó los ojos.

–¿Te importa que pidamos la comida? ¿O sigues en huelga de hambre?

–¿Qué era eso tan urgente, Emilio?

–He tenido que encargarme de varios asuntos –Emilio, visiblemente incómodo, cambió de postura en el asiento–. El anillo era uno de ellos.

–Has sido muy considerado –dijo Gisele con voz queda.

–No tiene importancia –Emilio cerró la carta.

Ella le miró desde el lado opuesto de la mesa.

–¿Voy a quedármelo después de... ya sabes, de que acabemos con esta historia? –preguntó ella.

–¿De que acabemos con esta historia? –repitió él con una sonrisa burlona–. Lo dices como si se tratara de una especie de tortura o una condena.

Gisele apretó los labios y volvió a quedarse contemplando el brillante.

–No sé... quizá tenga sus compensaciones.

–Como dos millones de dólares, por ejemplo –murmuró Emilio.

–Bueno, ¿voy a quedármelo o no? –insistió Gisele volviendo a mirarle a él.

–¿Qué harás con él? ¿Venderlo o tirarlo a la fuente más próxima, como hiciste con el otro?

Gisele le sostuvo la burlona mirada durante unos segundos antes de volver a agarrar la carta. Aún seguía sin comprender por qué Emilio se había tomado la molestia de ir a comprarle un anillo tan exquisito. ¿Se engañaba al atreverse a pensar que Emilio sentía por ella más de lo que aparentaba? Hasta ese momento, había estado convencida de que el motivo de volver a estar juntos temporalmente era porque a Emilio le convenía, por el qué dirán.

Pero... ¿y si Emilio quería de verdad empezar de nuevo? ¿Y si ese anillo era una forma de expresarlo? ¿Era una locura buscar amor donde solo había habido odio durante tanto tiempo?

Por otra parte... ¿y si Emilio le había comprado el anillo para que se acostara con él? No, era demasiado pronto para estar segura de lo que había motivado el comportamiento de Emilio. Tenía que tener cuidado.

–Creo que lo guardaré como souvenir –contestó ella–. Nunca se pueden tener demasiados brillantes, ¿verdad?

La expresión de él se endureció, sus ojos se oscurieron.

–Me sorprende que no te quedaras con el anterior –comentó él–. Su venta te habría mantenido durante uno o dos años.

–Me resultó mucho más satisfactorio tirarlo –respondió Gisele–, dadas las circunstancias.

Emilio apretó los labios con fuerza mientras le sostenía la mirada.

–No vas a olvidarlo nunca, ¿verdad?

–Por eso es por lo que me has comprado otro anillo, ¿verdad? –preguntó Gisele–. Has creído que con un brillante podrías convencerme de que me acostara contigo, ¿no? Tendrás que esforzarte más, Emilio. Ya no soy una presa tan fácil.

Emilio enarcó las cejas mientras la contemplaba con indolencia.

–No era eso lo que me pareció anoche –comentó él–. Tan pronto como te besé, te deshiciste.

Gisele sintió un intenso calor subiéndole a las

mejillas. Apartó la silla de la mesa y se puso en pie con movimientos rígidos.

—Perdona, tengo que ir al baño.

—Ni se te ocurra —le advirtió Emilio antes de que ella hubiera podido alejarse de la mesa dos pasos.

Gisele se volvió y le miró con altanería.

—Perdona, ¿qué has dicho?

—Sé qué te propones, Gisele. Te conozco. Pero escapar no te va a ser de ayuda.

—No voy a escapar —Gisele le lanzó una lívida mirada—. Simplemente, necesito alejarme de tu odiosa presencia.

La expresión de Emilio se tornó distante y fría como el hielo.

—Si sales de este restaurante sin mí, llamaré a todos los contactos que tengo en Europa para decirles que no se te acerquen para nada. El efecto dominó se sentirá hasta en Australia. ¿Te imaginas lo sabroso que sería para la prensa?

Gisele sintió la punzada de esa mirada. Las piernas le temblaron.

¿Y si los medios de comunicación ahondaban en su vida? Hasta el momento, había logrado mantener el nacimiento y la muerte de Lily en secreto. No podía soportar la idea de que algo tan personal se hiciera público.

Le hirió el amor propio, pero se sentó de nuevo, no tenía otra alternativa.

—¿Contento?

—Te has vuelto una fiera, ¿verdad, *cara*?

Gisele prefirió no contestar, escondió el rostro

en la carta y eligió un plato que ni siquiera le apetecía, solo para evitar la mirada de Emilio.

–No parece gustarte mucho –comentó Emilio al cabo de un rato, después de que les hubieran servido la comida–. ¿Prefieres que pidamos otra cosa para ti?

Gisele dejó el tenedor en el plato; en realidad, solo lo había utilizado para juguetear con la comida.

–Lo siento, no tengo hambre.

Emilio se la quedó mirando unos instantes con expresión seria.

–¿Tanto te disgusta estar conmigo? –le preguntó él.

–No se trata solo de ti, sino de la situación en la que nos encontramos. Es como si... La verdad es que no sé exactamente qué quieres de mí.

–A ti.

La contestación de Emilio le recorrió la espalda como una caricia.

–A parte de eso.

–¿Te refieres a largo plazo?

Gisele se pasó la lengua por los secos labios.

–No creo que podamos entendernos ya.

–Es un poco pronto para preocuparse de eso, ¿no te parece? –observó Emilio–. En este momento, lo mejor es vivir el momento, ver qué es lo que el día nos depara. Tenemos que probar.

Gisele clavó los ojos en los de él.

–¿No será que lo que te interesa es recuperar tu buena reputación, la simpatía de la gente?

Emilio frunció el ceño.

–¿Crees que eso es lo que me interesa? ¿La opinión pública?

Gisele lanzó un suspiro.

–No lo sé. ¿Cómo podría saberlo? Me has comprado un anillo precioso, pero todavía no me has hablado de lo que realmente sientes.

–¿Qué quieres que te diga? –preguntó Emilio–. Tú me odias, me lo has dicho varias veces. ¿De qué serviría que te dijera lo que siento? Eso no va a cambiar en nada lo que tú sientes, ¿no?

Gisele respiró hondo y preguntó:

–¿Me has querido alguna vez?

El rostro de Emilio se ensombreció, sus rasgos se endurecieron.

–Iba a casarme contigo, ¿no?

Gisele le miró con desdén.

–¿Así que debería sentirme orgullosa de que me eligieras a mí entre una lista de cientos, o hasta de miles, de candidatas?

–¿Por qué sacas este tema ahora?

–Quiero saber qué sentías por mí –contestó ella–. Quiero saber en qué estaba basada nuestra relación.

Emilio se pasó una mano por el cabello.

–Estaba basada en el deseo de construir una vida juntos. Los dos queríamos lo mismo: hijos, una familia sólida y seguridad. Lo que quiere la mayoría de la gente.

–La mayoría de la gente quiere amor –dijo ella con un suspiro–. Lo que más desea la mayoría de la gente es amar y ser amada.

–Sí, lo sé, Gisele –dijo Emilio–. Mentiría si dijera que yo no quiero eso mismo. Lo he querido durante toda la vida, pero la experiencia me ha demostrado que una cosa es querer algo y otra es conseguirlo. Y tampoco dura; al menos, por lo que yo sé.

Gisele se dio cuenta de que la conversación se daba por terminada incluso antes de que fuera el camarero para retirarles los platos, lo vio en la expresión de Emilio, completamente cerrada. Se preguntó cuánta gente le había decepcionado, solo así se comprendía su cinismo respecto al amor. ¿Se había criado sin nadie en quién confiar, sin nadie que le quisiera?

—Yo tengo que pasarme por la oficina, Luigi te llevará a casa —dijo Emilio.

—Así que no le has despedido, ¿eh?

Emilio le puso una mano en el codo mientras cruzaban el restaurante en dirección a la salida.

—Le he dado un aviso —contestó Emilio.

—No deberías hacerlo —Gisele se detuvo para mirarle—. Ha sido culpa mía, quería evitar a los periodistas. Quería mezclarme con la gente, evitar llamar la atención apareciendo con un cochazo y un chófer.

—No me gusta que desobedezcan mis órdenes —explicó Emilio—, y menos mis empleados.

—Menos mal que no soy empleada tuya... —Gisele enrojeció y hundió los dientes en el labio inferior—. Bueno, ahora que lo pienso, quizá lo sea.

Emilio le alzó la barbilla.

—No, no eres mi empleada.

—Entonces, ¿qué soy?

Emilio se la quedó mirando unos instantes.

–Intenta descansar un rato esta tarde –le acarició los labios con los suyos–. No olvides que tenemos que salir esta noche.

Capítulo 7

EMILIO se quedó mirando a Gisele mientras bajaba las escaleras. Llevaba un sencillo y elegante vestido de cóctel color fucsia con estola haciendo juego. Se había recogido el cabello en un moño, lo que le confería un aire aristocrático. Le pareció que nunca la había visto tan hermosa como cuando le sonrió, aunque brevemente. La sonrisa de Gisele era como un rayo de sol penetrando una nube un día nublado. Se le había olvidado lo maravillosa que era esa sonrisa. Le calentaba rincones recónditos del alma.

Para él, era un gran paso dejar que Gisele le acompañara aquella noche. Había pensado ir solo, como solía hacer. Fuera de la obra benéfica, poca gente sabía lo involucrado que él estaba y mucho menos por qué. Durante el último año, había sentido la necesidad de dejar de ignorar su procedencia y hacer algo por ayudar a otros a escapar del infierno del que él había logrado salir.

Dejar que Gisele vislumbrara algo de su vida anterior sería incómodo para él, pero era el precio que tenía que pagar por hacer algo por los demás. No le resultaba fácil enfrentarse a los fantasmas del pasado; cuando lo hacía, acababa sintiéndose desolado y vulnerable.

Emilio tomó la mano de Gisele, cuando ella descendió el último escalón, y se la llevó a los labios.

–Estás preciosa. El color rosa te sienta muy bien.

Gisele le dedicó otra breve sonrisa.

–Gracias.

Emilio fue a por la caja que había dejado en la consola del vestíbulo.

–Tengo algo para ti, para que lo lleves con el anillo.

Los ojos de ella se clavaron en la caja; después, volvió a mirarle a él con expresión confusa.

–No deberías gastar tanto dinero –dijo ella.

–Tengo derecho a mimar a mi novia, ¿no?

Emilio abrió la caja y Gisele acarició con las yemas de los dedos el collar de brillantes y zafiros.

–No soy tu novia –respondió ella–. Solo estamos representando un papel de cara a la galería.

–Podría ser verdad si quisiéramos –dijo Emilio.

Un misterioso brillo asomó momentáneamente a los ojos de Gisele; pero entonces, rápidamente, se dio media vuelta para que él le pusiera el collar y se lo abrochara.

–Quieres que vuelva a tu lado la vieja Gisele, Emilio. Pero la vieja Gisele no puede volver, por mucho que te empeñes y por mucho dinero que te gastes en ella.

Después de abrocharle el collar, Emilio le puso las manos en los delgados hombros y aspiró su intoxicante perfume. Sintió cómo se le erizaba la piel a Gisele y se alegró de seguir afectándola. Le gustaba que el cuerpo de Gisele respondiera instantáneamente cada vez que la tocaba, a pesar de que ella dijera lo contrario.

–¿Te molesta la cuestión del dinero? –Emilio la obligó a volverse de cara a él–. ¿Te molesta el hecho de que te haya pagado para venir aquí?

Gisele se quedó pensativa unos segundos.

–No es el dinero...

–Entonces, ¿qué es?

Gisele bajó los ojos y los clavó en el lazo del esmoquin.

–Quieres que todo sea como antes –respondió ella–, pero no creo que podamos volver al pasado. Las cosas cambiar. La gente cambia. Yo he cambiado.

Emilio se la quedó mirando unos momentos, una extraña sensación en el estómago le asaltó. Gisele decía que había cambiado y así era: no comía, no dormía, estaba muy pálida y frágil... Y todo por culpa de él. Era él el responsable de que hubiera cambiado. ¿Qué podía hacer para que volviera a ser como antes? Lo que ambos necesitaban era comenzar de nuevo. No, no valía la pena volver la vista atrás, él debía de saberlo mejor que nadie. Eso no cambiaba nada. Mirar hacia delante era la única forma de cerrar las heridas del pasado. Quizá aquella noche marcara un cambio en su relación y ayudara a Gisele a entenderle.

Le puso la mano en la barbilla.

–Empecemos de nuevo y veamos adónde nos lleva, ¿te parece? –dijo él–. Concentrémonos en nosotros ahora, no en cómo era todo antes. ¿Te parece?

Gisele esbozó una débil sonrisa, pero una sombra cruzó su mirada.

–De acuerdo.

Gisele le dio la mano y se dejó guiar hasta el coche.

Cuando llegaron al lujoso hotel donde se celebraba la cena a la que iban a asistir esa noche, Gisele se dio cuenta de que no tenía nada que ver con el trabajo de arquitectura de Emilio, sino que se trataba de una cena para recaudar fondos para niños sin hogar, una obra benéfica que Emilio había lanzado hacía un año. Durante la velada, se enteró de que Emilio había erigido un centro de acogida al que la gente joven necesitada podía ir para comer, ducharse y dormir. La obra benéfica también ofrecía programas educativos para los chicos sin hogar con el fin de ofrecerles un oficio. El centro contaba con psicólogos y programas para salir de las drogas.

Gisele habló con algunos jóvenes beneficiarios de la obra benéfica. Los jóvenes le contaron historias terribles que les habían hecho acabar viviendo en la calle. Y eso le hizo pensar en lo poco que sabía de la infancia y juventud de Emilio.

Él nunca le había hablado del pasado. ¿Le había pasado lo mismo que a esos chicos? ¿Por qué si no había levantado el centro de acogida? ¿Qué le había pasado a Emilio en esas peligrosas calles? ¿Qué situaciones espantosas había vivido? Y también se preguntó cómo había sobrevivido y cómo se había convertido en el hombre de éxito que era hoy en día.

Uno de los jóvenes voluntarios, un chico que se llamaba Romeo, le contó que Emilio iba a hablar con los chicos en la calle para explicarles que había otras opciones, que no tenían por qué creer que solo tenían la opción de la delincuencia y la prostitución.

–No se le pone nada por delante, no le cuesta nada ir a la calle a hablar con los chicos –dijo Romeo–. Yo fui uno de los primeros a los que Emilio ayudó. Me enseñó que uno no debe permitir que una mala infancia te condicione la vida. Lo importante es cómo maneja uno las situaciones. Usted debe de estar muy orgullosa de ser su novia, ¿verdad?

Gisele esperó que su sonrisa no pareciera artificial. Todavía no lograba salir de su asombro. Emilio procedía de un mundo completamente diferente al suyo. Ella no podía siquiera imaginar lo mal que él debía de haberlo pasado y lo mucho que debía de haberse esforzado para llegar donde estaba. La cantidad de obstáculos que debía de haber superado era inimaginable.

–Sí, lo estoy –respondió Gisele–. Estoy muy orgullosa de él.

Después de intercambiar unas palabras más con ella, Romeo se fue a ayudar a servir la cena.

Emilio se le acercó entonces y le ofreció una copa.

–Espero que Romeo no te haya contado demasiadas batallas –comentó Emilio–. Tiene tendencia a exagerar las cosas.

–Dime, Emilio, ¿te pasó a ti lo que les ha pasado

a estos chicos? –le preguntó ella con expresión de incredulidad–. ¿Por qué no me dijiste nada?

–Mucha gente lo pasa mucho peor de lo que yo lo pasé –contestó él encogiéndose de hombros; después, se llevó la copa a los labios.

–¿Por qué no me habías contado nada de todo esto? De hecho, esta misma mañana me has dicho que se trataba de una función de negocios.

–¿Tanta importancia tiene? –preguntó él.

–Por supuesto que la tiene –contestó Gisele–. Creía que iba a pasarme la noche hablando con estirados hombres de negocios y con sus esposas; en vez de eso, estoy conociendo a jóvenes a quienes tú has ayudado a salir de Dios sabe qué terribles situaciones.

–Romeo habría salido adelante sin mi ayuda –declaró Emilio–. Solo necesitaba un empujón.

–¿Y a ti, quién te ayudó? –le preguntó ella–. ¿Quién te dio un empujón?

–Algunas personas necesitan más ayuda que otras –observó él.

–Así que a ti no te ayudó nadie, ¿me equivoco?

Emilio le tocó el codo con el fin de hacerla volverse hacia un hombre que se les acercaba con una cámara.

–El fotógrafo oficial de la función nos va a sacar una foto para la revista –dijo él–. Anima esa cara.

Gisele adoptó la expresión de feliz prometida y Emilio le rodeó la cintura con un brazo. Al instante, la piel se le erizó, como siempre que Emilio la tocaba. Le resultaba muy difícil estar tan cerca de él y no imaginar un futuro juntos, un futuro al lado de

Emilio ayudándole a ayudar a personas más desa-
fortunadas. Emilio le había dicho que podían hacer
que su fingido noviazgo fuera una realidad, pero...
¿cómo iba ella a poder darle lo que él quería sobre
todas las cosas? Emilio siempre le había dejado claro
que quería tener hijos, pero... ¿se atrevería ella a
quedarse embarazada otra vez?

La velada llegó a su fin. Durante el trayecto de
vuelta a la casa, Emilio apenas habló. Pasó la mayor parte del camino con la mirada perdida.

Emilio, intencionadamente, había evitado contarle detalles de su vida pasada, y ella se preguntó
si no estaría pensando ahora en esa vida que había
dejado atrás, una vida de pobreza e inimaginable
crueldad en los bajos fondos de aquella ciudad.
Pensó en un Emilio adolescente acurrucado junto
a un arbusto o durmiendo en el banco de un parque, con frío, hambre, sed; asustado, perdido y
solo. Y le dolía el corazón al pensar que nadie le
hubiera protegido, que nadie le hubiera enseñado
a querer.

–Lo que estás haciendo me parece extraordinario –dijo ella, interrumpiendo el silencio.

Emilio frunció el ceño y la miró como si acabara
de darse cuenta de que había alguien a su lado.

–Perdona, ¿qué has dicho?

Giscle sonrió tiernamente y le tomó la mano.

–Debe de enorgullecerte saber que, gracias a ti,
muchos jóvenes van a tener la oportunidad de llevar una vida decente, una vida que, sin tu ayuda,
no habrían podido tener. Debes de sentirte muy satisfecho contigo mismo.

Emilio acarició el brillante que le había regalado con la yema del pulgar.

—Por lo que yo sé, el dinero lo arregla todo. La cuestión es tener suficiente.

Un estremecimiento la sacudió bajo la oscura mirada de Emilio.

—Supongo que eres tú quien decide cómo invertir el dinero y con quién —dijo ella—. Me imagino que, aunque tengas mucho, no quieres tirarlo.

La media sonrisa de él mostraba cierta crueldad.

—Dondequiera que invierto el dinero, siempre tengo éxito.

—El éxito no solo depende de ti, ¿no? —observó Gisele—. Las personas y las circunstancias pueden condicionar los resultados de tus actos.

Las profundidades de los ojos de Emilio se le clavaron en la boca. Y cuando él le acarició el labio inferior, los latidos del corazón se le aceleraron.

—Sé salvar obstáculos, por eso tengo éxito. Y cuanto más difíciles de salvar, más satisfacción.

Gisele volvió a estremecerse y, en ese momento, el coche se detuvo delante de la casa. Había una tensión especial en el aire cuando Emilio le dio la mano para ayudarla a salir del coche. Ella le siguió al interior de la casa, al salón...

—¿Te apetece una copa? —le preguntó él.

Gisele tenía los labios completamente secos y se los humedeció con la lengua.

—Mmmm... No, gracias. Me parece que voy a ir a acostarme.

—Como quieras —Emilio se acercó al bar y se sirvió un whisky.

Sin saber por qué, Gisele permaneció donde estaba, algo le impedía marcharse. Se quedó viendo cómo Emilio se llevaba el vaso a los labios y cómo luego la nuez de la garganta le subía y le bajaba al tragar el dorado líquido.

Emilio dejó el vaso y la miró.

–¿Te pasa algo? –le preguntó él.

–No, nada. Solo... quería darte las gracias por invitarme esta noche a la función. Lo he pasado muy bien. Ha sido todo un descubrimiento.

Emilio volvió a agarrar el vaso.

–No me tomes por un héroe, *cara*. Puedo ser cualquier cosa, menos eso. Tú lo sabes mejor que nadie.

–Creo que las cosas te afectan más de lo que parece –dijo ella.

Emilio lanzó una burlona carcajada.

–Vaya, has descubierto mi secreto, ¿eh, *cara*? –Emilio volvió a beber otro trago de whisky.

–Creo que ocultas tus verdaderos sentimientos bajo una apariencia de no importarte nada ni nadie –declaró ella–. Creo que, en el fondo, tienes miedo de que te traicionen, por eso, ante todo, intentas protegerte.

Emilio dejó el vaso dando un golpe. Los ojos le ardían con una pasión que la consumió. Ardió en el cautiverio de esa mirada.

–Deberías haberte ido a la cama cuando todavía podías –dijo Emilio, acercándose a ella.

Gisele se mantuvo firme donde estaba, decidida a no dejarse intimidar.

–No me asustas, Emilio –declaró ella–. Puede que

asustes a los maleantes y a los traficantes de los bajos fondos de Roma, pero a mí no me asustas.

–Vaya, qué valiente –Emilio levantó el brazo y le soltó el moño.

Al instante, una cascada de cabellos dorados le cayó por los hombros y la espalda. Respiró hondo. Emilio estaba tan cerca... Sentía su calor, su dureza, el deseo que igualaba el suyo. Se apretó contra ella, solicitando su cuerpo. Una solicitud que ella no pudo resistir, aunque hubiera querido. Era una llamada demasiado primitiva, sobrecogedora, imposible de ignorar.

Emilio se la pegó al cuerpo con una dureza que la excitó y la aterrorizó simultáneamente, pelvis contra pelvis, deseo contra deseo. Ya no podía seguir negando lo evidente. Las palabras no iban a defenderla de lo que sentía. Entre sus cuerpos, el mismo deseo y la misma pasión de siempre.

Emilio le cubrió la boca con la suya en un fiero beso. Asumió el control desde el principio y se negó a renunciar a él. Le penetró la boca con la lengua y ella gimió su rendición, permitiéndole acceso total. Emilio la exploró concienzudamente, reclamándola, sin dejar duda alguna de quién mandaba. Dientes y lenguas juntos, manos acariciando, cremalleras bajadas, botones desabrochados...

–Si no quieres llegar hasta el final, será mejor que lo digas ya –le dijo Emilio mientras le pegaba la espalda a la pared más próxima.

–Sí, quiero –contestó ella junto a la boca de Emilio, mordisqueándole los labios, tocándole, anhelando sentirle–. Lo quiero. Te deseo.

Emilio lanzó un profundo gruñido cuando ella, por fin, lo encontró y cerró los dedos alrededor del ardiente miembro, redescubriendo su longitud, su fuerza, su poder. Le sintió temblar mientras se esforzaba por mantener el control. Emilio era tal y como lo recordaba: suave y duro, una mezcla de satín y acero.

No sabía cómo había ocurrido, pero estaba desnuda de cintura para abajo, aunque tampoco importaba. Con movimientos rápidos, Emilio se puso un preservativo y, al instante, la penetró con una fuerza que la hizo dar un golpe en la pared con la cabeza al tiempo que lanzaba un grito de bienvenida al recibirle entero.

Emilio emitió un profundo gruñido de viril satisfacción y a ella se le erizó la piel. Se movió dentro de ella salvajemente, deleitándola...

Gisele no tardó mucho en alcanzar el orgasmo. Se sacudió espasmódicamente, apretándose, contrayéndose... Y Emilio la siguió, estremeciéndose de los pies a la cabeza mientras la abrazaba.

Transcurrieron unos segundos.

–Perdona –le susurró Emilio respirando trabajosamente–. Creo que he ido demasiado rápido.

–No –Gisele le acarició la espalda y los hombros–, no es necesario que te disculpes.

Tras unos momentos, Emilio se separó ligeramente de ella para mirarla.

–¿Te encuentras bien?

Gisele se preguntó qué era realmente lo que Emilio quería saber.

–Perfectamente –respondió ella–. Ha sido... increíble.

Emilio se apartó de la pared. Tenía una expresión sombría cuando se quitó el preservativo.

–No debía haber sido así –Emilio se pasó una mano por el cabello con gesto distraído–. Querría que hubiera sido algo mejor que un revolcón contra la pared. Me habría gustado que hubiera sido... memorable.

Gisele se le acercó y le puso una mano en la mejilla, deleitándose en la sensación que le produjo la áspera piel.

–Ha sido memorable –le dijo ella.

Volver a estar en los brazos de Emilio era inolvidable.

Emilio se la quedó mirando unos momentos antes de cubrirle la mano con la suya, sujetándosela al rostro.

–Quiero que te acuestes conmigo –dijo Emilio–. Quiero encontrarte a mi lado cuando me despierte.

¿Cómo podía negárselo cuando Emilio le hacía sentir cosas que había creído que no volvería a sentir? Quizá Emilio no la amara, pero la deseaba.

Posiblemente, Emilio no la amaría nunca. Algunas personas eran incapaces de amar, y Emilio había insinuado ser una de ellas. Era horrible, pero tendría que aceptarlo. No podría pensar en un futuro con él permanentemente, pero de momento se conformaba.

Gisele le rodeó el cuello con los brazos y le miró a los ojos.

–Hazme el amor –dijo ella con voz queda.

Emilio la levantó en brazos, la llevó a su dormitorio y la tumbó en la cama con sumo cuidado.

–Emilio... –era como si la suave voz de Gisele pudiera acariciarle la piel.

–Aquí me tienes, *cara* –Emilio le acarició el cabello–. Aquí me tienes.

–¿Me has echado de menos? –preguntó ella mirándole a los ojos–. ¿Echabas de menos hacer esto conmigo?

Emilio le plantó un beso en la boca.

–Sí, te he echado de menos.

Y así era, desesperadamente. Su vida había estado vacía y carente de sentido sin ella. Había trabajado como un loco durante los dos últimos años, pero sin saber realmente por qué ni para qué. Había ganado mucho dinero, más del que nunca había creído posible, pero no había servido para llenar el vacío que Gisele había dejado en su vida. La obra benéfica había ayudado algo, pero no lo suficiente. Quería más. La quería a ella.

Volvió a besarla. Un prolongado y arrebatador beso que le impidió seguir ignorando un anhelo profundamente reprimido. Quería volver a sentir los espasmos de ella alrededor de su miembro, quería sentirla de nuevo aferrándose a él como si su vida dependiera de ello, como si él fuera la única persona en el mundo que pudiera hacerla sentirse completa.

Emilio le bajó los finos tirantes del vestido y le besó un hombro desnudo. La piel de Gisele sabía a verano, una exótica fragancia que siempre había asociado a ella. Pasó a besarle el cuello y le encantó la agitación de Gisele, sus gemidos de placer. La pasión la envolvía, encendiéndole todas y cada una de las células del cuerpo. Gisele le completaba, era la parte de sí mismo que llevaba buscando toda la vida.

–Te deseo –dijo Emilio antes de besarle el lóbulo de la oreja–. Te deseo tanto que casi no puedo pensar. Solo puedo pensar en ti, en lo mucho que te quiero en mis brazos.

Emilio movió los labios a la tentadora boca de ella.

–Y yo a ti –susurró Gisele.

Al menos, contaba con el deseo de ella como base para su relación, pensó Emilio. Con eso sí podía contar. Gisele podía decirle que le odiaba, pero sus labios y sus caricias pregonaban otra cosa.

Sintió el sensual mordisqueo de ella, la sintió tirar de su labio inferior, jugueteando. Y el le devolvió la caricia, suavemente. Después, le acarició ambos labios con la lengua, haciéndola gemir, haciéndola responder de la misma manera. Sus lenguas se encontraron, se unieron, se retaron, se atacaron en un sensual campo de batalla.

Emilio le bajó el otro tirante del vestido y plantó otro beso en ese hombro. Ella ladeó la cabeza, sus sedosos cabellos cayéndole por encima de la mano. Gisele emitió un jadeó, un murmullo de deseo, haciendo que la sangre le hirviera. Nadie le hacía sentirse tan viril como ella.

Le descubrió los pechos y se los cubrió con ambas manos mientras seguía explorándole la boca con la suya. Los pezones de Gisele se irguieron contra la palma de su mano, las delgadas caderas de ella incitándole a que buscara su femenina suavidad.

Emilio estaba deseando llenarla, pero quería ir despacio, saborear el momento. Le acarició los secretos pliegues, encantado con la humedad de ella, indicándole que estaba más que lista. Pero continuó controlándose, excitándola con el dedo.

–Por favor... –le rogó ella casi sin respiración.

–No, todavía no –le susurró él junto a la boca–. Sabes que es mucho mejor cuando los dos aguantamos.

Gisele se agitó debajo de él, alzando el cuerpo hacia el suyo, devorándole con la boca. Él le devolvió el beso con la misma intensidad al tiempo que continuaba acariciándola con los dedos. Sintió cómo se hinchaba la delicada perla que contenía tanto poder femenino.

Ella le tanteó y, cuando lo encontró, le hizo lanzar un gruñido de placer. Los suaves dedos de Gisele le acariciaron antes de agarrarle y comenzar unos movimientos ascendentes y descendentes con creciente vigor.

Emilio tuvo que hacer un enorme esfuerzo para no estallar.

Entonces, Gisele le agarró por las caderas, tirando de él hacia sí.

–Ya –dijo ella–. Te quiero dentro ya.

Rápidamente, Emilio se puso otro preservativo, se colocó sobre ella, apoyando el peso en los brazos, y la penetró con un empellón que les hizo gemir a ambos de placer. Sintió los músculos de la pelvis de Gisele apretándole, masajeándole, torturándole, instándole perderse en una vorágine de placer. Pero, con un esfuerzo, se contuvo; nadie le desafiaba a perder el control como ella. Con Gisele, el sexo siempre había sido distinto a con las demás: no era solo una unión de cuerpos, sino algo más. Cada vez que hacían el amor, ella llegaba a acariciarle la maltrecha alma, haciendo que se disipara su dolor.

Se movió dentro de ella, despacio y, por fin, más y más rápido. El cuerpo de Gisele igualando el ritmo de los empellones de él, rodeándole la cintura con las piernas, incitándole a ascender a la cima del placer.

Emilio la acarició con los dedos para aumentarle el placer, sabía lo que tenía que hacer para llevarla al paraíso. Gisele ardía, estaba mojada e hinchada. Continuó acariciándola, suave y lentamente, hasta que, por fin, la sintió alcanzar el clímax con movimientos espasmódicos y oyó sus gritos. Y él mismo no tuvo más remedio que sucumbir y vaciarse dentro de ella.

Después, Gisele le acarició la espalda hasta que él, finalmente, recuperó el ritmo normal de la respiración.

—Estás tomando la píldora, ¿no? —comentó él mientras, apoyándose en los codos, alzó el cuerpo para mirarla—. Los preservativos no son muy fiables; sobre todo, cuando uno se los pone con tanta prisa como yo me lo he puesto.

—Estoy segura de que no será un problema.

—¿Estás tomando anticonceptivos? —insistió él.

Gisele le miró brevemente, pero pronto apartó los ojos de los de él.

—Estoy tomando una píldora de baja dosis para regular mi ciclo menstrual. Hacía mucho que no... desde que rompimos.

Emilio se sintió culpable otra vez. Gisele lo había pasado muy mal; a parte de la ruptura, su padre había muerto, se había enterado de que tenía una hermana gemela, y había montado un negocio. No le extrañaba que no durmiera por las noches. Gisele le había dicho que no era culpa de él, pero... ¿cómo no iba a serlo? La vida de Gisele habría sido muy diferente de haber estado él a su lado.

Quería reparar el daño que le había causado. Quería planear el futuro con ella. Quería que Gisele fuera la madre de sus hijos, porque no podía imaginar a ninguna otra en ese papel.

Y él quería ser padre, llevaba mucho tiempo anhelando formar una familia, un verdadero hogar. Sí, deseaba tener una familia a la que amar y proteger.

Ahora, todo ello estaba al alcance de su mano... si conseguía que Gisele dejara a un lado su orgullo y admitiese que eso era también lo que ella quería. Gisele había nacido para ser madre, le encantaban los niños. La cuestión era hacerla recuperar la confianza en él, hacerla olvidar el pasado y pensar en el futuro.

Emilio jugueteó con el sedoso cabello de ella mientras la observaba relajarse, disfrutar...

—¿Te acuerdas de que solíamos hablar de tener hijos? —preguntó Emilio.

Gisele hizo una mueca de dolor, era como si acabara de recibir una bofetada. Entonces, poniéndole la palma de una mano en el pecho, le obligó a apartarse de ella.

Emilio, perplejo, la vio levantarse de la cama, agarrar una bata y ponérsela.

–¿Qué he dicho? –preguntó él.

–Ya no quiero tener hijos –contestó ella, lanzándole una mirada de soslayo.

Emilio se puso en pie, agarró el albornoz, se lo puso y se acercó a ella, que estaba cruzada de brazos.

–¿Pero qué dices? Los niños te encantaban. Es más, la tienda que tienes, tu negocio, es de ropa de niño. Pasas horas bordando ropa de bebé. ¿Qué es eso de que ahora no quieres tener hijos?

Gisele le lanzó una mirada defensiva.

–Quiere decir justo lo que he dicho, que he cambiado de parecer, que no quiero tener hijos.

Se la quedó mirando como si ya no la conociera. ¿Qué había pasado con la joven que solía entusiasmarse al hablar de tener hijos? Dos años atrás, hasta habían hablado de qué nombres ponerles a sus hijos, incluso habían hablado de que ella dejara de tomar la píldora tan pronto como volvieran de su luna de miel.

Él ahora tenía treinta y tres años, no quería esperar mucho más a ser padre. Sus planes eran que Gisele volviera a aceptarle y, al cabo de un mes, la situación fuera como lo había sido dos años atrás. Había pensado que, una vez que las cosas se hubieran arreglado entre ellos, se casarían y tendrían hijos. Era impensable que Gisele se opusiera a sus planes. No estaba dispuesto a admitir una derrota.

No iba a fracasar.

Encontraría la forma de convencerla.

–¿Desde cuándo piensas así?

–¿Qué importancia tiene eso? –contestó Gisele–. Lo importante es que eso es lo que pienso y ya está.

–Gisele, sabes que quiero tener hijos –confesó él–. Lo sabes desde que me conoces. Esa era una de las razones por las que te pedí que te casaras conmigo. Creía que los dos queríamos una familia.

–El hecho de que hayas amasado una fortuna no significa que vayas a salirte siempre con la tuya –dijo Gisele–. La vida no es así.

Emilio se pasó una mano por el pelo.

–Gisele, ya sé que te he hecho sufrir, pero también sé que aún podemos ser felices juntos. Seríamos unos padres estupendos. Tú serías una madre fabulosa, lo sé, siempre lo he sabido.

Ella le lanzó una furibunda mirada.

–No me voy a convertir en la incubadora de ningún hombre –declaró ella.

–Por el amor de Dios, Gisele, yo no he querido decir eso –Emilio frunció el ceño–. Lo que quiero es que seas la madre de mis hijos, algo que no le he pedido a ninguna otra mujer.

–Pues tendrás que hacerlo, porque yo no voy a ser la madre de tus hijos.

Emilio se sintió sumamente frustrado. ¿Cómo podría hacerla entrar en razón? ¿Le bastaría con un mes?

Emilio pensó en el pasado, en lo solo que se había sentido, sin hogar y sin familia; siempre con hambre, frío y sucio. Avergonzado de no haber conocido a su padre. Avergonzado de ser un marginado por no conocer más que pobreza.

–¿Se trata de dinero? –preguntó él apenas controlando la ira–. ¿Es eso, quieres más dinero? En vez de una relación, ¿quieres que hagamos un trato? ¿Un negocio?

La expresión de ella se tornó amarga.

–Eso es lo que hay entre los dos ahora mismo, ¿no?

–No, no lo es y lo sabes muy bien –Emilio la miró furioso–. Has hecho el amor conmigo, pero no por dinero, sino porque me deseabas. Sé que no estás en venta, no eres esa clase de mujer.

Gisele se dio la vuelta, abrazándose a sí misma.

–No quiero seguir hablando de esto –dijo ella–. Solo voy a pasar aquí un mes, eso es lo que hemos acordado. No he firmado nada más.

Emilio respiró hondo.

–Quiero un futuro contigo, Gisele, quiero tener hijos contigo.

–Y yo no puedo darte lo que quieres –contestó ella.

–¿No puedes o no quieres? –preguntó Emilio con cinismo–. Quieres vengarte de mí por lo que te hice, ¿no es eso? Sí, lo es y lo entiendo. Comprendo que ese, en parte, ha sido el motivo por el que has aceptado venir a Italia conmigo.

Gisele se volvió bruscamente y le miró con expresión encolerizada.

–¿Y por qué no iba a querer vengarme de ti? –preguntó ella–. Me rompiste el corazón. Te odio por lo que me hiciste.

Emilio le puso las manos en los hombros.

–*Cara*, si realmente me odiaras, no te habrías acostado conmigo hace un rato –observó él.

–Sexo, nada más que sexo. Hacía mucho que no me acostaba con nadie, me ha apetecido y tú estabas disponible.

–No ha sido solo sexo.

–Por si no lo sabías, las mujeres también podemos separar el sexo de los sentimientos, igual que los hombres.

–¿En serio? –Emilio sonrió burlonamente.

–Sí –Gisele alzó la barbilla con gesto desafiante.

Emilio cerró las manos sobre los hombros de Gisele y tiró de ella hacia sí.

–En ese caso, supongo que no te importará volver a acostarte conmigo; ya sabes, solo una cuestión de sexo.

Y sin más, le cubrió la boca con la suya, duramente.

Gisele no sabía qué decir; por eso, decidió no decir nada. Aún estaba intentando recuperar la respiración después de un éxtasis sin paralelo. Quería odiar a Emilio, pero cómo iba a odiarle cuando la hacía sentirse así... Había destrozado sus defensas con unos ardientes besos y una fiera posesión.

Juntó las piernas con fuerza y sintió la sustancia pegajosa de él mojándole la entrepierna, la muestra de la pasión entre ambos. ¿Se apagaría esa pasión alguna vez? ¿Sería ella capaz de marcharse y dejarle cuando el mes llegara a su fin?

Emilio, tumbado de costado y de cara a ella, le acarició una hebra del cabello.

–Quiero que te instales en mi habitación.

Gisele tragó saliva. Estaba claro que Emilio no se iba a dar por satisfecho a menos que la tuviera en sus brazos todas las noches. La intimidad le aterrorizaba, pero no porque no quisiera acostarse con él. Porque quería. El problema era que sabía que volvería a enamorarse perdidamente de Emilio.

–¿Ahora mismo? –preguntó ella.

–No, no en este momento –Emilio se tumbó bocarriba y tiró de ella hasta tumbarla encima de él–. En este momento tengo otros planes respecto a ti.

–¿Ah, sí? –dijo ella con una frialdad que no sentía.

Pero el cuerpo ya la había traicionado, se había abierto a él, recibiéndole... y sintió la ardiente dureza de él llenándola completamente. No podía permanecer quieta, sin moverse. Necesitaba experimentar la exquisita sensación de tener el control de la situación. Le montó con arrebato y, al final, se dejó caer encima de Emilio, hecha añicos.

Entonces, le sintió más y más adentro antes de oírle lanzar un gruñido de éxtasis.

Y entonces, completamente feliz de encontrarse en los brazos de él, Gisele se quedó profundamente dormida.

Capítulo 8

EMILIO permaneció despierto durante horas, contemplando a Gisele, que dormía acurrucada, pegada a él, con un brazo encima de su pecho, igual que solía hacer en el pasado. Le acarició la fina piel del brazo, pensando en lo mucho que había echado de menos momentos como ese. Gisele era la primera mujer con la que había querido pasar la noche entera. Nunca se había sentido cómodo durmiendo con ninguna otra de sus amantes. Con Gisele, la intimidad del sexo se transformaba en algo más profundo. Una de las cosas que siempre le había atraído de ella era su innata sensualidad.

Cuando la conoció, le había encantado que Gisele fuera virgen. Quizá fuera algo retrógrado, pero admiraba el hecho de que Gisele no se hubiera acostado con cualquiera. El resto de sus amantes habían sido mujeres con experiencia. Sin embargo, Gisele le había dejado perplejo al confesarle que, para entregarse, había esperado al hombre adecuado.

Y él había sido ese hombre.

Gisele había esperado a estar segura de sentirse

lista para ese grado de intimidad. Y a él le había encantado iniciarle en el arte del amor. Siempre le había parecido algo excepcional que ella se hubiera entregado a él. Y no solo por que le hubiera entregado su cuerpo, sino porque también había depositado en él su confianza.

Un regalo único, que había sabido reconocer... hasta el escándalo del vídeo pornográfico. Entonces él, equivocadamente, había creído que lo de la virginidad de Gisele había sido una estratagema para ganarse su confianza con el fin de que se casara con ella y así hacerse con una sustanciosa cuenta bancaria. Ni por un momento había considerado la posibilidad de la inocencia de Gisele. Eso era lo peor, que no había tratado de buscar alguna otra explicación. Se había dejado llevar por la opinión de los demás y, prácticamente, la había acusado de ser una cualquiera.

Lo que más le dolía era haberle decepcionado. ¿Llegaría a perdonarle algún día?

Gisele, a su lado, estiró una pierna y luego, muy despacio, abrió los ojos.

–¿Me he quedado dormida? –preguntó ella haciendo un esfuerzo por incorporarse.

Emilio sonrió y le apartó un mechón de pelo de los ojos.

–Como un bebé –respondió él.

Un fugaz brillo asomó a los ojos de ella, pero pronto bajó los párpados y se subió la sábana para cubrirse los pechos. Se la veía entristecida, con el rostro repentinamente lívido.

Emilio se apoyó en un codo.

–¿Te pasa algo? –le preguntó él con preocupación.

–No, ¿por qué? –Gisele adoptó un tono indiferente.

Emilio le acarició la mejilla con la yema de un dedo.

–¿Estás dolorida? –preguntó él–. Anoche... fue bastante intenso.

Las mejillas de Gisele recuperaron el color al instante.

–No, no me duele nada.

Emilio le alzó el rostro poniéndole los dedos en la barbilla.

–¿Sigues pensando que solo es sexo? –preguntó él.

–Por supuesto –Gisele le miró con gesto altanero–. ¿Qué otra cosa podía ser si no?

Emilio se la quedó mirando unos momentos.

–Mentirosa. Nunca ha sido solo sexo, ¿verdad, *cara*?

Gisele se levantó de la cama y se puso un albornoz.

–¿Adónde vas? –preguntó Emilio sorprendido.

–Voy a darme una ducha. Es decir, si no te importa.

Emilio frunció el ceño. Empezaba a cansarse del juego de Gisele: unas veces gemía de placer en sus brazos y, en otras ocasiones, se comportaba como si no pudiera aguantarle y estuviera deseando que acabara el mes. Él quería que la situación se normalizara, que dejara de ser un campo de batalla.

–Está bien, haz lo que quieras –dijo Emilio, apartando la ropa de cama y poniéndose en pie–. Te veré abajo.

Cuando Gisele bajó a desayunar, Marietta había servido el desayuno en la mesa de la terraza, y también había dejado en ella los periódicos.

Gisele se sentó a la mesa y se sirvió una taza de té, pero justo cuando se la estaba llevando a los labios, vio un periódico inglés, parcialmente oculto por uno italiano. Lo agarró y echó una ojeada a la primera página... Y la taza se le cayó de las manos, estrellándose en el suelo de piedra de la terraza. La cabeza comenzó a darle vueltas.

De repente, oyó los pasos de Emilio al salir a la terraza.

–Gisele, ¿qué te pasa? –preguntó él–. ¿Te has quemado con el té?

Ella se pegó el periódico al pecho, incapaz de pronunciar palabra. Casi podía oír los latidos de su corazón.

En la portada, había dos fotos: una de Emilio y ella el día anterior durante el almuerzo; en la foto, a ella se la veía mirándole con enfado. No era una foto bonita, pero eso no era lo malo.

La otra foto... ¿Cómo podía ser? ¿Cómo había llegado a un periódico la foto de ella delante de la tumba de su hija? ¿La había visto alguien al ir a llevar flores a la tumba de Lily?

Trató de pensar... El cementerio había estado más concurrido que de costumbre ese día. ¿La había reconocido alguien y había aprovechado la oportunidad de sacarle una foto pensando en venderla a algún periódico o revista? Sabía que había páginas web en las que la gente podía vender fotos de personas famosas. Por supuesto, ella no se consideraba una persona famosa de por sí, pero cualquiera que estuviera al lado de Emilio despertaba el interés de la prensa. ¿Iba a ser así la vida durante todo el mes?

Era horroroso que el dolor de una tragedia personal acabara siendo del dominio público. No podía soportar la idea de que su trágica pérdida se utilizara para vender periódicos.

No, no podía soportarlo.

Emilio clavó los ojos en los suyos.

–¿Qué demonios te pasa? –preguntó él.

Gisele abrió la boca, pero ningún sonido escapó de su garganta. Tenía ganas de vomitar. Tenía miedo de desmayarse. En vano trató de seguir con el periódico pegado al pecho, pero Emilio se lo quitó de las manos.

El tiempo pareció detenerse unos instantes. Por fin, le vio agrandar los ojos con incredulidad al leer *uno de los titulares: La reconciliación de Andreoni empañada por una trágica pérdida.*

Le vio quedarse inmóvil.

Sin decir nada...

–¿Qué? –fue lo único que Emilio dijo, con voz ahogada.

Gisele pudo sentir la tensión de él. Le vio palidecer. Emilio pareció envejecer diez años en unos instantes, delante de sus ojos.

Sentía que Emilio se hubiera enterado así de la existencia de Lily.

Despacio, Gisele soltó el aire que había estado conteniendo y confesó:

–Cuando me marché de aquí hace dos años, estaba embarazada. No me enteré hasta dos meses después, en Sídney.

Le vio tragar... saliva.

–¿Embarazada? –repitió él con voz hueca.

–Sí.

–¿Diste a luz?

A ella se le hizo un nudo en la garganta.

–Sí.

Emilio volvió a tragar.

–¿El bebé era... mío?

Durante unos instantes, Gisele se lo quedó mirando sin dar crédito a lo que acababa de oír. Las palabras de Emilio se le clavaron como puñales en el corazón. Después, le dedicó una mirada llena de desprecio.

–¿Cómo es posible que me preguntes eso? ¿Cómo te atreves a ponerlo en duda siquiera?

Al instante, la expresión de Emilio era todo consternación.

–Perdóname, no estaba pensando –dijo él–. Claro que era mío, no es que lo dude ni por un momento. Perdóname –Emilio parecía completamente angustiado–. ¿Era niño o niña?

–Niña –contestó ella conteniendo las lágrimas.

–¿Qué pasó? –preguntó Emilio con voz áspera por la emoción.

–A las dieciséis semanas de embarazo, me enteré de que había un problema –respondió ella tras un suspiro de dolor–. Me aconsejaron abortar, pero yo no quise ya que había una pequeña posibilidad de que el bebé sobreviviera. Quería que sobreviviera. Era lo que más quería en el mundo, pero la niña solo consiguió vivir unas horas: seis horas, veinticinco minutos y cuarenta y tres segundos para ser exactos. Una vida muy corta, ¿verdad?

Emilio se sintió como si le hubieran golpeado con un mazo en la cabeza. Jamás lo habría imaginado. Se quedó ahí, sin saber qué decir ni qué hacer, sintiéndose culpable.

Gisele había estado embarazada cuando la echó de su lado, cuando la echó a la calle.

Y no había conocido al bebé.

Jamás la había tenido en sus brazos.

No la conocería nunca.

La idea de que su pobre hija hubiera sufrido... ¿Por qué Gisele no le había dicho nada?

–¿Qué problema tenía? ¿Qué le pasaba?

–Tenía una deformidad genética –contestó Gisele–. Algunos de los órganos vitales no se habían desarrollado con normalidad. No pudieron hacer nada por ella.

¿Habría sido diferente de haber estado él allí? ¿Podría él haberla salvado? Habría removido cielo y tierra de haber sido necesario.

La frustración y la pena se apoderaron de él. Las emociones casi le ahogaron.

–¿Cuál fue la causa? –preguntó Emilio con voz ronca.

Gisele bajó los ojos y se miró las manos.

–No se sabe. Los médicos dijeron que era una de esas cosas que pasan, pero yo no he dejado de preguntarme si no sería por algo que hice o que dejé de hacer...

Emilio volvió a sentirse culpable. Si alguien tenía la culpa de lo que había pasado, ese alguien era él. El estrés y la angustia que había hecho pasar a Gisele eran suficientes para poner en peligro el desarrollo del feto.

–¿Por qué no me dijiste que estabas embarazada? Podría haberte ayudado. Las cosas podrían haber sido diferentes. ¿No se te ha ocurrido pensarlo? ¿Por qué has guardado en secreto la existencia de nuestra hija? ¿No crees que tenía derecho a saberlo?

Gisele le miró con dureza.

–¿Has olvidado lo que me dijiste cuando te despediste de mí? Dijiste que no querías volver a saber de mí nunca en la vida.

–Deberías habérmelo dicho, Gisele –insistió Emilio con pesar–. ¿Te das cuenta de lo que esto es para mí? ¿Te das cuenta de lo que es enterarse de una cosa así leyendo el titular de un periódico?

Gisele le miró con profunda amargura.

–Todo gira alrededor tuyo, ¿verdad, Emilio? ¿Y yo? ¿Qué me dices de lo que sufrí yo? No tienes derecho a echarme en cara tu sufrimiento. En mi opinión, te lo has ganado a pulso.

Emilio se vio presa de una súbita cólera. Nunca se había sentido tan enfadado, más que dos años atrás cuando creyó que Gisele le había engañado. ¿Cómo podía ser tan fría y tan cruel como para no darle a conocer la existencia de su propia hija?

–Lo hiciste aposta, ¿verdad? –dijo Emilio–. Me lo podías haber dicho, pero preferiste no hacerlo porque sabías que eso era lo que más daño podía hacerme. Era el mayor castigo que podías infligirme por no haber creído en tu inocencia. La venganza perfecta. Y sí, lo has conseguido.

Gisele le lanzó una mirada retadora.

–Siempre has pensado mal de mí. Siempre. Lo primero es culparme.

–¿Ibas a contármelo algún día?

Una chispa de culpa asomó a los ojos de ella.

–No sabía cómo decírtelo. No es fácil hablar de... ella.

–Deberías habérmelo dicho el día que aparecí en tu tienda –dijo Emilio–. Fui a verte para pedirte disculpas. He hecho lo que he podido por arreglar las cosas. Tú también deberías haber hecho un esfuerzo.

–¡Menudas disculpas! Los dos sabemos que no estaría aquí de no haber sido por el dinero que me ofreciste.

Emilio apretó los dientes y tensó los músculos de la mandíbula. Estaba cegado por el dolor y el sentimiento de pérdida. No estaba acostumbrado a emociones tan profundas. Sentir tanto era para los demás, no para él.

Nunca había perdido el control de la manera que lo había perdido en esos momentos.

¿Cómo podía subsanar los errores del pasado?

Gisele había perdido al bebé, a la hija de ambos. Pero había sufrido la pérdida ella sola, sin su ayuda. Él no había estado a su lado para protegerla. Ahora se daba cuenta de que pedir disculpas y decirle que intentaran entenderse no era la solución. Nada podía compensar la perdida de la niña.

Una brecha de amargura se abría entre ambos.

–Lo siento –dijo Emilio con una voz que no reconoció como suya, una voz hueca y sin vida.

Una voz muerta.

Se hizo un prolongado silencio.

Con voz queda, Gisele rompió el silencio:

–Tengo unas fotos...

Emilio parpadeó.

–¿De la niña?

–Las he traído... y también su manta. La manta que la envolvió esas breves horas de vida. Pensé enterrarla envuelta en ella, pero no pude separarme de la manta.

Una punzada de dolor se le agarró al pecho.

–¿La has traído aquí, la tienes contigo? –preguntó Emilio.

La mirada de Gisele le lanzó un desafío.

–Supongo que te parecerá una tontería por mi parte, pero no he sido capaz de romper ese lazo de unión con ella –los ojos de Gisele, de repente, se llenaron de lágrimas–. ¿Tienes idea de cómo me siento cada vez que me preguntan si tengo hijos? No sé qué contestar. ¿Tenía una hija, pero murió? –Gisele ahogó un sollozo–. Ni siquiera sé si, realmente, he sido una madre o no.

Emilio, entonces, la rodeó con los brazos. Apoyó la barbilla en la cabeza de ella y la dejó llorar. Las emociones no le dejaban hablar.

–No, no me parece una tontería –dijo él por fin.

Gisele echó la cabeza atrás para mirarle, tenía los ojos enrojecidos por el llanto.

–¿No... no te lo parece?

Emilio negó con la cabeza, avergonzado de sí mismo al darse cuenta realmente de lo que Gisele había sufrido. Su enfado le parecía inaceptable e inapropiado. ¿No había sufrido Gisele bastante, sin necesidad de que él la hiciera sentirse culpable por no haberse puesto en contacto con él? Su obstinación le había llevado al éxito en los negocios; pero en su vida privada le estaba saliendo muy cara.

–Creo que todavía sigues llorando su pérdida –dijo él, secándole las mejillas–. Cuando llegue el momento del adiós, lo sabrás.

A Gisele le tembló el labio inferior.

–Mi madre... Hilary cree que estoy loca –confesó Gisele–. Mi comportamiento le parece morboso. Pero... ¿qué sabe ella? Ella nunca ha perdido un bebé. Nunca ha tenido un bebé.

–Eso no es verdad –interpuso él–, te ha tenido a ti. No te ha parido, pero te ha criado. Puede que no sea la mejor madre del mundo, pero al menos no te dejó delante de una puerta inmunda, en pleno invierno, a los cuatro años de edad.

El silencio que siguió se hizo eco del horror de las palabras de Emilio.

Emilio deseó no haber hablado. No se trataba de su sufrimiento, sino del de ella. De la pérdida de Gisele. De su pena.

–¿Tu madre te dejó delante de una puerta? –preguntó ella con mirada incrédula.

Emilio se apartó de Gisele.

–¿Crees que se han portado mal contigo? Sé que ha debido de ser duro descubrir que tienes una hermana gemela y que ha debido de ser un duro golpe enterarte de que tu madre no es tu madre natural. Pero Hilary es tu madre en lo que realmente importa. No puedes rechazarla solo porque no te haya parido. No fue culpa suya. En mi opinión, dadas las circunstancias, hizo todo lo que pudo.

Gisele le miró empequeñeciendo los ojos.

–¿Te has mantenido en contacto con ella?

–No, pero sé cómo debe de sentirse. Se ha visto separada de su hija debido a circunstancias ajenas a ella. Al menos, su hija está viva y sana. Yo ni siquiera sé el nombre de mi hija.

–Lily –contestó Gisele con voz suave.

Lily.

–¿Puedo ver las fotos? –preguntó Emilio.

Gisele asintió.

–Ahora mismo voy a por ellas.

Cuando Gisele volvió a la terraza, Emilio estaba de espaldas, mirando los jardines. Se volvió al oírla llegar y, al instante, clavó los ojos en el álbum de fotos. Ella se lo dio silenciosamente, con la garganta cerrada por la emoción.

Emilio agarró el álbum como si fuera el objeto más preciado del mundo. Le vio acariciar la cubierta, en la que había una foto de Lily. Vio cómo se le empañaban los ojos y vio una profunda pena en su rostro.

Gisele nunca le había visto así, nunca le había visto tan vulnerable, tan... humano.

Emilio abrió el álbum y, en la primera página, se encontró con una foto de Lily justo después de nacer, con la boca abierta, apenas con fuerza para llorar...

Había otra foto de Lily después de que una enfermera la lavase. Otra envuelta en la manta de color rosa, esta foto había sido tomada apenas una hora antes de que el bebé falleciera.

—Se parece a ti —dijo Emilio con voz grave.

—Yo pensaba que se parecía a ti —dijo ella.

Emilio la miró a los ojos y a ella se le contrajo el corazón al ver los de él llenos de lágrimas. Jamás había imaginado que pudiera importarle tanto un bebé al que no había conocido. No había esperado que Emilio sintiera lo mismo que ella al ver las fotos de Lily. Había supuesto que, para los hombres, era diferente. Sin embargo, Emilio parecía sufrir la pérdida de Lily tanto como ella, lo veía en la agonía reflejada en su rostro.

—Se parece a los dos —declaró Emilio con voz ahogada y profunda.

Gisele se mordió el carrillo para contener la emoción.

—Sí...

—¿Podría...? —Emilio se aclaró la garganta—. ¿Podría hacer una copia de las fotos?

—Sí, claro —respondió Gisele, asintiendo.

—¿Cuánto pesó al nacer? —preguntó Emilio tras un doloroso silencio.

—Algo menos de dos kilos. Era diminuta.

Gisele le ofreció la manta, que había llevado a la terraza y que tenía pegada al pecho. Hasta ese momento, no se la había dejado tocar a nadie.

–Aún huele a ella –dijo Gisele–. No huele mucho, pero a veces cierro los ojos e imagino que aún la tengo en mis brazos. Hice yo misma la manta. Estuvo envuelta en ella desde poco después de nacer. Fue lo último que la cubrió antes de... antes de que la vistiera para el entierro.

Emilio tomó la manta y se la llevó a la cara. Cerró los ojos e inspiró. Aún olía a la inocencia de un bebé.

Gisele vio resbalar una lágrima por la mejilla de Emilio. Sintió una compasión por él que no había sentido nunca.

Tras un prolongado silencio, Emilio le devolvió la manta.

–Gracias.

–Emilio... –Gisele le miró a los ojos–, siento no habértelo dicho antes. Ahora me doy cuenta de que debería haberlo hecho. Lo siento.

Emilio hizo una mueca.

–No te preocupes, lo más seguro es que me hubiera negado a hablar contigo. Demasiado orgulloso y demasiado cabezota. Lo he estropeado todo. Desde el principio, me equivoqué por entero, la ira me cegaba.

–Los dos hemos cometido errores –declaró ella en voz baja.

–Este no sé cómo arreglarlo –dijo Emilio con expresión macilenta–. Por primera vez desde pequeño, me encuentro vencido, impotente. No sé qué hacer –Emilio suspiró–. Tenías razón, *cara*, no se puede cambiar el pasado.

Gisele se tragó el nudo que le cerraba la garganta.

–Perdona...

–¿El qué? –Emilio, mirándola, frunció el ceño–. Tú no has hecho nada. Eras inocente. Fui yo quien se equivocó. Si hubiera confiado en ti, nada de esto hubiera ocurrido –Emilio se volvió y miró a los jardines.

–He estado pensando en eso que dijiste... respecto a lo que yo habría hecho de haber estado en tu lugar.

Emilio se volvió de nuevo y la miró con expresión triste.

–No trates de disculpar mi comportamiento, Gisele. Tú no habrías hecho lo que yo hice, los dos lo sabemos. Quien se ha portado mal he sido yo, no tú. Y tendré que aprender a vivir con ello. Te hice daño y pedir disculpas no es suficiente, y tú lo sabes muy bien.

Gisele no sabía qué decir, aunque tampoco era capaz de pronunciar palabra. La garganta se le había cerrado y las lágrimas le quemaban los ojos. Ahora, no solo sentía su propio dolor, sino también el de él.

Emilio se le acercó y se plantó delante de ella.

–Sé que es pedir demasiado que te quedes en Italia... después de todo esto –declaró Emilio–. Pero haré todo lo que esté en mis manos por protegerte de los medios de comunicación. Si quieres, haré de representante tuyo en las reuniones de trabajo. Podría reunirme con los ejecutivos que debas tratar en tu nombre. Tú puedes quedarte aquí, en la casa, no será necesario que salgas. No tienes por qué aparecer en público si no quieres.

–No creo que esconderse solucione nada –contestó Gisele–. No sé cómo ha llegado esa foto a un periódico; pero, si tienen esa foto, es posible que tengas otras. No quiero ser una víctima y tampoco quiero que se me considere una víctima.

–¿Todavía estás dispuesta a pasar un mes aquí? –le preguntó él.

–Sí, me quedaré –respondió ella tras vacilar unos instantes.

Emilio le puso las manos en los hombros con infinita ternura, una ternura que le llegó al alma, igual que la mirada de él.

–Gracias –le dijo Emilio–. Haré lo posible por que nunca te arrepientas de esta decisión.

Capítulo 9

DURANTE la semana siguiente, las reuniones de negocios que Emilio le consiguió marcharon extraordinariamente bien para ella, dándole una perspectiva nueva a su trabajo.

En la vida privada, Emilio se mostraba tierno, pero distante. Gisele sabía que aún no había asimilado el hecho de haber sido padre de una niña a la que no había conocido.

A ella también le resultaba difícil comunicarse con él. En parte, se debía a que le daba miedo que Emilio sacara el tema de los hijos, que le pidiera tenerlos con ella.

No obstante, a pesar de haber logrado evitar hablar de ello, hubo un incidente en el que no tuvo más remedio que reconocer y enfrentarse al hecho de que Emilio seguía queriendo tener familia: habían ido a visitar una tienda de ropa de bebé en unos lujosos grandes almacenes. Ella estaba enseñando al encargado unas muestras de su trabajo y no se había dado cuenta de que Emilio se había acercado a la sección de juguetes. El encargado le pidió disculpas y fue a hablar con una de las dependientas por un asunto urgente, y fue entonces cuando ella se acercó a donde estaba Emilio. Él había agarrado un oso de peluche vestido con un tutú color rosa, y a ella se le encogió el corazón al ver la melancolía de su mirada. Se mordió el labio inferior y se alejó, contenta de que el encargado hubiera vuelto tras solucionar la momentánea crisis.

Después de uno o dos días, el interés de los medios de comunicación por su relación con Emilio comenzó a disminuir, pero no lo suficiente como para tranquilizarla del todo. Aún se sentía observada y se preguntó cómo la gente famosa se las arreglaba para vivir bajo semejante escrutinio.

No obstante, para Emilio no parecía ser un problema; aunque, por otra parte, tenía experiencia en evitar a los paparazis. Emilio la llevaba a restaurantes poco conocidos que ofrecían una comida exquisita y unos vinos magníficos. Con el paso de los días, a ella le pareció que empezaba a conocer al verdadero Emilio; no al famoso arquitecto, sino al hombre. Emilio estaba haciendo un esfuerzo por abrirse a ella.

Se dio cuenta de ello una noche, cuando volvían de cenar en uno de los barrios menos elegantes de Roma. De repente, se cruzaron con una chica que debía de estar drogada. La chica, esquelética, vestida con una falda muy apretada y unos viejos tacones, se acercó a Emilio tambaleándose, le dijo algo en italiano y le puso una mano en el pecho. Emilio le cubrió la mano con la suya y se la apartó de sí, pero continuó agarrándosela... y le habló como un padre a una hija.

Gisele contempló la escena con perplejidad. Aunque no entendía todo lo que hablaban, se dio cuenta de que Emilio no estaba regañando a la joven. Por el contrario, la apartó hacia un lado de la calle, charló con ella unos minutos y entonces hizo una llamada telefónica al centro de acogida. Al cabo de unos minutos, uno de los jóvenes que trabajaba en el centro apareció, condujo a la chica a un coche y, supuestamente, la llevó a un lugar seguro.

Gisele se acercó a Emilio mientras este veía el coche alejándose. Ella se agarró del brazo de Emilio y pegó el cuerpo al suyo.

—Me ha dado la impresión de que la conocías.

Emilio respiró hondo.

—Sí. Se llama Daniela, es drogadicta y ha ingresado tres veces en un programa de desintoxicación. Quiere dejarlo, pero tiene muchos problemas con la familia, los amigos y falta de confianza en sí misma —Emilio la miró con expresión de angustia—. Tengo miedo de encontrarla muerta en la calle algún día.

Emilio suspiró y añadió:

—Lo que más me duele es que Daniela podría conseguir lo que quisiera. Es inteligente y bonita, pero mira dónde está. ¿Qué puedo hacer para evitar que se destruya a sí misma? ¿Cuántas jóvenes hay como ella? ¿Te das cuenta del problema que es eso? ¿Quién cuida de ellos cuando sus madres hacen la calle?

Gisele tragó saliva. Emilio había sido uno de esos chicos. Lo sabía, aunque Emilio no había vuelto a comentar nada al respecto. Durante la última semana, ella había tratado de hacer que se abriera, pero Emilio se había negado a hablar de su infancia y su juventud.

–Estás haciendo todo lo que puedes, Emilio. No conozco a nadie que haga tanto como tú.

–Pero no es suficiente –contestó él al tiempo que se apartaba de ella y se pasaba una mano por el cabello–. Maldita sea, no es suficiente.

Gisele se le acercó por la espalda y le abrazó. Frustrado, Emilio estaba rígido; pero al cabo de unos segundos, se relajó y se dio la vuelta. Al mirarla, lo hizo con un brillo de determinación en los ojos.

–Quiero enseñarte una cosa –dijo él.

–¿Qué?

Emilio le tomó la mano y comenzaron a caminar por la zona, un laberinto de callejuelas sucias y sombrías. Ella se aferró a Emilio en busca de seguridad en un mundo que no conocía, un mundo en el que nunca había estado. Y se avergonzó de su desconocimiento. ¿Cómo podía haber vivido veinticinco años y no saber que, para algunas personas, la vida era una lucha constante por la supervivencia? En comparación con eso, sus problemas no eran nada.

Por fin, llegaron a un callejón en el que solo funcionaba una farola. La poca luz dejaba vislumbrar edificios en estado ruinoso, el abandono de gente desesperada pasando por momentos desesperados.

Emilio la llevó a la entrada de un edificio abandonado sin luz en su interior y pintadas en los muros exteriores.

–Aquí es donde mi madre me abandonó –declaró Emilio sin emoción en la voz–. Faltaban uno o dos meses para que cumpliera cuatro años. Lo recuerdo como si hubiera sido ayer.

Gisele le apretó la mano, la emoción le cerraba la garganta, impidiéndole hablar. Las lágrimas acudieron a sus ojos y le resbalaron por las mejillas mientras imaginaba a Emilio a la edad de cuatro años a la puerta de aquella casa. ¿Qué había sentido Emilio viendo a su madre dejarle ahí y desaparecer?

–Ella era una adolescente, prácticamente una niña –continuó Emilio–. Seguramente no debía saber quién era mi padre. Según ha llegado a mis oídos, había cuatro o cinco candidatos.

–Emilio...

–Me dijo que enseguida volvería, me prometió que volvería... Y yo la creí. Esperé durante horas, quizá días. De eso no consigo acordarme. Solo me acuerdo del frío, tenía mucho frío –involuntariamente, Emilio se estremeció–. El frío me calaba los huesos. Aunque no lo creas, a veces vuelvo a sentirlo.

Gisele le rodeó con los brazos y lo estrechó contra sí.

–Oh, Emilio... –un sollozo le quebró la voz–. Es horrible lo que debiste de pasar. No puedo soportar la idea de que estuvieras tan solo y perdido...

Emilio se agarró a ella con fuerza, abrazándola. La apretó contra sí y ocultó el rostro en el cuello de ella.

Gisele respiró hondo, absorbiendo el dolor y la soledad que habían acompañado a Emilio durante tantos años.

–Quiero hacer lo posible por evitar que a otros chicos les pase lo que a mí –dijo Emilio separándose de ella–. Quiero evitar que se pasen la vida preguntándose adónde fue su madre cuando les abandonó... preguntándose si estará viva o muerta. Y quiero evitar que, cada vez que vean pasar a un hombre por la calle, se pregunten si no será su padre.

–Eres una persona increíble, Emilio –dijo Gisele poniéndole la mano en el rostro–. Nunca he conocido a nadie como tú.

–Eres la primera persona a la que le enseño este lugar –confesó él–. Ni siquiera los trabajadores del centro lo conocen.

–Gracias por traerme aquí. Hace que te comprenda mucho mejor. No puedes imaginar cuánto te admiro.

Emilio entrelazó los dedos con los de ella.

–Vámonos ya de aquí. Este lugar me da escalofríos.

Emilio cerró la puerta de la casa y apagó las luces de fuera.

–Vete a la cama, *cara*. Yo todavía tengo que llamar al centro para ver cómo está Daniela.

–Te esperaré despierta –contestó ella.

Emilio la vio subir las escaleras. Se alegraba de haberle hablado de su infancia, había sido una catarsis. Hacía que se sintiera como si, por fin, hubiera dejado atrás el pasado. En vez de repudiarle, Gisele le había abrazado y le había ofrecido esa aceptación que él llevaba toda la vida anhelando.

Después de hacer la llamada, Emilio subió a su dormitorio. Gisele se había duchado y llevaba el albornoz suyo, que le quedaba muy grande.

–Te has puesto mi albornoz –dijo él.

–Sí –Gisele le dedicó una traviesa sonrisa–. ¿Qué vas a hacer?

–Voy a quitártelo.

–¿Y si me resisto?

Una chispa de humor asomó a los ojos de Emilio mientras se acercaba a ella.

–Si te resistes, lo pasaremos mucho mejor.

Gisele lanzó un grito cuando él la levantó en brazos, la llevó a la cama y, suavemente, la dejó caer. A continuación, se desnudó y, mientras lo hacía, vio cómo las pupilas de Gisele se dilataban. Cuando volvió al lado de ella, le desató el cinturón del albornoz y la destapó. Gisele tenía unos pechos preciosos, los pezones ya erguidos. Se agachó y se los chupó, uno a uno, encantado con la respuesta de ella.

–¡Menuda resistencia la tuya! –exclamó Emilio en broma.

–Puede que sea incapaz de resistirme a ti –comentó Gisele jugueteando con el vello de su pecho. Y él respiró hondo cuando ella le agarró. ¿Cómo podía una mujer obrar semejante magia? La deseaba con locura y se tumbó sobre ella, apoyando el peso del cuerpo en los codos.

–¿Te peso mucho? –preguntó él.

–No –respondió Gisele antes de agarrarle la cabeza y tirar de él para que la besara.

Sus lenguas danzaron. Los labios de Gisele eran imposiblemente suaves, como de terciopelo. Le acarició el cuerpo antes de cubrirle el sexo. Gisele estaba tan mojada y tan caliente que no pudo resistir penetrarla. Ella lanzó un quedo grito de placer.

Emilio se movió dentro de ella despacio, sintiendo la maravillosa suavidad del cuerpo de Gisele. Pero pronto, ella comenzó a alzar las caderas, instándole moverse con más rapidez, quemándole con sus besos.

Emilio le acarició los pechos, uno a uno, le besó los pezones al tiempo que le acariciaba el clítoris. Ella se agitó bajo su cuerpo mientras él, con manos y boca, continuaba excitándola. Gisele cada vez más inquieta, arqueando las caderas para que él se hundiera en lo más profundo de su ser. Sintió la tensión de los músculos de Gisele, la fuerza con la que las piernas de ella le apretaban la cintura en busca de la máxima liberación...

–Ya... Por favor... ya... –gritó ella.

Y cuando sintió las contracciones del orgasmo de Gisele, su propio cuerpo alcanzó el punto álgido del placer.

Al cabo de un rato, con los ojos cerrados, Emilio lanzó un suspiro de satisfacción, deleitándose en la fragancia de ella.

En esos momentos, era como sentirse por fin en casa.

Capítulo 10

CUANDO Gisele se despertó a la mañana siguiente, Emilio no estaba a su lado en la cama. Después de darse una ducha, se vistió y bajó a buscarle. Por el camino, se encontró a Marietta, que le informó de que Emilio estaba hablando por teléfono en el despacho.

–He servido el desayuno en el cuarto de desayunar porque parece que va a llover –añadió el ama de llaves.

–Gracias, Marietta –dijo Gisele, y rápidamente se dirigió al agradable cuarto que daba al este para esperar allí a Emilio.

En una mesa auxiliar al lado de la mesa donde estaba el desayuno, estaba la prensa matutina. En la portada del periódico italiano había una foto de Emilio y ella saliendo de la tienda de ropa para niños, habían ido allí con muestras del trabajo de ella; al salir, Emilio la conducía con un brazo alrededor de los hombros con gesto protector. Recordaba que, en la calle, alguien había hecho una foto con un móvil, pero ella había pensado que estaba haciéndole una foto a una amiga delante de la tienda.

El corazón comenzó a latirle con fuerza al agarrar el periódico inglés, en el que aparecía la misma foto y, como encabezamiento, se leía: *¿Otro bebé para el famoso arquitecto y su prometida australiana?*.

Gisele se estremeció. El pánico se apoderó de ella.

–Siento el retraso –dijo Emilio, entrando en ese momento–. Estaba hablando por teléfono, quería estar seguro de que Daniela ha ingresado en la clínica de desintoxicación... *¿Cara*, qué te pasa?

Gisele le dio el periódico.

–No puedo soportarlo –declaró ella–. No puedo vivir así. No puedo.

Emilio ojeó el periódico brevemente antes de dejarlo a un lado.

–Solo son rumores, cotilleos –dijo él–. Ya sabes cómo son los reporteros.

–¿Rumores, cotilleos? –Gisele le lanzó una furibunda mirada–. ¿Es así como lo llamas tú? Pues yo me siento presionada.

–Gisele, nadie te está presionando.

–¿No? ¿Estás seguro? ¿Y tú y todo eso de que quieres hijos, una familia? Eso es lo que tú quieres, tú mismo me lo has dicho.

–Sí, así es, quiero tener familia. Pero iremos despacio, hasta que te hagas a la idea de...

–¡Para! –Gisele se tapó los oídos con las manos–. No digas nada. No me digas que hasta que me haga a la idea de tener otro hijo. No quiero oírlo.

–Gisele, estás exagerando.

–¡No me digas que exagero! –exclamó ella, al borde de la histeria. No quería sumirse en otra depresión e hizo todo lo que pudo por controlar sus emociones–. ¡Noté cómo mirabas el osito de peluche!

Emilio frunció el ceño.

–¿Qué osito de peluche?

–El que había en la tienda, el osito con un tutú color rosa –contestó ella apenas con el corazón latiéndole al galope–. Agarraste el oso y te lo quedaste mirando. Te vi, Emilio, y me di cuenta de lo mucho que deseas tener hijos.

–*Cara* –dijo él en tono conciliador–, ¿no podríamos hablar de esto en otro momento? Ahora estás muy disgustada. Te comprendo, sé que ver ese artículo ha debido de ser terrible para ti. Pero ya verás como dentro de unos días ves las cosas de otra manera.

–No, no veré las cosas de otra manera. Jamás. Y a ti no te va a quedar más remedio que aceptarlo.

La mandíbula de Emilio se tensó.

–Gisele, estás demasiado nerviosa, será mejor que dejemos esto para otro momento.

–¡No estoy nerviosa! –gritó ella al tiempo que se ponía en pie y comenzaba a pasearse–. No puedo, Emilio, no puedo. Nuestra relación no tiene futuro. Quiero volver a casa.

Emilio se quedó muy quieto. Su expresión ilegible.

Eres libre para marcharte cuando quieras, Gisele –declaró él–. No pienso retenerte a la fuerza.

Gisele se pasó la lengua por los labios. El corazón le dio un vuelco.

–¿Qué has dicho?

–He dicho que te vayas si eso es lo que quieres

–contestó Emilio–. Le diré a Marietta que se encargue de tu equipaje; entretanto, iré a comprarte el billete de avión.

–Pero... ¿y el resto del mes? ¿Y el dinero? –preguntó ella.

–Te lo has ganado, hasta el último céntimo –respondió Emilio con una sonrisa burlona–. No me debes nada.

Gisele se preguntó si le había oído correctamente. ¿La estaba dejando marchar sin poner ningún obstáculo?

–No lo comprendo...

–Pediré a mis abogados que te entreguen todos los papeles –dijo Emilio con voz fría, como si se tratara de un negocio más–. También recibirás el edificio en propiedad. Podrás contratar a más empleados y expandirte. Un diseñador de páginas web te ayudará a preparar la tuya, así podrás vender tus productos en Internet.

Gisele solo podía pensar en el hecho de que Emilio no le había puesto ningún impedimento, parecía como si quisiera que se marchara. Parecía como si no...

No, Emilio no la quería.

Emilio nunca la había amado. Nunca la amaría.

–Así que... –Gisele se pasó la lengua por los labios, tratando de disimular el profundo dolor que sentía–. Así que esto es... un adiós, ¿no?

¿Cómo podía aguantar el dolor que sentía?

«No, por favor, no me digas adiós», pensó Gisele. «No me eches de tu lado. No lo hagas otra vez. No, así no, por favor».

Emilio se la quedó mirando con expresión impenetrable.

–Sí, así es. Adiós, Gisele.

Ella asintió. ¿Qué otra cosa podía hacer? Al fin y al cabo, le había dicho que quería irse...

Tres semanas más tarde...

Gisele estaba colocando ropa en las estanterías de la tienda cuando entró Hilary, su madre. Hilary solo había estado un par de veces en la tienda, y era la primera vez que la veía después de su regreso de Italia. Había hablado con ella por teléfono un par de veces, pero por poco tiempo y en ambas ocasiones la conversación había sido fría y distante.

–Tienes la tienda preciosa –dijo Hilary.

–Gracias.

Se hizo un breve silencio.

–Estás muy delgada, Gisele –comentó Hilary–. ¿Estás segura de que puedes llevar el negocio tú sola? Es mucho trabajo.

–Puedo arreglármelas yo sola, no te preocupes –contestó Gisele colocando una chaqueta de bebé en una estantería.

Hilary dejó escapar un suspiro al tiempo que agarraba una chaqueta con unos conejitos bordados.

–Sé que todavía estás disgustada –dijo Hilary–. Y no te culpo, lo que tu padre hizo no tiene perdón.

Gisele se volvió para mirarla.

–Lo que hicisteis los dos. Tú mentiste tanto como él. Tú has vivido una mentira.

Los ojos de Hilary se llenaron de lágrimas mientras se apretaba la chaqueta al pecho.

–Lo sé. Y nunca dejé de temer que cualquier día se descubriera la verdad –contestó ella–. Desde el principio quería habértelo dicho, pero tu padre me lo prohibió. No se fiaba de Nell Baker. Me pasé la vida con miedo a que apareciera cualquier día para llevarte con ella. Supongo que era por eso por lo que siempre me mostré tan distante contigo... no sabía si cualquier día iban a venir a arrancarte de mis brazos.

Era la primera vez que Gisele veía llorar a su madre y se quedó perpleja.

–Yo creía que no me querías –dijo Gisele–. Pensaba que no era suficientemente buena para ti.

–¡Oh, cielo! –exclamó Hilary–. Te adoraba. Quise a todos mis hijos.

Gisele frunció el ceño.

–¿Hijos? ¿Qué hijos?

Hilary acarició la chaqueta que tenía en las manos.

–Tuve cuatro abortos naturales en los dos primeros años de casada. Me sentía una fracasada.

–¿Por qué no me lo has dicho hasta ahora? –preguntó Gisele con incredulidad–. ¿Por qué no me lo contaste cuando perdí a Lily?

A Hilary le temblaron los labios.

–Yo aborté a las pocas semanas de quedar embarazada, tú perdiste a tu hija una vez nacida. No tenía comparación posible. Yo estaba avergonzada de no poder procrear, de no haber sido madre. Tú, al menos, sí lo has sido, aunque solo durante unas horas.

–Tú has sido una madre –dijo Gisele con los ojos llenos de lágrimas–. Has sido y eres la única madre que tengo, y te quiero.

Hilary la rodeó con los brazos.

–Yo a ti también te quiero, hija mía. Yo también te quiero.

Carla, la secretaria de Emilio, le llevó el café al despacho después de comer. Él no se movió de donde estaba, junto a la ventana.

–Déjelo encima del escritorio –dijo él con voz hueca.

–Han traído un paquete para usted –dijo Carla.

–¿De quién es?

–De la señorita Carter. ¿Quiere que lo abra? –inquirió la secretaria.

A Emilio se le encogió el corazón.

–No –se pasó una mano por el espeso cabello–. Eso es todo, Carla. Puede tomarse el resto del día libre.

–Pero... ¿qué hay del proyecto Ventura? –preguntó ella mirándole con el ceño fruncido–. Corre prisa.

Emilio se encogió de hombros.

–Estará cuando esté. Y, si no, que se busquen a otro.

–Sí, señor –respondió ella arqueando las cejas.

Carla se marchó del despacho y cerró la puerta sigilosamente.

Emilio acarició el paquete que Gisele le había enviado. Debían de ser las joyas, que se las devolvía. Había imaginado que lo haría. En realidad, le había sorprendido que se las hubiera llevado. Imaginaba que ella no quería ningún recuerdo de su relación en Italia.

Abrió el paquete despacio y el cuerpo entero le tembló al ver la manta color rosa en la que su hija había pasado envuelta las breves horas de su vida. La emoción se le agarró a la garganta.

Con la manta había un papel doblado. Lo agarró y leyó:

Dijiste que me daría cuenta cuando llegara el momento de la despedida definitiva. Tenías razón. Gisele.

De repente, se dio cuenta de lo que Gisele le había enviado, lo que aquella manta simbolizaba...

Gisele le había enviado su corazón.

¡Cielos, qué había hecho él! La había dejado marchar cuando lo único que él quería era tenerla a su lado. ¿Por qué no le había confesado lo que sentía por ella? Aunque Gisele hubiera decidido marcharse, habría sido mejor para él decirle que la amaba. Gisele merecía saber que era la única mujer a la que él había amado, la única a la que podía amar.

Había sido un cobarde. Demasiado asustado para enfrentarse a sus propios sentimientos, había preferido contenerlos, ocultarlos. Se había estado engañando a sí mismo, mucho más a ella.

¿Cómo había sido tan estúpido?

¿Tan cabezota?

¿Cómo había estado tan ciego?

Apretó la tecla del teléfono interior.

–Carla, ¿está ahí todavía? –preguntó él.

–Sí, señor –respondió su secretaria–. Estaba recogiendo mis cosas para marcharme.

–Consígame un billete de avión para Sídney –dijo él–. Da igual lo que cueste. Puede incluso contratar un avión privado. Compre uno, si es necesario.

–¿Otro negocio urgente, señor Andreoni? –preguntó Carla.

–No, esta vez es algo personal –respondió él.

«Esta vez se trata de mi vida. Es mi amor lo que está en juego. Lo es todo».

Eran las siete de la mañana cuando el taxi se paró delante de la tienda de Gisele, pero el establecimiento estaba cerrado. En su premura, no había tenido en cuenta la diferencia horaria.

Pidió al taxista que le llevara a la casa de Gisele y el trayecto se le hizo eterno. Repasó mentalmente lo que iba a decirle. Había estado ensayando durante todo el vuelo, a pesar de saber que solo necesitaba pronunciar dos palabras: «Te amo».

El taxi dobló la esquina de la calle de Gisele y a él le dio un vuelco el estómago al ver un cartel de SE VENDE en el piso de ella.

Emilio salió del taxi y ordenó al taxista que esperase.

Al llamar al timbre, no obtuvo respuesta. Asomó

el rostro por las rendijas de las lamas de las persianas, pero no parecía haber nadie dentro.

–¿Qué se le ofrece? –era la voz de una mujer mayor.

Emilio giró sobre sus talones y vio a una mujer ayudada de un andador delante de los buzones del correo.

–Estoy buscando a Gisele Carter –respondió Emilio–. ¿Sabe dónde está?

–Sí, se ha marchado hace una media hora. Se iba de vacaciones a una isla tropical en Queensland, a pasar allí unos días con su madre y su hermana antes de cambiarse de casa.

Emilio lanzó un gruñido. ¿Cuántas islas tropicales había en Queensland? Cientos. ¿Cómo demonios iba a localizarla?

–¿Ha dicho que se ha marchado hace una media hora? –preguntó Emilio.

–Sí, más o menos.

–¿Sabe con qué aerolínea iba a volar? –inquirió Emilio caminando de espaldas hacia el taxi–. Es muy importante, tengo que verla. Voy a decirle que la amo y a pedirle que se case conmigo.

La mujer sonrió antes de decirle el nombre de la aerolínea.

–Y creo que la isla se llama Hamilton. Sí, eso es, Hamilton Island.

El tablón con las salidas de los vuelos anunciaba que ese vuelo ya estaba cerrado y el avión a punto de despegar.

Emilio sintió una extrema opresión en el pecho. Casi no podía respirar.

Había llegado demasiado tarde...

–¿Emilio?

La piel se le erizó. Eran imaginaciones suyas, igual que cuando, sentado y abandonado en el escalón de la entrada de aquella casa, había creído oír la voz de su madre.

Despacio, Emilio se dio media vuelta y vio a Gisele delante de él. Estaba muy pálida y sumamente delgada, igual que un fantasma. ¿Era un producto de su imaginación? Sí, debía de serlo. Parpadeó varias veces, pero ella no desapareció.

–Has vendido tu piso –dijo Emilio.

¡Y qué tontería había dicho!

–Sí. Me parecía que necesitaba un cambio.

Emilio cambió el peso de una pierna a otra.

–Creía que ibas en ese vuelo –otra tontería.

¿Por qué no podía decir lo que quería decir?

–Faltan cuarenta minutos para que salga mi avión –contestó ella–. Voy a Heron Island. Mi madre y yo nos vamos a reunir allí con Sienna. Mamá ha sugerido que serviría para tratarnos y conocernos mejor.

–Ah... Creía que ibas a Hamilton Island, eso es lo que me ha dicho tu vecina. He visto que el avión estaba a punto de despegar y... –Emilio se cayó porque ya no sabía cómo continuar.

Gisele apretó los labios, parecía una tímida colegiala.

–He salido del servicio y te he visto aquí... Creía que eran imaginaciones mías. ¿Cómo es que estás aquí?

–Quería verte –respondió Emilio–. Quería darte las gracias por... por la manta de nuestra hija.

Una sombra cruzó el semblante de ella y bajó la mirada.

–Fue concebida en Italia –dijo Gisele con un hilo de voz–. Me ha parecido apropiado que la manta acabara allí.

Emilio sintió cómo se le llenaban los ojos de lágrimas.

–¿Y si, de repente, te apeteciera abrazar la manta? –preguntó él.

Los labios de Gisele temblaron incontrolablemente.

–Ahora te toca a ti tenerla.

–¿Y... si la tuviéramos los dos? Te quiero. Siempre te he querido. Por favor, *cara*, no me dejes, vuelve conmigo. Vuelve a mi lado.

Tras unos segundos, Gisele se arrojó a sus brazos. Y él se dio cuenta de que nunca antes se había sentido tan unido a otro ser humano. Los brazos de Gisele le rodearon la cintura, pero él los sintió alrededor del corazón.

–Mi preciosa –dijo Emilio–. Creía que te había perdido para siempre.

Gisele se aferró a él, temerosa de que Emilio pudiera evaporarse, con pánico de abrir los ojos y descubrir que había sido un sueño. ¿En serio había pronunciado Emilio esas maravillosas palabras? Le miró con lágrimas en los ojos.

–¿De verdad me quieres? –preguntó ella–. ¿Lo dices en serio?

Emilio le agarró las manos y se las llevó al corazón.

–Te amo, *tesore mio* –confesó él–. La vida no tiene sentido sin ti. No sé qué haría si me dijeras que no quieres casarte conmigo. Te vas a casar conmigo, ¿verdad?

Gisele le sonrió con infinita alegría.

–Claro que voy a casarme contigo –respondió ella–. Es lo que más deseo en el mundo. Te amo.

Emilio la abrazó con fuerza, no quería soltarla nunca.

–Lo eres todo para mí, *cara* –dijo él–. Me da vergüenza pensar en lo que me ha costado reconocerlo. ¿Podrás perdonarme... por todo?

–Deja ya de torturarte –dijo Gisele–. Los dos hemos sido víctimas de las circunstancias.

Emilio la apretó contra sí antes de separase ligeramente para mirarle los ojos.

–He sido un idiota.

Gisele le acarició la mejilla.

–Te quiero tal y como eres –dijo ella–. Te adoro.

Emilio apoyó en la frente de ella.

–*Cara*, quiero que sepas que, si no quieres tener más hijos, no importa. Además, hay montones de chavales de los que tengo que ocuparme. Daniela y llevado al centro a unos amigos suyos. Así que... solo te necesito a ti. Contigo tengo más que de sobra.

Gisele parpadeó para contener las lágrimas.

–Ha habido un tiempo en el que no podía imaginar volver a quedarme embarazada –declaró ella–. No soportaba la idea de correr el riesgo de que volviera a pasar lo mismo. Pero esta vez, tú estarás a mi lado. Contigo a mi lado, creo que puedo enfrentarme a cualquier cosa.

Emilio le puso las manos en el rostro y la miró con infinita ternura.

–Y ahí es donde voy a estar el resto de mi vida, a tu lado: amándote, protegiéndote y adorándote en cuerpo y alma.

Gisele cerró los ojos en el momento en que los labios de Emilio sellaron los suyos con un beso lleno de promesas y amor. Le rodeó la cintura con los brazos y se apoyó en él.

Por fin ambos tenían un hogar.

Sienna Baker estaba en una tumbona al lado de la piscina del hotel en Heron Island, se estaba tomando un Manhattan cuando recibió un mensaje en el móvil. El mensaje era de Gisele. Se alzó las gafas de sol y leyó: *Sienna, lo siento, cambio de planes. Mamá va de camino, pero yo me voy a Italia para preparar mi boda. Por cierto, ¿quieres ser la madrina? Besos, Gisele.*

BIANCA™

MELANIE MILBURNE

ENEMIGOS ANTE EL ALTAR

Capítulo 1

ANDREAS recibió una llamada de su hermana pequeña, Mitote, de madrugada.

–Papá ha muerto.

Tres palabras que en otra persona habrían evocado una tormenta de emociones, pero que para Andreas solo significaban que a partir de aquel momento podía dejar de fingir que la suya había sido una familia feliz.

–¿Cuándo es el funeral?

–El martes –respondo Miette–. ¿Vendrás?

Andreas miró a la mujer que dormía a su lado en la cama del hotel y dejó escapar un suspiro de frustración. Qué típico de su padre elegir el momento más inoportuno para morirse.

Aquel fin de semana había pensado pedir la mano de Portia Briscoe en Washington D.C., aprovechando un viaje de negocios. Incluso llevaba el anillo de compromiso en su maletín.

Pero tendría que esperar otra oportunidad. No quería que su compromiso estuviera asociado para siempre con la muerte de su padre.

–¿Andreas? –la voz de Miette interrumpió sus pensamientos–. Sería bueno que vinieras... por mí, no por papá. Tú sabes cuánto odio los funerales, especialmente después del de mamá.

Andreas sintió como si una garra se clavara en su corazón al recordar a su madre y lo cruelmente que había sido traicionada. Estaba seguro de que eso era lo que la había matado, no el cáncer. Su desconsuelo al encontrar a su marido en la cama con una empleada de la casa mientras ella luchaba con la quimioterapia le había roto el corazón, robándole las ganas de vivir.

Y luego esa bruja, Nell Baker, y la desvergonzada de su hija, Sienna, habían convertido el funeral de su madre en un escándalo...

–Allí estaré –le aseguró.

Y esperaba que Sienna Baker no se atreviese a aparecer por allí.

La primera persona que Sienna vio al llegar al funeral en Roma fue Andreas Ferrante. Al menos, sus ojos lo registraron, pero lo había *sentido* unos segundos antes. En cuanto entró en la catedral, sintió que un escalofrío recorría su espina dorsal.

No lo había visto en muchos años y, sin embargo, había sabido que estaba allí, sentado en uno de los primeros bancos, frente al altar. Tan increíblemente apuesto como siempre y con ese porte aristocrático, exudando dinero y poder. Llevaba el pelo, negro como el azabache, un poco más largo que el del resto de los hombres, rozando el cuello de su camisa.

Él giró la cabeza y se inclinó para decirle algo al oído a la joven que estaba sentada a su lado. Sienna hubiera querido llevarse una mano al pecho, donde su corazón aleteaba como una frenética mariposa.

Durante años había intentado olvidar sus facciones.

No se atrevía a pensar en él porque era una parte de su pasado de la que se sentía avergonzada, profundamente avergonzada.

Entonces era tan joven, tan ingenua e insegura. No había pensado en las consecuencias... pero ¿quién lo hacía a los diecisiete años?

Y entonces, de repente, Andreas giró la cabeza y sus ojos se encontraron. Y cuando esos ojos pardos se clavaron en los suyos fue como ser golpeada por un rayo.

Sienna intentó simular indiferencia y, sacudiendo la rubia melena, recorrió el pasillo para sentarse en un banco.

Sentía su furia.

Sentía su ira.

Sentía su rabia.

Y la hacía temblar. Hacía que su sangre hirviera, que se le doblasen las rodillas...

Pero no demostró nada de eso, al contrario. Intentó fingir una frialdad que ocho años antes, cuando era una adolescente, habría deseado.

La mujer que estaba sentada al lado de Andreas era su última novia; o eso había leído en las revistas. Su relación con Portia Briscoe había durado más que las otras e incluso se rumoreaba que iban a casarse.

Aunque Sienna nunca había pensado que Andreas Ferrante pudiese enamorarse de verdad. Para ella, siempre había sido un príncipe, un niño rico rodeado de privilegios. Cuando llegase el momento, Andreas elegiría una esposa adecuada, una chica de buena familia, como su padre y su abuelo antes que él; el amor no tendría nada que ver.

Y, en apariencia, Portia Briscoe era la perfecta candidata. Una belleza clásica, era la clase de mujer que no iba a ningún sitio sin estar perfectamente peinada y maquillada. El tipo de mujer que ni soñando iría a un funeral con unos vaqueros con el bajo deshilachado y zapatillas de deporte.

Portia, que solo llevaba exquisitos trajes de chaqueta de alta costura, tenía unos dientes perfectos y una piel de porcelana.

Al contrario que Sienna, que había tenido que sufrir la tortura de un aparato dental durante dos años y que esa misma mañana había tenido que usar corrector para ocultar un granito en la barbilla.

La esposa de Andreas sería perfecta y no tendría un pasado que había causado dolor y vergüenza a todos los que la conocían.

Su esposa sería la perfecta Portia, no la escandalosa Sienna.

«Pues buena suerte».

En cuanto terminó el servicio religioso, Sienna salió de la catedral. Aún no sabía por qué había sentido la necesidad de acudir al funeral de un hombre que, en vida, nunca le había caído bien. Pero había leído en la prensa la noticia de su muerte e inmediatamente pensó en su madre.

Su madre, Nell, había amado a Guido Ferrante.

Nell había trabajado para la familia Ferrante durante años y Guido siempre la había tratado públicamente como a un ama de llaves. Pero Sienna recordaba muy bien el escándalo que su madre había causado en el funeral de Evaline Ferrante. La prensa lo había pasado en grande, como un grupo de hienas sobre un cadáver. Había sido la experiencia más humillante de su vida. Ver a su madre insultada y vilipendiada era algo que jamás podría olvidar. Había jurado ese día que nunca estaría a merced de un hombre poderoso. Sería ella quien llevase el control, la dueña de su destino. No dejaría que otros le dictasen lo que debía hacer solo porque habían nacido en una casa rica o tenían más dinero que ella.

Y nunca se enamoraría.

—Perdone, ¿señorita Baker? —la llamó un hombre bien vestido de unos cincuenta años—. ¿Sienna Louise Baker?

—¿Quién quiere saberlo? —preguntó ella.

El extraño le ofreció su mano.

—Permita que me presente: soy Lorenzo di Salle, el abogado de Guido Ferrante.

Sienna estrechó su mano, sorprendida.

—Encantada de conocerlo, pero tengo prisa...

—Está invitada a la lectura del testamento del señor Ferrante.

Ella lo miró, perpleja.

—¿Cómo dice?

—Es usted una de las beneficiarias del testamento del señor Ferrante...

—¿Beneficiaria yo? Pero ¿por qué?

El abogado sonrió.

—El *signor* Ferrante le ha dejado una propiedad.

—¿Qué propiedad?

—El *château* de Chalvy, en Provenza —respondió el hombre.

El corazón de Sienna dio un vuelco dentro de su pecho.

–Tiene que ser un error. Ese *château* era de la familia de Evaline Ferrante y deberían heredarlo Andreas o Miette.

–El señor Ferrante quiso dejárselo a usted, pero puso ciertas condiciones.

Sienna guiñó los ojos.

–¿Qué condiciones?

Lorenzo di Salle esbozó una sonrisa que le recordó a una serpiente.

–La lectura del testamento tendrá lugar en la biblioteca de la villa Ferrante mañana, a las tres. Nos veremos allí.

Andreas paseaba por la biblioteca sintiéndose como un león enjaulado. Era la primera vez que pisaba esa casa en muchos años, desde la noche que encontraron a Sienna desnuda en su habitación.

La pequeña diablesa, que entonces tenía diecisiete años, había mentido, haciendo creer a todo el mundo que ella era la víctima, un papel que había interpretado a la perfección. ¿Por qué si no la habría incluido su padre en el testamento? Sienna no era pariente de los Ferrante, era la hija del ama de llaves, una buscavidas que ya se había casado por dinero una vez.

Evidentemente, se había ganado el afecto de su padre enfermo para conseguir lo que pudiese tras la muerte de su anciano marido, que la había dejado prácticamente en la calle. Pero el *château* de su madre en Provenza era la posesión a la que Andreas no estaba dispuesto a renunciar.

Y haría cualquier cosa para evitar que fuese a parar a manos de Sienna.

La puerta se abrió y Sienna Baker entró en la biblioteca como si estuviera en su casa.

Al menos aquel día se había vestido de manera más apropiada, aunque no demasiado. La falda vaquera dejaba al descubierto sus largas y bronceadas piernas y la blusa blanca, atada a su estrecha cintura, dejaba al descubierto unos centímetros de abdomen. No llevaba una gota de maquillaje y la melena rubia caía sobre sus hombros con cierto descuido, pero aun así parecía recién salida de una pasarela.

Todos parecieron contener el aliento durante un segundo. Andreas había visto eso muchas veces. La belleza natural de Sienna era como un puñetazo en el plexo solar. Naturalmente, intentó disimular su reacción, pero el efecto que ejercía en él era el mismo del día anterior, en el funeral.

Porque había sabido el momento exacto en el que Sienna Baker había entrado en la catedral.

Lo había sentido.

Andreas miró su reloj antes de lanzar sobre ella una mirada despectiva.

—Llegas tarde.

Sienna sacudió su melena con gesto impertinente.

—Son las tres y dos minutos, niño rico. No te pongas histérico.

El abogado se aclaró la garganta.

—¿Podemos empezar? Hay muchas cosas que tratar.

Andreas permaneció de pie mientras Di Salle leía el testamento. Se alegraba de que su hermana recibiera una gran parte de las posesiones de su padre, aunque no las necesitaba porque su marido y ella tenían un próspero negocio de inversiones en Londres, porque era un alivio saber que todo eso no había ido a parar a Sienna. Miette había heredado la villa de Roma y millones de euros en acciones. Y era una satisfacción porque Miette, como él, no había tenido demasiada relación con su padre en el último año.

–Y ahora llegamos a Andreas y Sienna –dijo Lorenzo di Salle–. Creo que deberíamos leer esta parte del testamento en privado, si no les importa a los demás.

Andreas apretó los labios. No quería que su nombre se mezclase con el de ella. Sienna lo hacía sentir inquieto, siempre había sido así. Sienna Baker era una mujer que lo sacaba de quicio como nadie más podía hacerlo.

Y eso no le gustaba en absoluto.

Por su culpa, se había alejado del hogar familiar y ni siquiera había vuelto para estar con su madre antes de que muriese. El vergonzoso engaño de Sienna había destrozado cualquier posibilidad de relación con su padre durante los últimos ocho años.

Y la odiaba con toda su alma.

El abogado esperó que los demás salieran de la biblioteca antes de leer un documento:

–Dejo el *château* de Chalvy, en Provenza, a mi hijo Andreas y a Sienna Baker, con la condición de que contraigan matrimonio y vivan juntos durante un mínimo de seis meses...

Andreas escuchó las palabras, pero su cerebro tardó un momento en registrarlas. Y cuando lo hizo fue como si le hubiera caído encima un bloque de cemento. Pero no podía ser, tenía que haberlo imaginado.

Sin embargo, cuando miró a Di Salle se dio cuenta de que no era cosa de su imaginación.

Sienna y él... casados.

Viviendo juntos durante seis meses.

Tenía que ser una broma.

—No puede hablar en serio —logró decir, después de aclararse la garganta.

—Tu padre cambió su testamento un mes antes de morir. Si no os casáis en el tiempo acordado, la propiedad pasará a un pariente lejano.

Él sabía muy bien de qué pariente lejano se trataba. Y también sabía lo rápido que ese pariente vendería el *château* para pagar sus deudas de juego. Su padre le había tendido una trampa. Había pensado en todo, haciendo imposible que pudiese escapar.

—¡No voy a casarme con él! —exclamó Sienna, levantándose de golpe, sus ojos azul grisáceo brillantes de indignación.

Andreas la miró, desdeñoso.

—Siéntate y cierra la boca, por favor.

—No pienso casarme contigo.

—Me alegra mucho saberlo —Andreas se volvió hacia el abogado—. Tiene que haber alguna forma de evitar esto. Estoy a punto de comprometerme.

El abogado levantó las manos en un gesto de derrota.

—No la hay. Si uno de los dos se negara a cumplir las condiciones en el plazo establecido, el otro heredaría el *château* automáticamente.

—¿Qué? —exclamaron Sienna y Andreas a la vez.

–¿Quiere decir que si no me caso con ella, Sienna heredaría el *château* de Chalvy y todo lo demás?

Lorenzo asintió con la cabeza.

–Y si os casáis y uno de los dos se marchase antes de los seis meses, heredará el que se quede. El *signor* Ferrante lo dejó todo por escrito, de modo que no tenéis más remedio que casaros y vivir juntos durante seis meses.

–¿Por qué seis meses? –preguntó Sienna.

–Mi padre debió de pensar que, si estábamos más tiempo juntos, yo acabaría cometiendo un asesinato –replicó Andreas.

Ella lo fulminó con la mirada.

–O al revés.

–¿Qué pasará después de esos seis meses, si decidimos casarnos?

–Tú te quedarás con el *château* y Sienna con una cantidad de dinero.

–¿Cuánto dinero?

Lorenzo mencionó una suma que lo dejó atónito.

–¿Consigue ese dinero por hacer qué exactamente? ¿Por ir por ahí fingiendo que es la dueña del *château* de mi madre durante seis meses? ¡Es increíble!

–Yo diría que es una compensación justa por tener que soportarte.

Andreas se volvió para mirarla, airado.

–Todo esto es cosa tuya, ¿verdad? Tú convenciste a mi padre para que cambiase el testamento.

Sienna lo miró con gesto desafiante.

–Hacía cinco años que no sabía nada de tu padre. Ni siquiera tuvo la decencia de enviar una postal o unas flores cuando mi madre murió.

–¿Y por qué fuiste a su funeral si tanto lo odiabas?

–No creas que he hecho un viaje especial a Roma para eso. Estaba aquí para probarme el vestido que llevaré en la boda de mi hermana.

–Ah, he oído hablar de tu perdida hermana gemela –dijo Andreas–. Lo leí en los periódicos. Que Dios nos ayude si es como tú.

–Fui al funeral de tu padre por respeto a mi madre. Si viviera, ella habría ido. Nadie hubiera podido impedírselo.

Andreas la miró, desdeñoso.

–Ni siquiera un mínimo sentido de la decencia.

Sienna levantó una mano para abofetearlo, pero Andreas consiguió evitar el golpe sujetando su muñeca. Sin embargo, el roce de su piel fue como una descarga eléctrica y, de inmediato, vio un brillo en sus ojos, como si también ella la hubiera sentido.

Algo ocurrió entonces, algo primario y peligroso que no tenía nombre, ni forma, pero que estaba allí.

Andreas soltó su muñeca y, sin que nadie se diera cuenta, abrió y cerró la mano un par de veces para ver si sus dedos seguían funcionando con normalidad.

–Tendrá que disculpar a la señorita Baker –le dijo al abogado–. Es famosa por montar numeritos.

–Serás canalla...

El abogado se levantó.

–Tenéis una semana para tomar una decisión. Y sugiero que lo penséis bien. Si no llegáis a un acuerdo, tenéis mucho que perder.

–Yo ya he tomado una decisión –dijo Sienna, cruzándose de brazos–. No pienso casarme con él.

Andreas hizo una mueca.

–Tú no renunciarías al dinero.

Ella lo miró, desafiante, con las manos en las caderas, sus preciosos pechos subiendo y bajando al ritmo de su respiración. Andreas nunca había sentido tal energía sexual en toda su vida. Y la sintió en la entrepierna. Estaba tan cerca que podía notar su aliento en la cara...

–¿Crees que no renunciaría al dinero? Pues vas a llevarte una sorpresa, niño rico –le espetó Sienna, antes de darse la vuelta para salir de la biblioteca con la cabeza bien alta.

Capítulo 2

AQUÍ dice que Andreas Ferrante y su novia han roto –dijo Kate Henley, la compañera de piso de Sienna en Londres, un par de días después. Ella se volvió para lavar una taza en el fregadero.

–Lo que haga Andreas Ferrante no me interesa en absoluto.

–Espera un momento... ¡ay, Dios mío! ¡Es cierto!

Sienna se volvió hacia su compañera, que tenía los ojos como platos.

–¿Qué es cierto?

–Aquí dice que tú eres la otra mujer –respondió Kate–. ¡Dice que tú eres la razón por la que ha roto con Portia Briscoe!

–Dame eso... –Sienna tomó la revista y leyó el artículo, con el corazón galopando dentro de su pecho.

El famoso diseñador de muebles franco-italiano Andreas Ferrante admite tener una relación con la hija de una antigua ama de llaves de su familia, Sienna Baker.

–¡Es mentira! –exclamó Sienna, tirando la revista sobre la mesa.

–¿Y entonces por qué lo dice? –preguntó Kate.

–Porque quiere que me case con él.

–¿Perdona? ¿He oído bien?

–Sí, has oído bien, pero no pienso casarme con Andreas.

Kate se llevó una mano al corazón.

–¿Andreas Ferrante, el multimillonario florentino, el hombre más guapo del planeta... si no de todo el universo, quiere casarse contigo y tú le has dicho que no?

Sienna miró a su amiga, irritada.

–No es tan guapo.

–¿Ah, no? ¿Y qué tal su cuenta corriente?

–No estoy interesada en su cuenta corriente –respondió Sienna–. Me casé una vez por dinero y no pienso volver a hacerlo.

–Pero yo pensé que querías a Brian Littlemore. Lloraste a mares durante su funeral.

Sienna pensó en su difunto marido y en la estrecha relación que habían mantenido durante sus últimos meses de vida. Se había casado con él buscando protección y seguridad, no por amor. Había sido una escapatoria cuando perdió el control de su vida tras la muerte de su madre. Después de un horrible incidente en el que se encontró en la cama con un completo extraño, un incidente que apareció después en Internet, Brian Littlemore le había ofrecido seguridad y respetabilidad.

Como Sienna, Brian se había visto obligado a vivir una mentira toda su vida, pero había sido sincero con ella y su secreto se había ido a la tumba con él, Sienna jamás lo contaría.

–Brian era un buen hombre que pensó en su familia antes que en sí mismo hasta el día de su muerte.

–Es una pena que no te dejase algo de dinero –dijo Kate–. Pero, si no consigues trabajo en las próximas semanas, imagino que podrías pedirle a tu rica hermana gemela que te ayudase a pagar el alquiler.

A Sienna le seguía pareciendo extraño tener una hermana de la que no había sabido nada hasta poco antes. Y una hermana gemela, además. Gisele y ella habían sido separadas al nacer, hijas de un australiano casado que había pagado por su silencio.

Nell se había quedado con ella, entregando a Gisele a Hilary y Richard Carter, que no tenían hijos. Pero su madre se había llevado el secreto a la tumba y Sienna había descubierto por accidente la existencia de Gisele cuando estaba viajando por Australia unos meses antes.

Había hecho el viaje por capricho cuando encontró un billete muy barato en Internet. Siempre había querido ir a Australia y, tras la muerte de Brian, le había parecido una buena oportunidad de aclarar sus ideas antes de tomar una decisión sobre el futuro.

Un encuentro casual en unos grandes almacenes la había reunido con Gisele y, aunque quería a su hermana, seguía sorprendida por la relación.

Además, Gisele había roto con su novio debido a la escandalosa cinta sexual en la que Sienna se había visto involucrada. Encontrarse en la cama con ese extraño, sin recordar cómo había llegado allí, había sido una experiencia tan humillante que de inmediato se marchó de Australia, sin saber el problema que le había causado a su hermana. Cómo había llegado la cinta a Internet, no tenía ni idea, pero su novio había creído que era Gisele y Sienna siempre se sentiría avergonzada por ello.

El prometido de Gisele, Emilio, se había sentido traicionado y solo cuando conoció a Sienna creyó la versión de su novia. Su próxima boda en Roma era algo que le hacía mucha ilusión, pero tenía sentimientos encontrados al respecto. Su irresponsable comportamiento había estado a punto de destrozar a la pareja que, por su culpa, había perdido un bebé y se había separado durante dos años...

¿Cómo iba a compensarlos por eso?

Pero Kate tenía razón, debía encontrar una fuente de ingresos a toda prisa. Antes de que Brian se pusiera enfermo, Sienna había trabajado en su negocio de antigüedades, pero la familia se había quedado con él cuando murió, despidiéndola de manera fulminante, y el fideicomiso que Brian le dejó en su testamento había quedado reducido a cero con la crisis. Su sueño de tener una casa propia se había esfumado y, a menos que ocurriese un milagro, no iba a hacerse realidad.

¿O sí?

Sienna pensó en el dinero que le había dejado Guido Ferrante. Era más que suficiente para comprar una casa. El resto podría invertirlo y vivir de las rentas de por vida. Podría dedicarse a la fotografía, que era lo que siempre había soñado. Qué maravilloso sería ser conocida por su talento y no por sus errores. Qué maravilloso estar al otro lado de la lente, ser ella quien tomase las fotografías en lugar de ser la retratada.

Sienna se mordió los labios al pensar en las condiciones del testamento. Seis meses casada con su peor enemigo. Era un precio muy alto, pero la recompensa merecía la pena.

Además, no tenía que ser un matrimonio de verdad.

De repente, sintió un escalofrío al imaginarse entre los musculosos brazos de Andreas, sus largas y poderosas piernas enredadas con las suyas...

Sienna tomó las llaves de la mesa.

–Me marcho, Kate. No sé cuándo volveré, pero te enviaré el dinero del alquiler.

–¿Dónde vas?

–A Florencia.

Kate la miró, con los ojos como platos.

–¿Vas a decirle que sí?

Sienna asintió con la cabeza.

–Estos podrían ser los seis meses más largos de mi vida.

–¿Seis meses? ¿No se supone que el matrimonio debe durar hasta que la muerte os separe?

–No, este no.

–¿No vas a hacer la maleta? –le preguntó Kate–. No puedes aparecer en Florencia con unos vaqueros y una camiseta. Necesitas ropa, zapatos, maquillaje...

Sienna se colgó el bolso al hombro.

–Si Andreas Ferrante quiere que me vista como una de sus novias, tendrá que pagar por ello. *Ciao*.

–El *signor* Ferrante está en una reunión y no puede ser molestado –le informó la recepcionista.

–Dígale que su prometida está aquí –dijo Sienna.

La mujer la miró de arriba abajo.

–No sé si...

–Dígale que, si no sale ahora mismo, no habrá boda –la interrumpió Sienna, con cara de pocos amigos.

La recepcionista pulsó el botón del interfono y habló en italiano con Andreas:

–*Signor* Ferrante, acaba de llegar una joven que dice ser su prometida. ¿Quiere que llame a Seguridad?

–Dile que espere en recepción –respondió él.

Sienna se apoyó en el mostrador e inclinó la cabeza para hablar por el interfono:

–Sal ahora mismo. Tenemos cosas que discutir.

–En la sala de juntas, en diez minutos.

–Aquí y ahora mismo –insistió ella.

–*Cara*, tu impaciencia enciende mi sangre. ¿Me has echado mucho de menos?

Sienna esbozó una sonrisa falsísima.

–Cariño, no te puedes imaginar lo horrible que ha sido estar sin ti. Me estoy volviendo loca. Ha sido una tortura estar sin tus besos, sin tus caricias y esas cosas que me haces en la cama...

–Vamos a dejar eso para cuando estemos solos, ¿eh?

Sienna sonrió a la atónita recepcionista.

–Nadie lo sabe, pero tiene un enorme...

–¡Ve a la sala de juntas ahora mismo!

Sienna se despidió de la perpleja empleada.

–¿A que es adorable?

En la sala de juntas, Andreas la miró con expresión airada.

–¿Se puede saber qué pretendes? –le espetó mientras cerraba la puerta.

Sienna le devolvió una mirada desdeñosa.

–Aparentemente, estamos comprometidos. Lo he leído en una revista.

—Yo no he hablado con ninguna revista —Andreas se pasó una mano por el pelo—. Ya sabes lo que dicen de una mujer desdeñada.

Ella enarcó una ceja.

—¿Entonces ha sido la perfecta Portia? Vaya, seguro que eso no lo aprendió en la *Guía de las buenas chicas que nunca dan un paso en falso*.

—Estaba a punto de pedirle que se casara conmigo, tiene derecho a estar enfadada.

—Qué pena —dijo Sienna.

—No te pongas sarcástica.

—Me pongo como me da la gana.

La tensión entre ellos era palpable y Andreas empezó a pasear por la habitación, nervioso.

—Tenemos que encontrar la forma de solucionar esto.

—¿Cómo?

—Seis meses y seremos libres. Lo he mirado desde todos los ángulos y lo único que podemos hacer es casarnos. Así ganaremos los dos.

Ella apartó una silla para sentarse.

—¿Qué ganaría yo?

—¿Qué ganarías tú? Ya oíste al abogado, un montón de dinero.

Sienna se quedó callada un momento.

—Quiero más.

Andreas apretó los labios.

—¿Cuánto más?

—¿Que tal el doble?

—Un cuarto —le ofreció él.

—Un tercio —dijo Sienna, sosteniendo su mirada.

Andreas golpeó la mesa con la mano, su rostro tan cerca que podía oler el café en su aliento.

–¡Maldita seas, no vas a conseguir un céntimo más! El trato es el trato, no pienso negociar.

Sienna se levantó de la silla.

–Muy bien, entonces no hay nada más que hablar. Si quieres que me case contigo, tendrás que pagar por ese privilegio.

Había llegado a la puerta cuando Andreas cedió.

–De acuerdo. Te daré un tercio más.

Ella se volvió para mirarlo.

–Ese *château* es muy importante para ti, ¿verdad?

–Era de mi madre –respondió Andreas, con los dientes apretados–. Y haré lo que tenga que hacer para que no caiga en manos de mi avaricioso primo segundo.

–¿Incluso casarte conmigo?

–No puedo creer que vaya a decir esto, pero sí. Se me ocurren cosas peores que casarme contigo.

–Pues a mí no se me ocurre nada peor –replicó ella, volviendo a sentarse.

El aire se tensó como un cable de acero.

Sienna sintió la mirada de Andreas como una caricia. Se sentía desnuda bajo ese escrutinio.

Claro que él ya la había visto desnuda... o casi.

Sienna no quería recordarlo. A los diecisiete años, había querido que Andreas fuera su primer amante, fantaseando que la rescataba de la vida miserable que su madre y ella se habían visto obligadas a vivir. Todos esos años yendo de casa en casa... su infancia había consistido en hacer y deshacer maletas, intentando hacer amistad con gente que ya tenía suficientes amigos. Siempre se había sentido como una extraña; su sitio no estaba ni en el piso de arriba ni en el de abajo.

Pero todo había cambiado cuando su madre consiguió el puesto de ama de llaves en la villa de los Ferrante, en Roma, una propiedad fabulosa, con un jardín increíble, piscina y pista de tenis. A Sienna le había parecido un paraíso después de años viviendo en habitaciones diminutas.

Era la primera vez en su vida que su madre parecía feliz y no quería que terminase. En su mente inmadura, lo tenía todo planeado: Andreas, el hijo y heredero de la fortuna Ferrante, se enamoraría locamente. Él era el príncipe azul, ella la bella mendiga, pero el amor que sentían el uno por el otro superaría todo eso.

Sienna había querido que se fijase en ella como mujer y dejase de tratarla como a un cachorro que no había sido entrenado. Para él, siempre sería la hija de una empleada.

Pero aquella noche sería diferente. Andreas llevaba meses fuera de casa y cuando volviese vería el cambio que se había operado en ella. La vería no como una niña, sino como la mujer madura y deseable que Sienna creía que era.

Sus ojos pardos la habían seguido toda la noche mientras ayudaba a servir la cena. Había sentido su admiración mientras llevaba el café y los licores al salón...

Lo había oído contener el aliento cuando se inclinó para dejar la taza sobre la mesa y, cuando sus brazos se rozaron, fue como recibir una descarga eléctrica.

Él la había mirado entonces con esos ojos entre castaños y verdes y Sienna había sabido que la deseaba.

Lo había sentido.

Lo había esperado en su dormitorio, en su cama, en una postura que ella creía sexy, solo con las bragas y el sujetador, nerviosa pero excitada al mismo tiempo y temblando de anticipación.

La puerta se abrió y Andreas se quedó inmóvil, comiéndosela con los ojos. Pero, de repente, su expresión cambió por completo.

–¿Qué demonios crees que estás haciendo? –le espetó, airado–. Vístete y márchate ahora mismo.

Sienna se había quedado desolada. Estaba tan segura de que la deseaba...

–Quiero que me hagas el amor –le dijo–. Tú sabes que me deseas.

De repente, la boca de Andreas parecía tan fina como si la hubieran dibujado con un tiralíneas.

–Te equivocas, Sienna. No tengo el menor interés por ti.

Ella se había levantado de la cama para acercarse a él moviendo las caderas. Había sido un gesto impulsivo y descarado, pero quería demostrarle que lo que había entre ellos no era cosa de su imaginación.

–Te deseo –le dijo, con voz ronca.

Andreas la había agarrado por los brazos justo cuando la puerta se abrió...

Sienna parpadeó para volver al presente. No quería recordar la horrible escena entre Andreas y su padre. No quería recordar las mentiras que ella había contado...

Desesperada, tenía tanto miedo de que su madre perdiera el puesto de trabajo por su culpa que las palabras habían salido de su boca sin que pudiese contenerlas; una sarta de tonterías que había lamentado siempre.

Andreas no había vuelto a casa desde entonces, ni siquiera cuando su madre estaba a punto de morir.

–Hay asuntos prácticos que debemos solucionar –estaba diciendo Andreas.

–¿Asuntos prácticos?

–El testamento dice que debemos vivir juntos como marido y mujer. Eso significa que tendrás que dormir donde yo duerma.

Sienna se levantó de la silla con tal fuerza que la tiró al suelo.

–¡No voy a acostarme contigo!

Él puso los ojos en blanco.

–No en la misma cama, sino bajo el mismo techo. Tendremos que hacerlo para que sea creíble.

–¿Quieres decir que debemos actuar como si de verdad quisiéramos casarnos?

–Por mucho que me duela decir esto: sí, tenemos que fingir que estamos enamorados.

–¿Estás loco? Yo no puedo hacer eso. Todo el mundo sabe que te odio.

–Lo mismo digo –murmuró Andreas–. Pero solo serán seis meses y solo cuando estemos en público. Cuando estemos solos, podemos seguir luchando.

–Yo no sé luchar.

–Tal vez yo podría enseñarte –dijo él, con una sonrisa irónica que contenía algo que Sienna no quería identificar–. Lo único que debes recordar es que el ganador es el que queda encima.

Sienna se dio la vuelta para que no viese que se había ruborizado al imaginarlo sobre ella.

–¿Y cuándo tenemos que hacerlo oficial?

–En cuanto sea posible. He pedido una licencia de matrimonio, llegará en un par de días.

–¿Y qué clase de boda tienes en mente? –le preguntó ella, volviéndose para mirarlo.

–¿No querrás una boda de blanco? –replicó Andreas, enarcando una ceja.

–Se supone que es el día más especial para la novia.

–Tú ya has sido una novia. De un hombre lo bastante mayor como para ser tu abuelo –le recordó Andreas, con gesto despectivo.

Sienna levantó la barbilla.

–Al menos, le quería.

–Querías su cuenta corriente. ¿Te hizo ganarte el dinero abriéndote de piernas?

Sienna sonrió, la sonrisa que la prensa había documentado una y otra vez, la que decía que era una libertina.

–Te encantaría saberlo, claro.

Andreas metió las manos en los bolsillos del pantalón, intentando contener su ira.

Le gustaba saber que podía hacerle perder los nervios. Siempre había sido un hombre tan serio, tan controlado, pero había una faceta de Andreas Ferrante que solo ella podía sacar. Era su lado primitivo, el hombre que quería dominarla.

Pero ella lucharía con uñas y dientes.

Andreas tuvo que respirar profundamente para controlarse. Sienna lo estaba haciendo deliberadamente.

Intentaba sacarlo de quicio para demostrar que nada había cambiado a pesar del tiempo. ¿Cómo podía aquella mujer afectarlo de ese modo?

Él no era esclavo de sus deseos como lo había sido su padre.

Andreas jamás entendió o perdonó que hubiese traicionado a una mujer con la que llevaba más de treinta años casados para acostarse con el ama de llaves.

Él se enorgullecía de su autocontrol. Tenía los mismos deseos que cualquier hombre, pero siempre elegía a sus compañeras con discreción. Las mujeres con las que se acostaba tenían clase, distinción. No eran arpías como Sienna y no despertaban en él un deseo tan incontrolable.

Él nunca perdía la cabeza.

Pero había algo en Sienna que lo inflamaba y que no podía controlar. Le gustaría enterrarse en ella tan profundamente como fuera posible, montarla como un animal a su hembra. Querría domarla, someterla en todos los sentidos.

Era la fruta prohibida a la que siempre se había enorgullecido de poder resistirse.

Sin duda, era por eso por lo que su padre había puesto esa condición en el testamento. Guido Ferrante sabía que Sienna siempre había sido una tentación para él y no se le podía haber ocurrido peor castigo que obligarlo a vivir con ella. ¿Cómo podía haber hecho eso? ¿Tanto lo odiaba?

Andreas se volvió para mirar a Sienna, que había puesto los pies sobre la mesa, los brazos cruzados levantando sus pechos, como una insolente alumna a la que el director del colegio hubiera llamado a su despacho. Tenía una lamentable falta de respeto por la autoridad, era desafiante y testaruda. Podía pasar de áspera a simpática en un parpadeo. Podía ser una sirena y una cría inocente al mismo tiempo.

Andreas no sabía cómo iba a controlar aquel absurdo arreglo, pero tendría que hacerlo, aunque eso significara acostarse con ella para saciarse de una vez por todas.

Y su sangre hirvió al pensar eso.

—¿Dónde te alojas? –le preguntó.

—Acabo de llegar.

—¿Dónde están tus cosas?

—No he traído nada –respondió Sienna–. He pensado dejarte el asunto del vestuario a ti. La ropa que yo suelo usar no quedaría bien en tu círculo.

Andreas la miró, incrédulo.

—¿Has venido con lo que llevas puesto?

—Si tengo que hacer el papel de tu prometida, tendré que vestir como tal. Pero tú pagarás la ropa, no yo.

—No me importa comprarte ropa. Pero me parece un poco raro que una chica joven viaje solo con unos vaqueros y unas zapatillas. La mayoría de las mujeres que conozco llevarían suficientes maletas como para hundir un barco.

—Yo soy una chica muy sencilla.

—Lo dudo mucho.

Sienna bajó los pies de la mesa con un movimiento lleno de gracia.

—Necesitaré alojarme en algún sitio hasta que nos casemos. Un hotel de cinco estrellas estaría bien.

—Puedes alojarte en mi villa –Andreas anotó la dirección en un papel–. Prefiero tenerte cerca para poder vigilarte.

–¿Crees que se lo contaré todo a la prensa, como ha hecho tu exprometida? –le preguntó ella con una insolente sonrisa mientras guardaba el papel en el bolso.

–Técnicamente, no era mi prometida –replicó Andreas–. No habíamos llegado tan lejos. Pero le había comprado un anillo de compromiso... puedes tomarlo prestado, si quieres.

Sienna inclinó a un lado la cabeza.

–Ni lo sueñes, niño rico. Quiero mi propio anillo, no el de otra mujer.

Andreas dio un paso adelante, como cruzando una línea invisible. La fresca fragancia de Sienna asaltó sus sentidos, una combinación de flores y feminidad que era como una droga. Tan cerca, podía ver las pecas en su nariz y una marca de viruela sobre la ceja izquierda.

Casi sin darse cuenta, sus ojos se deslizaron hasta sus labios...

Y, al ver que pasaba la punta de la lengua por ellos, el deseo fue como un puñetazo en el estómago.

–Todo esto es un juego para ti, ¿verdad?

Sienna esbozó una sonrisa.

–Quieres besarme, ¿a que sí?

Andreas apretó los dientes hasta que pensó que iba a rompérselos.

–Quiero estrangularte, no besarte.

–Atrévete a tocarme y verás lo que pasa –le advirtió ella, sin amilanarse.

Él sabía lo que pasaría, podía sentirlo en sus venas como un torpedo. No recordaba haber sentido nada así por otra mujer. Se sentía como si fuera un adolescente, incapaz de controlar sus hormonas. La dinamita no podía ser más peligrosa que Sienna Baker cuando se ponía en plan sirena.

–Aléjate de mí –le advirtió.

–Di: «Por favor».

Andreas abrió la puerta de la sala de juntas.

–Fuera.

Ella sacudió su melena.

–Si voy a alojarme en tu casa, necesitaré una llave.

–El ama de llaves te dejará entrar.

–¿Qué vas a decirle sobre nosotros?

–No suelo hacerle confidencias a mis empleados –respondió él–. Pensará que es un matrimonio normal.

Sienna frunció el ceño.

–¿Aunque no vayamos a compartir habitación?

Andreas volvió a sentir ese puñetazo en el estómago. No se le ocurría nada más tentador que rodar por su cama con las piernas de Sienna enredadas en su cintura, su cuerpo enterrado en ella hasta el fondo. Su pulso se aceleró al preguntarse cómo sería saciar un deseo que había sentido durante tanto tiempo. La tendría de una vez por todas, se dijo. Y seis meses después por fin sería inmune a sus encantos. Libre.

–No tenemos que dormir en la misma habitación cuando en la villa hay veinte dormitorios.

–¿Tan grande es?

–Es más grande que la de mi padre.

Sienna sonrió.

–Seguro que sí.

Andreas sacó la cartera del bolsillo y le dio una tarjeta de crédito.

–Ve a comprarte algo de ropa. Arréglate el pelo y las uñas... y come algo. Yo llegaré tarde, no me esperes despierta.

Sienna guardó la tarjeta en el bolso y pasó a su lado, sin tocarlo, pero lo bastante cerca como para que se le erizase el vello de la nuca.

Estaba a punto de exhalar el suspiro que había estado conteniendo cuando, de repente, ella se volvió para mirarlo.

–¿Tienes idea de por qué tu padre puso esa cláusula en el testamento?

–No, ni idea.

–Debía de odiarme...

–¿Por qué dices eso? Esto es por mí, no por ti. Mi padre me odiaba tanto como yo lo odiaba a él.

Sienna se quedó en silencio unos segundos.

–Será mejor que me vaya –dijo luego, con una sonrisa–. Tantas cosas que comprar y tan poco tiempo. *Ciao*.

Andreas cerró la puerta y se apoyó en ella, suspirando. Media hora con Sienna Baker era equivalente a estar en medio de un huracán con la única protección de un paraguas.

¿Cómo iba a aguantar los próximos seis meses?

Capítulo 3

CUANDO terminó de hacer compras, Sienna tomó un taxi para ir a la villa toscana de Andreas. La villa, de estilo renacentista, estaba a unos kilómetros de Florencia, entre acres de olivos y viñedos en la región de Chianti, famosa por sus vinos.

En la entrada de la villa había flores de todos los colores colocadas en cestas de barro... resultaba precioso, pero era un recordatorio de que Andreas había nacido en una familia rica y privilegiada. Sí, había hecho su propia fortuna diseñando muebles, pero nunca había tenido que preocuparse de pagar las facturas o de ganar un sueldo. Y era difícil no sentirse un poco celosa. ¿Por qué quería el *château* de su madre en Provenza si tenía todo aquello?

La idea de poseer una propiedad como el *château* hacía que Sienna se preguntase si tal vez debería hacerle la vida imposible para que incumpliese el acuerdo. Era un pensamiento tentador; un *château* propio, un paraíso...

No iba a dejar a Andreas en la calle, desde luego. Él tenía propiedades por todo el mundo. La villa de Florencia era su base de operaciones, pero sabía que tenía una mansión en Barbados y otra en España.

La puerta se abrió en ese momento y una mujer de

aspecto maternal que se presentó como Elena la hizo pasar.

–El *signor* Ferrante me ha dicho que llegaría esta noche y he preparado la suite rosa para usted, venga por aquí.

Sienna esbozó una sonrisa.

–Muy amable.

–No es ningún problema. Yo también fui joven una vez. Conocí a mi marido y un mes más tarde nos habíamos casado. Y sabía que el *signor* Ferrante cambiaría de opinión sobre *esa*.

–¿Sobre *esa*? –repitió Sienna.

–La princesa Portia –aclaró el ama de llaves–. Nunca estaba contenta. No le gustaba la carne, no le gustaba el queso, solo comía esto y lo otro. Me volvía loca.

–A lo mejor estaba intentando adelgazar.

Elena emitió un bufido de desaprobación.

–No era la persona adecuada para el *signor* Ferrante. Él necesita una mujer apasionada.

Sienna no podía dejar de preguntarse qué le habría contado Andreas sobre su relación. Elena parecía creer que estaban locamente enamorados...

¿Podría el ama de llaves ver lo que ella intentaba desesperadamente esconder? Aunque no seguía enamorada de Andreas. No lo amaba, lo odiaba. Pero eso no significaba que su presencia no la turbase. La turbaba y mucho.

–Parece que lo conoce muy bien.

–Es un buen hombre, generoso y trabajador. Me ayuda en los viñedos siempre que puede –respondió Elena–. ¿Lo conoce desde hace mucho tiempo?

–Sí, bueno...

–Ah, claro, leí algo en una revista. Su *mamma* solía trabajar para la familia, ¿verdad?

–Sí –respondió Sienna–. Mi madre era el ama de llaves de Guido Ferrante cuando yo era una cría. Andreas no vivía en casa entonces, pero nos encontrábamos alguna vez.

–De amigos a amantes, ¿eh? –la mujer sonrió de oreja a oreja.

–Pues... bueno, algo así.

–Ah, pero yo veo el fuego en sus ojos. Andreas será feliz con usted y tendrán muchos hijos.

Sienna sintió que le ardía la cara.

–Aún no hemos hablado de eso. Ha sido un romance muy rápido.

–Esos son los mejores –dijo Elena, con autoridad maternal–. Venga, le enseñaré su nuevo hogar. Imagino que querrá instalarse antes de que llegue el *signor* Ferrante.

Sienna siguió a la simpática ama de llaves por la villa. Era aún más grande de lo que había imaginado y habitación tras habitación, suite tras suite, todo era maravilloso y elegantemente decorado. Se le ocurrió entonces que en una villa de ese tamaño podría vivir seis meses sin ver a Andreas.

–La dejo en la suite para que se cambie de ropa –dijo Elena–. Y dejaré la cena preparada antes de irme.

–¿No vive aquí?

–No, vivo en una granja en el olivar –respondió la mujer–. Mi marido, Franco, también trabaja para el *signor* Ferrante. Si necesita algo, solo tiene que llamar por teléfono. Volveré por la mañana, alrededor de las diez. Al *signor* Ferrante le gusta estar solo. Ha vivido rodeado de criados toda la vida y entiendo que necesite su espacio.

Sienna no había pensado que estaría a solas con Andreas. Solos, pero con criados era otra cosa.

¿Podía confiar en que mantuviese las distancias? La química entre ellos era sensacional y sabía que no haría falta mucho para que explotase. A juzgar por ese momento tenso en la sala de juntas, las cosas podían ponerse muy intensas... ¿y qué haría entonces? Andreas solo tenía que mirarla de cierto modo y sus entrañas se encogían de deseo.

Y era una ironía porque el sexo nunca la había entusiasmado. Tras el rechazo de Andreas solo había salido con un par de chicos de su edad y los encuentros íntimos la dejaban fría. No había sentido nada por esos chicos, ni los chicos por ella.

Y luego, tras la humillante experiencia de encontrarse en la cama de un extraño, se había encerrado a sí misma en un matrimonio de conveniencia, un matrimonio sin amor. Antes de esa noche, cada vez que la prensa la retrataba como una desvergonzada, Sienna se reía, contenta de recibir atención aunque fuese negativa. Ella sabía la verdad sobre sí misma y eso era lo único que importaba. Pero después de aquella noche, la etiqueta contenía cierta verdad; una verdad que le encantaría poder borrar.

Después de darse una ducha y cambiarse de ropa, Sienna bajó al primer piso. La villa parecía vacía sin la simpática ama de llaves, pero comió algo y se sirvió una copa de vino, sintiéndose inquieta e irritable.

Tal vez debería haberlo pensado mejor antes de aceptar el acuerdo. Claro que no era la primera vez que su impulsiva naturaleza la metía en líos. ¿Sería demasiado tarde para dar marcha atrás?

El dinero detuvo su deseo de escapar. ¿En qué estaba pensando? Era como cualquier otro trabajo desagradable, un contrato de seis meses que pasaría enseguida. Y, a cambio, recibiría una extraordinaria cantidad de dinero.

Aparentemente, tenía la costumbre de atraer los problemas, hiciera lo que hiciera. ¿Era su destino estar a merced de circunstancias que no podía controlar? ¿Era culpa suya que su madre se hubiera quedado con ella y hubiese dado en adopción a Gisele?

Sienna no quería sentir celos de su hermana gemela, pero no podía evitarlo. Gisele había crecido teniéndolo todo: un colegio privado, fabulosas vacaciones. Había vivido en una bonita casa durante toda su infancia mientras ella iba de una a otra con su madre. Gisele no había tenido que hacer las maletas cuando su madre era despedida y había tenido unos padres que la cuidaban y la protegían...

Sienna, por otro lado, había crecido más rápido que las otras chicas de su edad. Y había aprendido muy pronto que había poca gente en la que uno pudiera confiar porque todo el mundo quería algo.

De modo que aguantaría los seis meses y le sacaría a Andreas todo el dinero posible antes de decirle adiós.

Para siempre.

Estaba tomando su segunda copa de vino cuando oyó el rugido del motor del coche de Andreas. Su veloz coche y su estilo de vida era algo que siempre la había atraído. Seguramente, él nunca había tenido que empujar un coche en su vida, o hacer su propia cama o ponerse mantequilla en la tostada. Había nacido entre algodones, comiendo en platos de porcelana y bebiendo en copas de fino cristal. Tenía todo lo que el dinero podía comprar y más.

Cómo lo odiaba por ello.

Andreas entró en la villa y encontró a Sienna tumbada en el sofá de piel, con una copa de vino en una mano y el mando de la televisión en la otra. Llevaba el pelo sujeto en una coleta, un ajustado pantalón negro de yoga y una camiseta rosa sin mangas. Iba descalza y parecía tan joven y tan sexy que tuvo que tragar saliva.

–¿Un día duro en la oficina? –le preguntó Sienna, sin molestarse en mirarlo mientras cambiaba de canal.

Andreas empezó a aflojar el nudo de su corbata.

–Podríamos decir que sí –respondió, quitándose la chaqueta para dejarla sobre el brazo del sofá–. Veo que te has puesto cómoda.

Sienna tomó un sorbo de vino antes de responder:

–Lo he pasado en grande. Tienes un vino estupendo, por cierto.

–Es de los viñedos de la finca.

–Y también me gusta tu ama de llaves, ya nos hemos hecho amigas.

–Se supone que no debes hacerte amiga de los empleados –dijo Andreas.

Sienna apagó el televisor y se volvió para mirarlo.

–¿Por qué no? ¿Porque podrían olvidar su sitio y tratarte con demasiada familiaridad?

Él dejó escapar un largo suspiro.

–Son empleados, no amigos. Hacen un trabajo y se les paga por ello. No se les pide nada más.

Sienna se levantó del sofá, mirándolo con esos ojos tan brillantes, y Andreas tuvo que hacer un esfuerzo para no tomarla entre sus brazos y demostrarle cuánto la deseaba. Pero había decidido que la tendría cuando él lo decidiera, no porque Sienna pudiese manipularlo a placer.

–¿Has cenado?

–¿Qué es esto? ¿Ahora vas a hacer el papel de amante esposa?

Ella se encogió de hombros.

–Solo intentaba ser amable. Pareces cansado.

–Tal vez sea porque no he pegado ojo desde que conocí el testamento de mi padre –dijo Andreas, acercándose al bar para servirse una copa de la botella que Sienna había abierto–. Ya tengo la licencia de matrimonio, de modo que podemos casarnos el próximo viernes.

–Te mueves rápidamente cuando quieres algo, ¿eh, niño rico?

–No tiene sentido esperar. Cuanto antes nos casemos, antes podremos divorciarnos.

–Ah, un buen plan.

–¿Qué quieres decir con eso?

–Lo que he dicho. Parece que lo tienes todo estudiado.

–Así es –asintió él–. Nos casaremos y luego, dentro de seis meses, nos divorciaremos. Así de sencillo.

–¿Qué le has contado a Elena sobre nosotros?

–Nada, aparte de que vamos a casarnos lo antes posible.

–Debes de haberle dicho algo más que eso –insistió Sienna, mientras jugaba con su coleta.

–¿Por qué dices eso?

–Porque parece creer que estamos enamorados.

–La gente suele casarse enamorada.

Los dos se quedaron en silencio unos segundos.

–¿Estabas enamorado de Portia Briscoe? –le preguntó Sienna entonces.

Andreas frunció el ceño.

–¿Qué clase de pregunta es esa?

Ella inclinó a un lado la cabeza.

–No, creo que no estabas enamorado. Creo que te gustaba y que era la persona adecuada: una chica de buena familia que sabía qué cubierto usar en cada ocasión, que vestía bien y siempre tenía el pelo en su sitio... ¿pero enamorado de verdad? No, no lo creo.

–Mira quién habla de amor –replicó Andreas–. Tú no estabas enamorada de Brian Littlemore. Apenas lo conocías cuando te casaste con él.

–Te equivocas, lo conocía muy bien –replicó Sienna–. Lo conocí antes de que su mujer muriese.

Andreas lanzó un bufido.

–Y, sin duda, también entonces te abrías de piernas para él. ¿Te pagaba o se lo dabas gratis para tenerlo a tu disposición?

Sienna clavó en él una mirada venenosa.

–Tienes una mente muy sucia, niño rico. Juzgas a la gente desde tu torre de marfil, como si tuvieras derecho a hacerlo... pero Brian era un hombre decente y con un gran corazón. Tú no tienes corazón, lo que tienes dentro del pecho es una piedra.

Andreas tomó un sorbo de vino.

–Tanta lealtad a tu difunto marido es enternecedora, *ma chérie*. Pero me pregunto si serías tan leal si supieras que tenía otra amante mientras estaba casado contigo.

Sienna se volvió para tomar su copa de la mesa.

–El nuestro era un matrimonio abierto –dijo, sin mirarlo–. Los dos teníamos libertad para hacer lo que quisiéramos, mientras fuésemos discretos.

Andreas se preguntó si debería haber sido tan crudo. En la prensa no había salido nada sobre los devaneos de su difunto marido, lo había oído en alguna parte y no de una fuente muy fiable. Pero, si estaba disgustada o dolida, lo escondía bien. Ni su expresión ni su tono dejaban ver que le hubiera hecho daño.

–¿Sabías lo de su amante?

–Sí, lo sabía desde el principio.

–¿Y te casaste con él de todas formas?

Sienna lo miró a los ojos.

–Lo hice por el dinero. La misma razón por la que voy a casarme contigo.

Andreas apretó los dientes, airado. Era tan descarada sobre sus motivos... ¿no le daba vergüenza? ¿No tenía el menor respeto por sí misma?

Y entonces se hizo otra pregunta: ¿lo haría quedar en ridículo mientras estaban casados? No tenía el menor decoro y era tan egoísta como de adolescente.

Haría cualquier cosa para sacar lo que pudiera de aquella situación.

–Ya que hablamos de dinero, quiero dejar un par

de cosas bien claras desde el principio: durante la duración de nuestro matrimonio no toleraré que hagas nada que dé lugar a especulaciones o cotilleos. Si no te comportas, habrá consecuencias. ¿Lo entiendes?

Ella lo miró con gesto insolente.

–Perfectamente.

–No voy a dejar que me hagas quedar en ridículo, saltando de cama en cama. Eso significa nada de fotos y nada de cintas de vídeo en Internet. ¿Está claro?

Sienna se puso colorada... de rabia, pensó Andreas, al recordar el incidente por el que su hermana gemela lo había pasado tan mal.

Cuando supo que su hermana había hecho las paces con su prometido lo que más lo sorprendió fue que Sienna no hubiera dicho nada. Para ser justo, ella no sabía que tenía una hermana gemela, pero era típico de Sienna no hacerse responsable de sus actos. Le daba igual quién sufriera por su comportamiento. Iba por la vida sin pensar en nadie más que en sí misma.

–No habrá ningún problema.

–Eso espero.

Sienna se dio la vuelta para vaciar la copa antes de dejarla sobre la mesa.

–¿Alguna cosa más?

Andreas apretó los labios. Ese tono dolido era nuevo para él. ¿Cómo lo hacía? ¿Cómo era capaz de darle la vuelta a la situación para hacer que él pareciese el villano?

–Si te sirve de consuelo, tampoco yo daré lugar a habladurías. Solo serán seis meses y dicen que el celibato te da energía y aguza el intelecto.

Sienna sonrió.

–¿Crees que aguantarás?

–Iremos día a día –respondió él, mirándola de arriba abajo.

–Pues buena suerte.

Andreas volvió a llenar su copa de vino y tomó un par de sorbos antes de mirarla.

–Por cierto, te agradecería que comprases ropa adecuada para la boda. No creo que un pantalón vaquero sea apropiado, por bien que te quede.

Ella enarcó una ceja.

–Oh, vaya, un halago del imponente *signor* Ferrante. No doy crédito.

–¿De qué estás hablando? Yo siempre te he dicho piropos.

–Recuérdame uno –lo retó ella–. Me falla la memoria.

–El día que fuiste a ese baile del colegio a los dieciséis años. Llevabas un vestido de color rosa chicle y te dije que estabas muy guapa.

–Dijiste que parecía una tarta.

Andreas esbozó una sonrisa.

–¿De verdad?

–Sí.

–Bueno, seguramente quería decir que estabas para comerte.

El aire pareció cargarse de tensión.

–Pues deberías tener más cuidado con tu dieta. Demasiado azúcar es malo para la salud.

–Sí, pero de vez en cuando está bien tomar lo que te gusta, ¿no te parece?

–Solo si sabes controlarte –replicó ella, con un aire altivo que le pareció increíblemente sexy–. Para algunas personas, probar un poco no es suficiente. No pueden tomar solo un trocito de chocolate, tienen que comerse toda la tableta.

De nuevo, Andreas la miró de arriba abajo.

–Evidentemente, no hablas por experiencia. Podría abarcar tu cintura con una sola mano.

–Buenos genes, imagino.

Él asintió con la cabeza.

–¿Qué vas a decirle a tu hermana sobre este matrimonio?

–No lo sé, no quiero mentirle, pero tampoco quiero que se preocupe por mí. Por ahora, lo mejor será atenernos al guion.

–Entonces, deberíamos ponernos de acuerdo sobre ciertos detalles. Por ejemplo, cómo nos enamoramos tan rápidamente.

Sienna hizo una mueca.

–¿Crees que alguien va a creer que te has enamorado de mí? Tú y yo no tenemos nada en común. Yo soy la hija de una limpiadora, tú eres un niño rico. Los hombres como tú no se casan con pordioseras como yo, eso solo ocurre en los cuentos de hadas.

Andreas frunció el ceño.

–Que no provengas de una familia acaudalada no tiene nada que ver.

–¿Ah, no? –replicó ella, irónica.

Andreas se sintió absurdamente culpable. Tal vez porque sabía que, en cierto modo, tenía razón.

–Mira, sé que hemos tenido problemas en el pasado, pero estoy dispuesto a intentar que nos llevemos bien.

Ella se mordió el labio inferior de un modo casi infantil, un gesto que le resultó extraño.

–¿Estás diciendo que me perdonas?

–No, yo no diría eso. Lo que hiciste fue imperdonable.

–Lo sé.

Andreas decidió no creerla. Estaba jugando con él, intentando apelar a su generosa naturaleza, pero tras esa cara de niña buena había una manipuladora nata cuya misión en la vida era conseguir una fortuna. Podría haber engañado a su padre, pero no iba a engañarlo a él.

Andreas tomó la chaqueta del brazo del sofá.

–Voy a estar muy ocupado durante estos días. Espero que no te metas en líos hasta el viernes.

–Seré un pedazo de pan –dijo Sienna.

Él esbozó una irónica sonrisa.

–Pero solo una rebanada, ¿eh?

Capítulo 4

A LA MAÑANA siguiente, cuando Sienna bajó de su habitación después de ducharse, no había ni rastro de Andreas. Elena aún no había llegado, de modo que tuvo tiempo para hacerse algo de desayuno en la cocina y pasear un rato por la casa.

Después, salió a la terraza, cubierta por una pérgola llena de glicinias, sintiendo el calor de las piedras en los pies descalzos. Se sentó en una silla de hierro forjado y miró alrededor, fascinada...

Había docenas de tonalidades de verde y la misma cantidad de fragantes aromas en el jardín.

Por impulso, volvió al interior de la casa para buscar su cámara fotográfica. Era una simple cámara digital, pero capturaba buenas imágenes y perdió la noción del tiempo mientras exploraba el jardín.

Estaba fotografiando unos pájaros sobre un arbusto cuando vio un perro a lo lejos. Sienna bajó la cámara y se puso la mano sobre los ojos a modo de pantalla. Parecía estar solo y, por lo flaco que era, debía de estar muerto de hambre.

Sienna se colgó la cámara en la muñeca y dio un paso adelante.

—Hola, bonito —lo llamó—. Ven aquí, no voy a hacerte daño.

El perro la miraba con desconfianza, pero Sienna no se asustó. Inclinándose, alargó su mano para que la oliese y el animal se acercó un poco moviendo ligeramente la cola.

–Buen chico.

Cuando estaba a punto de agarrar al perro por el collar para ver si llevaba alguna identificación, sonó un ruido tras ellos y el animal salió corriendo.

–Serás tonta. ¡Podría haberte mordido! –exclamó Andreas.

–No iba a morderme.

–Es un perro vagabundo. Franco debería haberle pegado un tiro hace días.

Sienna se incorporó de un salto.

–¡Pero si lleva un collar! Debe de ser de alguien. A lo mejor se ha perdido y no encuentra el camino de vuelta a casa.

–Es un chucho lleno de pulgas.

Sienna lo fulminó con la mirada.

–Ah, claro, y en esta casa solo pueden entrar perros con pedigrí. Serás imbécil...

Andreas la sujetó por la muñeca cuando iba a pasar a su lado.

–No deberías andar por ahí sin zapatos. ¿Es que no tienes sentido común?

Sienna intentó soltarse, pero él no la dejó. Al sentir el roce de sus duras manos en la muñeca, su estómago dio un saltito y, sin darse cuenta, clavó la mirada en sus labios. Aún no se había afeitado y la sombra de barba en su mandíbula la hizo sentir un escalofrío. Olía a hombre, a calor y trabajo, un olor potente que despertó sus sentidos. ¿Se daría cuenta de cuánto la afectaba? ¿Podría sentirlo? ¿Era por eso por lo que la miraba con ese brillo en los ojos?

–¿Qué te importa a ti? –le espetó–. Preferirías que estuviera muerta, ¿no?

–No digas tonterías –respondió Andreas–. ¿Por qué iba a querer que estuvieras muerta?

–Porque entonces heredarías automáticamente el *château* y no tendrías que casarte con una mujer a la que odias.

–Tú también me odias a mí, de modo que estamos en paz. ¿O es que escondes un secreto afecto por mí?

Sienna lo fulminó con la mirada.

–Estás loco.

Andreas tiró de ella hasta aplastarla contra su torso.

–Te gusta retarme, ¿verdad, *cara*? Te gusta tener poder sobre los hombres, es como una droga para ti ver cómo caen a tus pies.

–No digas bobadas...

–No son bobadas –la interrumpió él–. Pero te lo advierto: yo no voy a dejar que juegues conmigo. Te tendré en mis términos, cuando yo quiera.

Sienna se echó hacia atrás, pero la parte inferior de su cuerpo estaba pegada a él y, al notar la erección masculina rozando su estómago, sintió una oleada de calor. Su corazón enloqueció en ese momento, el extraño cosquilleo que sentía entre las piernas impidiendo que se apartase.

Andreas la miró a los ojos en un momento de suspense sensual que aceleró aún más su corazón. Preguntándose si iba a besarla, Sienna se pasó la lengua por los labios, intentando imaginar cómo sería un beso de Andreas Ferrante...

–¡Maldita seas! –Andreas se apartó de golpe–. ¡Vete al infierno!

Sienna se llevó una mano al corazón mientras lo veía alejarse hacia la casa. Estaba mareada, temblando.

Miró su muñeca, de la que colgaba la cámara... no le había hecho daño, pero la marca de los dedos de Andreas era visible en su delicada piel.

Se había metido en un aprieto, pensó.

Sienna no vio a Andreas hasta la tarde antes de la boda. Elena le dijo que había tenido que salir urgentemente de viaje a Milán, pero ella se preguntaba si estaba manteniendo las distancias a propósito hasta que fuera inevitable.

Los días pasaban y Sienna evitaba las llamadas de Gisele y Kate, en Londres. Había logrado convencer a su hermana de que estaba locamente enamorada de Andreas y deseando casarse con él. Como la boda de Gisele tendría lugar en unas semanas, su hermana no podía ir a Florencia, pero Sienna insistió en que sería una ceremonia íntima, sin invitados, para que la prensa los dejase en paz.

Kate no había creído la historia, pero romántica empedernida como era, estaba convencida de que Andreas querría que siguieran juntos para siempre.

Sienna no quería quitarle esa ilusión, pero la negativa de Andreas a perdonarla no era el único obstáculo en su relación. Por supuesto, ella había dejado atrás el sueño de que la amase algún día. En cuanto a enamorarse de él... no, eso no iba a pasar.

Sienna fue de compras un par de veces, escoltada por Franco, que llevaba sus bolsas y esperaba pacientemente en el coche mientras ella se arreglaba el pelo o recibía un tratamiento facial.

También fue al bufete del abogado para firmar un acuerdo de separación de bienes. Sienna sabía que era lo más lógico en los matrimonios modernos y mucho más en aquel, pero le dolía que Andreas no confiase en ella. Claro que no tenía razones para confiar.

El resto del tiempo lo pasó intentando hacerse amiga del perro, a quien había llamado Scraps. Poco a poco, el animal había ido tomando confianza y aceptaba que le diera comida, pero aún no dejaba que lo tocase. Sienna estaba dispuesta a ser paciente y había hecho prometer a Franco que no le haría daño, aunque Andreas ordenase lo contrario.

Acababa de darle de comer y lo había instalado en el establo cuando oyó el rugido del deportivo de Andreas subiendo por el camino.

Lo vio estirarse mientras salía del coche, aflojando el nudo de su corbata. Llevaba remangada la camisa, mostrando sus fuertes antebrazos, la chaqueta colgada al hombro y el maletín en la otra mano.

—¿No se supone que da mala suerte ver a la novia antes de la boda?

—Eso es el día de la boda —respondió Sienna—. La noche anterior no cuenta.

—Me alegra saberlo —dijo él, sus pasos sonando sobre la gravilla del camino—. Elena me ha dicho que has hecho una nueva conquista.

—Imagino que se refería a Scraps. Acabo de llevarlo a su casita.

–¿Scraps?

–Es un nombre corto y fácil.

–Muy original.

–Eso he pensado yo.

Andreas le hizo un gesto para que lo precediese hasta el interior de la casa.

–¿Qué tal la semana?

–He ido de compras –respondió ella–. Gracias por la tarjeta de crédito, por cierto. A Franco le gusta mucho hacer de chófer, creo que deberías encargarle un uniforme.

Andreas cerró la puerta y dejó las llaves sobre una mesita en el pasillo.

–He encargado un coche para ti. Llegará la semana que viene.

–Espero que sea un deportivo italiano –dijo Sienna, solo para irritarlo–. Seré la envidia de todas mis amigas.

Él suspiró, frustrado.

–Te llevará de un sitio a otro... si eres capaz de conducir de manera responsable. Y, a juzgar por lo que haces con tu vida personal, yo no apostaría nada.

–Perdona, pero soy una conductora muy responsable –replicó ella–. Nunca he tenido un accidente y ni siquiera me han puesto una multa. Bueno, alguna multa de aparcamiento, pero esas no tienen importancia.

–Ah, entonces tienes por costumbre quedarte más de lo que deberías –bromeó Andreas–. Lo tendré en cuenta.

Sienna lo miró, altiva.

–Si crees que voy a quedarme aquí un minuto más de lo necesario, estás muy equivocado.

Él la fulminó con sus ojos pardos. Parecían más

castaños que verdes a la luz de la lámpara, pero últimamente había notado que cambiaban de color dependiendo de su estado de ánimo.

–No quiero ninguna complicación y tú, *cara*, eres un imán para las complicaciones.

Solo Andreas podía hacer que una palabra cariñosa sonase como un insulto, pensó Sienna. Pero debía admitir que tenía razón. Otras personas tenían una vida tan sencilla, sin problemas... ella, en cambio, parecía saltar de un problema a otro desde que nació. Era como una maldición.

Nacida fuera del matrimonio, era hija de un hombre casado que había dejado embarazada a su madre y había comprado su silencio por una suma de dinero...

Una maldición, desde luego.

Sienna se dio cuenta entonces de que Andreas seguía mirándola.

–¿Vas a ofrecerme una copa o me la sirvo yo?

–Ah, perdona. ¿Qué quieres tomar?

–Una copa de vino blanco de tus viñedos. Es el que más me gusta.

Él le ofreció la copa, pero cuando Sienna alargó la mano frunció el ceño al ver marcas en sus muñecas.

–¿Qué te ha pasado en la muñeca?

–Nada.

Andreas dejó la copa sobre la mesa para tomar su mano.

–¿Esto te lo hice yo?

–No es nada –insistió ella–. Es que me salen marcas enseguida.

Se le encogió el estómago cuando él pasó la yema de los dedos sobre la suave piel.

–Perdóname –dijo Andreas entonces, con una voz tan profunda que parecía salir del suelo–. ¿Te duele?

–No.

Sienna no estaba acostumbrada a ese lado tierno de Andreas y verlo así hacía que se derritiera por dentro. Algo muy peligroso que no podía permitir y, que sin embargo, no era capaz de controlar.

Él se llevó su mano a los labios, despertando una tormenta de emociones. Sus ojos eran más oscuros que nunca...

–No volverá a pasar, te lo prometo. No tienes ninguna razón para temerme mientras vivas bajo mi techo.

–Muy bien –asintió Sienna, apartando la mano–. Aunque nunca me has dado miedo.

–No, ya lo sé –dijo Andreas, estudiándola atentamente.

Ella tomó la copa de vino, intentando fingir una tranquilidad que no sentía.

–Imagino que no habrá luna de miel, ¿verdad?

–Al contrario, he pensado que podríamos ir a Provenza. Es una oportunidad perfecta para ver cómo está el *château*. Hace unos años, mi padre contrató a un matrimonio para que lo atendiese y quiero ver si lo han hecho.

–¿Por qué no vas solo? –sugirió ella–. No necesitas que yo vaya contigo. Seguramente molestaré o diré algo inapropiado, ya me conoces.

–Sienna, vamos a casarnos mañana –le recordó Andreas–. Sería muy raro que me fuera solo a Provenza después de la boda, ¿no te parece?

–¿Y qué pasará con Scraps? No puedo dejarlo aquí.

Acabo de conseguir que confíe en mí... y seguramente no aceptaría comida de Franco o Elena. Se moriría de hambre –protestó Sienna.

Él dejó escapar un suspiro.

–¿De verdad ese chucho es tan importante para ti?

–Sí –respondió ella–. Nunca he tenido una mascota. No me dejaban tenerla porque vivía en casas que no eran mías. Además, los perros no te juzgan, te quieren seas como seas y tengas el dinero que tengas. Les da lo mismo que vivas en una mansión o en una caravana y yo siempre he querido... –Sienna no terminó la frase.

¿Qué estaba haciendo? ¿Por qué le contaba cosas tan íntimas precisamente a Andreas?

Él la miraba, pensativo. Y parecía ver más de lo que ella quería que viese.

De modo que se encogió de hombros mientras tomaba un sorbo de vino.

–Ahora que lo pienso, Elena podría darle de comer. De todas formas no podré llevármelo conmigo cuando me marche de aquí y será mejor no encariñarme demasiado.

–¿Por qué no puedes llevártelo? Dentro de seis meses tendrás dinero.

–Quiero viajar –dijo ella entonces, apartando la mirada–. Dentro de seis meses tendré dinero suficiente para viajar donde quiera y eso es lo que he soñado siempre. No tener responsabilidades es lo que yo llamo una vida perfecta.

–A mí me parece una vida vacía –replicó Andreas–. ¿Eso es lo único que quieres de la vida, unas vacaciones permanentes?

–Sí, eso es lo que quiero. Dame una fiesta diaria... mientras otra persona pague por ella, claro.

Él apretó los labios, airado.

–¿Cómo puedes ser tan superficial?

–Yo soy así –respondió Sienna, tomándose el resto del vino–. ¿Me sirves otra copa?

Andreas la miró, disgustado.

–Sírvetela tú misma –le espetó antes de salir del salón, cerrando de un portazo.

A la mañana siguiente, Elena llegó más temprano de lo habitual para ayudar a Sienna a vestirse. Se movía de un lado a otro, nerviosa, diciéndole lo guapa que estaba mientras la ayudaba a ponerse un vestido de color crema que había costado más de lo que Andreas podría imaginar.

–El *signor* Ferrante se va a quedar de piedra.

Sienna intentó sonreír.

–Estoy deseando que termine la ceremonia. Tengo los nervios agarrados al estómago.

–Es normal, le ocurre a todas las novias –dijo Elena.

Sienna no se sentía como una novia, se sentía como un fraude. Y cuando pensó en su hermana gemela preparando su boda con Emilio sintió una punzada de dolor. Cuando era niña, había soñado con una gran boda, con una iglesia llena de flores, damas de honor y niños llevando las arras. Había visto una carroza con lacayos uniformados como en el cuento de *Cenicienta*. Había imaginado que su apuesto marido levantaría su velo y la miraría con los ojos llenos de amor...

Pero sus sueños y la realidad nunca habían tenido nada que ver.

–Vamos –dijo Elena–. Franco ha traído el coche a la puerta. Es hora de irse.

Andreas estaba esperando al pie de la escalera cuando Sienna bajó de la habitación.

En realidad, no sabía qué esperar. Conociéndola, había temido que apareciese con unos vaqueros de diseño o una falda ridículamente corta. Lo que no había esperado era aquel vestido de satén en color crema, tan elegante y sencillo al mismo tiempo que lo dejó sin aire.

Llevaba el pelo sujeto en un clásico moño francés que dejaba al descubierto su largo cuello, con un maquillaje discreto que destacaba la luminosidad de sus ojos, los altos pómulos y los labios adornados con un toque de brillo.

Lo único que faltaba era una joya.

Andreas sintió una punzada de remordimiento. Debería haberle comprado algo, pero había pensado que Sienna lo vendería y se lo gastaría en alguna estupidez.

–Estás preciosa –le dijo–. Nunca había visto a una mujer más bella.

–Es asombroso lo que puede hacer un poco de dinero –replicó Sienna–. No voy a decirte lo que han costado el vestido y los zapatos.

Andreas la tomó del brazo cuando llegó al pie de la escalera.

–Al menos, llevas zapatos. Me preguntaba si aparecerías descalza.

–Estos son de los que yo llamo «del coche a la barra». No son para caminar, a menos que quieras terminar con los pies deformados.

Andreas notó que Elena y Franco los miraban como si fueran los orgullosos padres de la novia. En una semana, Sienna había logrado encandilarlos. Se le daba muy bien hacer creer a la gente que era una chica encantadora cuando, en realidad, bajo esa amistosa fachada había una mujer fría y calculadora que, como el perro vagabundo al que había amadrinado, podía morder cuando menos lo esperabas.

–¿Os importa esperar fuera un momento? Tengo que darle algo a Sienna antes de marcharnos.

–Sí, *signor* Ferrante.

–Ven –Andreas tomó a Sienna del brazo para llevarla al estudio–. Tengo algo para ti.

–Estos zapatos me están matando y acabo de ponérmelos –protestó ella.

–No tardaremos mucho.

–¿Me has comprado un regalo?

–No –respondió él, abriendo la caja fuerte para sacar un collar de perlas y diamantes con pendientes a juego–. Esto es un préstamo.

–¡Es precioso! –exclamó Sienna–. Pero, si lo compraste para tu ex, olvídalo. Prefiero no ponérmelo.

Andreas sacó el collar de su cama de terciopelo marrón.

–Era de mi madre, lo llevó el día de su boda.

–No creo que a tu madre le gustase que me lo prestaras precisamente a mí. En estas circunstancias sería un poco raro, ¿no te parece?

Él la miró a los ojos.

–Todas las novias de mi familia lo han llevado.

–Si insistes... no quiero cargarme la tradición.

Andreas le puso el collar, pero le temblaron un poco los dedos cuando entraron en contacto con su piel.

–Hueles muy bien. ¿Es un nuevo perfume?

–Sí, carísimo –respondió Sienna.

–Era de esperar –murmuró él.

–Si querías que me ajustase a un presupuesto, deberías habérmelo dicho –replicó ella, volviéndose para mirarlo.

–No, en realidad creo que te has gastado una cantidad muy discreta. Claro que aún es pronto.

Sienna se puso los pendientes y lo miró, con una sonrisa en los labios.

–¿Qué tal estoy?

–Guapísima.

–Gracias. Una chica como yo no se casa todos los días con un multimillonario y quiero disfrutar de cada minuto.

Andreas abrió la puerta, apretando los dientes.

«No si yo puedo evitarlo», pensó mientras Sienna salía delante de él.

Sienna había pensado que su boda con Brian Littlemore había sido fría e impersonal, pero el servicio religioso que Andreas había organizado fue aún peor. Estaban solos en una sala del ayuntamiento y, aparte de Elena y Franco que actuaban como testigos, solo había algunos paparazzi. Y las promesas matrimoniales no tenían nada que ver con las que Sienna había compuesto en sus sueños.

–Puede besar a la novia –dijo el celebrante.

–No creo...

Andreas se acercó un poco más, apretando la mano en la que acababa de poner la alianza.

–Relájate, *ma chérie* –murmuró–. Este es para las cámaras.

–¿Qué cáma...?

Sienna vio un destello, pero no era el de una cámara. En cuanto Andreas rozó sus labios, sintió que el suelo se hundía bajo sus pies. El mundo pareció girar al revés...

Sus labios eran firmes, pero suaves.

Cálidos y secos.

Sabía a... no estaba segura. Era algo que nunca había probado antes y que, sin embargo, resultaba increíblemente adictivo.

Y quería más.

Necesitaba más.

Sin pensar, puso las manos sobre su torso y, al hacerlo, sintió los fuertes latidos de su corazón. Era cálido, masculino, vital, potente.

Notó el roce de su lengua en la comisura de sus labios, un roce que no pedía permiso para entrar, sino que lo exigía.

Y se abrió para él dejando escapar un gemido...

–Ejem... –el celebrante se aclaró la garganta–. Tengo otra ceremonia en cinco minutos.

Sienna dio un paso atrás, su corazón galopando como un caballo de carreras. Sentía un cosquilleo en los labios, hinchados por el beso, y cuando miró los ojos oscurecidos de Andreas vio un destello... pero esta vez sí era una cámara.

–Parece que es la hora del espectáculo –dijo él, tomando su mano.

Las emociones de Sienna eran un torbellino que no quería analizar. Había respondido al beso de Andreas olvidándose de todo lo demás... era como si el resto del mundo hubiera desaparecido en ese momento. Y no quería que esa sensación terminase. De hecho, seguía temblando después del asalto sensual a sus sentidos.

Pasó al menos una hora antes de que pudiese escapar y le dolía la cara de sonreír, la cabeza y los pies, por culpa de los malditos zapatos, cuando por fin subieron al coche para volver a la villa.

–Ha ido bastante bien –dijo Andreas, mientras levantaba la mampara de cristal que los separaba de Franco.

–¿Tú crees? –Sienna se miró los pies–. ¡Qué horror, tengo una ampolla!

–Elena habrá preparado una cena íntima en la villa. Es una romántica empedernida, de modo que habrá que seguirle la corriente.

–Me recuerda a Kate, mi compañera de piso en Londres –dijo ella, apoyando la cabeza en el respaldo del asiento–. Kate cree que te enamorarás de mí y me suplicarás que me quede contigo para siempre.

–Espero que sepas que eso no va a pasar.

–Por supuesto –asintió Sienna, haciendo una mueca–. Y yo no me quedaría contigo por todo el oro del mundo.

Andreas sonrió, irónico.

–Si el precio fuese el adecuado, te quedarías.

Ella giró la cabeza para mirarlo.

–Ni siquiera tú tienes suficiente dinero para comprarme, niño rico –le espetó–. No me interesas en absoluto.

–¿Y entonces el beso?

Sienna se irguió en el asiento, fulminándolo con la mirada.

–Ha sido culpa tuya. Yo estaba preparada para la fría ceremonia que habíamos acordado y entonces, de repente, me das un beso... Ha sido un golpe bajo.

Andreas miraba sus labios de tal forma que volvió a sentir ese cosquilleo...

–Ha sido un buen beso. Y ahora entiendo que tengas esa reputación de devorahombres. Tus labios son deliciosos...

–Mis labios no deberían interesarte –lo interrumpió ella–. Se supone que debemos cumplir los términos del acuerdo y, que yo sepa, el acuerdo no incluye besos.

–Siempre podríamos cambiar los términos de ese acuerdo. Después de todo, seis meses es mucho tiempo para permanecer célibes.

–Para mí no.

Las palabras quedaron suspendidas en el aire por un momento.

–¿Cuándo fue la última vez? –le preguntó Andreas por fin.

Sienna sintió el peso de su mirada, pero no se dejó amilanar.

–¿A qué te refieres?

–No tienes ni idea, ¿verdad? ¿Conocías el nombre de todos los hombres con los que te has acostado?

–No todos –respondió ella, con falsa despreocupación–. Algunos hombres no exigen una presentación formal antes de acostarse contigo.

Andreas dejó escapar un suspiro de disgusto.

–¿Es que no tienes ningún respeto por ti misma?

–Me respeto mucho –respondió ella–. Podría haber aceptado el ofrecimiento de tu padre, pero sé que tú pagarás mucho más para conseguir el *château*. Lo deseas. Lo deseas tanto que harás lo imposible para evitar que me lo quede yo.

Andreas apretó los dientes.

–Desde luego que sí. Haré lo que tenga que hacer para conservarlo, Sienna –murmuró–. Luego no digas que no estás advertida.

Capítulo 5

EN CUANTO el coche se detuvo frente a la villa, Andreas quiso alejarse de Sienna pero, por Franco y Elena, se vio obligado a hacer el papel de marido enamorado y eso incluía atravesar el umbral con Sienna en brazos.

Ella dejó escapar un gemido.

–¿Qué haces? –exclamó.

–Da mala suerte no entrar en casa con la novia en brazos –respondió él mientras atravesaba el umbral.

Sienna le echó los brazos al cuello, sus pechos rozando el torso de Andreas, su perfume envolviéndolo. Intentó no mirar su boca, intentó no recordar lo que había sentido al besarla, pero su sabor se había quedado con él. Era una potente poción, tan adictiva como una droga. Probarla una vez no era suficiente, nunca sería suficiente. Pero siempre lo había sabido. Había luchado contra ello durante mucho tiempo... el deseo de tenerla había sido parte de su vida durante muchos años y no sabía cómo controlarlo. Era un dolor que no se iba, por mucho que se distrajera, por mucho que intentase controlarlo.

La deseaba, pensó mientras la dejaba en el suelo.

La deseaba y la tendría.

La oyó contener el aliento y vio que sus pupilas se dilataban cuando sus ojos se encontraron. La barrera de la ropa no era barrera en absoluto; al contrario, era como si estuvieran desnudos.

–¿Era necesario? –le preguntó ella.

–Por supuesto –respondió Andreas–. Elena y Franco están mirando.

–Nadie está mirando ahora, de modo que podemos volver a pelearnos como siempre.

Andreas sonrió, deslizando una mano hasta su trasero.

–¿Por qué tanta prisa, *ma petite*? Me gusta abrazarte. Y a ti también te gusta, ¿verdad?

Sus ojos eran piscinas de un tormentoso azul.

–Esto no era parte del plan –dijo ella, pero no dio un paso atrás. Al contrario, se acercó un poco más.

–¿No? Lo habías planeado desde el principio. Quieres que me lo piense dos veces antes de romper este matrimonio –Andreas capturó su mano para llevársela a los labios, viendo cómo sus ojos se oscurecían de deseo–. ¿Y qué mejor manera que llevándome a tu cama lo antes posible?

–Yo no he planeado nada –replicó Sienna, sin aliento–. No quiero seguir casada contigo cuando pasen los seis meses.

Andreas besó sus dedos, con las uñas pintadas de un rosa pálido. Estaban tan cerca que podía sentir el calor de su cuerpo. Olía a verano, a jazmín, a madreselva y a tentación. El roce de su piel no debería afectarlo de ese modo, pero era como si hubiera metido la mano bajo su pantalón para tocarlo...

Andreas inclinó la cabeza para besarla por segunda vez ese día y, por segunda vez en su vida, fue como estar en medio de un terremoto.

Sabía dulce, a algo prohibido. No se cansaba de ella. La besaba con avaricia, como una bestia salvaje y hambrienta.

Se sentía como un hombre primitivo. No sabía que pudiera perder el control con un beso hasta que sus lenguas empezaron a bailar el tango más sexy...

El deseo lo abrumó de tal forma que pensó que iba a explotar. Sintió que ella mordía su labio inferior y le devolvió el mordisco, deseándola como no había deseado nada en toda su vida.

Sujetando su nuca con una mano, enterró los dedos en su pelo mientras exploraba su boca con una pasión que los dejó a los dos sin aliento. Luego, jadeando, acarició su pecho con una mano, la dura cumbre apretándose contra su palma. Era tan femenina, tan suave que el deseo golpeaba su vientre.

La quería desnuda.

Quería tocar su sedosa piel, cada centímetro de ella. Quería saborear su femenina humedad, mover los labios y la lengua hasta hacerla gritar de placer. Quería enterrarse en ella, sentir que lo agarraba contrayéndose a su alrededor.

Empezó a levantar la falda de su vestido, pero de repente Sienna dio un paso atrás, cruzando los brazos sobre el pecho.

—Lo siento, Andreas, no quiero seguir.

—¿Son estas tus tácticas de seducción? —le espetó él, demasiado excitado como para pensar con claridad—. ¿Tentar a un hombre para luego echarte atrás?

Sienna se ruborizó.

—Eres tú quien me ha besado.

—Pero me ha dado la impresión de que a ti también te gustaba.

—No sabía qué iba a pasar cuando me besaras —le confesó ella—. Pero tal vez deberías guardarte los besos para ti mismo durante el resto del tiempo que estemos juntos.

—Ah, pero eso no sería divertido, ¿verdad, *ma belle*? Me gusta mucho besarte... de hecho, me gusta mucho más de lo que había esperado.

Ella lo retó con sus increíbles ojos azul grisáceo, como un océano en medio de una tormenta.

—Entonces tendrás que satisfacer tu apetito en otra parte. No voy a ser la amante de un hombre rico.

—No eres mi amante, eres mi mujer.

—Para mí, es lo mismo.

Andreas tuvo que disimular su frustración. Había estado jugando con él desde el principio y él había sido un tonto por caer en la trampa. Sienna sabía cuánto la deseaba porque no podía esconderlo.

Y ella lo deseaba también. Habría que estar ciego para no verlo.

Y no descansaría hasta que la tuviera donde quería.

Donde siempre la había querido.

Sienna era la única mujer que podía hacerlo perder el control. Había estado a punto de ocurrir años atrás, pero Andreas había luchado con determinación para evitarlo.

Sin embargo, todo había cambiado.

Ya no había nada que les impidiese explorar la pasión que estallaba entre ellos cada vez que se miraban.

Y estaba deseando hacerlo.

Sienna cerró la puerta del dormitorio y se apoyó en ella, llevándose una mano al corazón. No era capaz de llevar aire a sus pulmones y sentía un deseo tan intenso que apenas podía permanecer de pie. Solo llevaban casados un par de horas y las cosas se le estaban escapando de las manos...

Ella no quería sentir esa atracción por Andreas Ferrante, un hombre al que odiaba tanto como lo deseaba. Pero ¿qué podía hacer? Su cerebro decía que no, mientras su cuerpo decía que sí.

Ella no quería terminar como su madre, locamente enamorada de un hombre que solo la veía como un escape conveniente para desahogar su deseo. El amor que sentía por el padre de Andreas había destruido a su madre y, cuando Guido Ferrante la rechazó públicamente, Nell se había hundido en el alcohol y las pastillas que, al final, la mataron.

Pero Sienna no estaba dispuesta a seguir por el mismo camino. Ella estaba decidida a proteger su corazón. Andreas era el hombre más atractivo que había conocido nunca y sus besos eran una tentación irresistible, pero eso no significaba que fuera a enamorarse de él. Se había creído enamorada cuando era una adolescente, pero solo había sido un encandilamiento juvenil. Ya no era esa cría ingenua y no creía que un hombre rico como Andreas fuese la solución a todos sus problemas.

En aquella ocasión, las cosas podían ser diferentes.

Haría lo que tantos hombres y mujeres habían hecho durante siglos: separar las emociones del deseo físico. El sexo sería solo sexo. El amor no tendría nada que ver.

Sienna se reunió con Andreas en el salón para una celebración íntima. Elena lo había preparado todo y, evidentemente, el ama de llaves estaba en su elemento, con una amplia sonrisa en los labios mientras llevaba un cubo de hielo y una botella de champán.

–Lo he dejado todo preparado en el comedor –les dijo–. Imagino que preferirán estar solos, de modo que Franco y yo nos vamos.

–*Grazie*, Elena. Seguro que todo estará perfecto.

–Gracias por molestarse tanto –añadió Sienna–. He visto el comedor cuando pasaba y está precioso.

–Que disfruten de la comida –dijo Elena, antes de cerrar la puerta.

Sienna se acercó a Andreas para devolverle el collar y los pendientes.

–Es mejor que los tengas tú, antes de que me encariñe demasiado. Seguro que tu próxima esposa querrá continuar la tradición.

Andreas tomó las joyas con expresión indescifrable.

–Gracias.

–¿Entonces vamos a celebrarlo?

–Sí, claro. ¿Quieres una copa de champán?

–¿Por qué no?

Sienna lo vio descorchar la botella y sintió un escalofrío al pensar en esas manos sobre sus pechos y otra zonas de su anatomía. Tenía unas manos preciosas, ni demasiado suaves ni llenas de callos, sino fuertes y capaces.

Estaba a punto de tomar un sorbo de champán cuando él la detuvo.

–¿No deberíamos brindar?

–Sí, claro. ¿Por qué brindamos?

–Por hacer el amor, no la guerra –dijo Andreas.

Ella enarcó una ceja.

–¿No quieres decir sexo?

Los ojos pardos brillaban, burlones.

–Tú lo deseas tanto como yo. No tiene sentido fingir otra cosa.

Sienna se encogió de hombros.

–Admito que me he preguntado alguna vez cómo serías en la cama. Pero, aunque tuviéramos una relación íntima, el amor no tendría nada que ver.

Andreas sostuvo su mirada durante un segundo.

–¿Ah, sí?

–Sí.

Él tomó un sorbo de champán.

–Creo que los dos sabemos que esto que hay entre nosotros no va a desaparecer de repente. La cuestión es que solo pude durar seis meses. Para entonces, los dos habremos conseguido lo que queríamos y podremos seguir adelante con nuestras vidas.

Sienna jugaba con su copa de champán, decidida a sacarlo de quicio. Era un deseo que no podía controlar, una travesura irresistible.

–¿Y si te acostumbrases a mí y no quisieras dejarme ir?

Los ojos pardos se clavaron en los suyos con intensidad.

–Te dejaré ir, seguro. Tú no eres la mujer que quiero como esposa o madre de mis hijos.

Sienna no esperaba una respuesta tan cortante y le dolió. Tener hijos propios era algo en lo que nunca había querido pensar. Su infancia había sido tan caótica, tan insegura, y el ejemplo de su madre tan pobre que siempre le había preocupado no estar a la altura. Pero que Andreas dijese que nunca podría ser la madre de sus hijos le dolió en el alma.

Ninguna mujer querría escuchar un insulto así y fue como si le clavase un puñal en el corazón; el dolor tan profundo que, por un momento, se quedó sin aire. No debería afectarle tanto, pero ocultó esos sentimientos tras una sonrisa forzada.

–Me alegro porque no pienso estropear mi figura teniendo hijos. Incluso los hijos de un multimillonario.

–¿Tu hermana gemela es tan egoísta y frívola como tú?

Sienna tomó un sorbo de champán.

–Lo descubrirás por ti mismo cuando la conozcas dentro de unas semanas. Voy a ser una de las damas de honor en su boda y, por supuesto, todo el mundo esperará que tú acudas también. Será muy divertido.

–Sí, estoy deseando –dijo Andreas, irónico.

Sienna se dejó caer sobre un sillón y cruzó las piernas.

Sobre la luna de miel... ¿cuándo nos vamos?

–Mañana por la mañana. Pero solo puedo estar allí un par de días, tres a lo sumo. Tengo mucho trabajo en este momento.

–¿Y es absolutamente necesario que vaya contigo?

–Ya hemos hablado de esto, Sienna –respondió

Andreas, impaciente–. Seguro que el perro sobrevivirá sin ti un par de días. He hablado con Franco y él se encargará de darle de comer.

–No pensarás librarte de Scraps mientras estamos fuera, ¿verdad?

–Aunque no comparto tu entusiasmo por el chucho, veo que para ti es una especie de proyecto personal. Espero que no te lleves una desilusión cuando no esté a la altura de tus expectativas. Es un perro vagabundo y posiblemente peligroso.

–Scraps no es peligroso.

–No deberías bajar la guardia con él, en caso de que se vuelva contra ti.

–Lo dices como si yo te importara. Qué conmovedor.

Andreas dejó la copa sobre la mesa.

–Deberíamos comer algo. Elena se ha esforzado mucho y sería una pena.

Aunque la boda no había sido lo que Sienna había soñado desde niña, el banquete que había preparado el ama de llaves de Andreas sí lo fue. Había platos fríos y calientes, todos preparados con productos locales, y estupendos postres. Elena incluso había hecho una tarta nupcial con dos figuritas y, a su lado, había un cuchillo de plata con una cinta de satén blanco para cortarla.

Un doloroso recordatorio de que nada de aquello era real.

–Elena ha hecho una tarta, qué detalle –dijo Sienna, inclinándose para mirar las figuritas de plástico–. Y el novio se parece a ti. Es igual de estirado.

Andreas lanzó un bufido.

–No debería haberse molestado tanto.

–No tiene sentido quejarse –murmuró ella, tomando un plato–. Eres tú quien insistió en decirle a todo el mundo que esta era una boda de verdad.

–¿Y qué habrías hecho tú? –le preguntó él, irritado–. ¿Decirle a todo el mundo, incluidos los medios de comunicación, que he sido manipulado por mi padre para casarme con una desvergonzada buscavidas? Sería el hazmerreír de toda la ciudad.

Sienna dejó el plato sobre la mesa con calculada precisión, intentando contener el deseo de tirárselo a la cara, antes de lanzar sobre él una mirada helada.

–Que disfrutes de la comida, espero que te atragantes.

Iba a pasar a su lado cuando Andreas bloqueó el camino con su cuerpo.

–Sienna...

–Apártate –lo interrumpió ella–. No quiero hablar contigo.

Andreas levantó una mano para tomarla del brazo, pero Sienna dio un paso atrás.

–No te atrevas a tocarme –le espetó, furiosa–. No podría soportarlo.

–Los dos sabemos que eso no es verdad.

–Es verdad. ¡Te odio! Odio que creas que con mover un dedo puedes conseguir lo que quieras solo porque eres rico. Pues lo siento, pero a mí no puedes tenerme.

–Sí puedo tenerte –dijo él–. Puedo tenerte cuando quiera. Eso es lo que te da miedo, ¿verdad, Sienna? No te gusta desearme. Te gusta ir en el asiento del conductor, pero conmigo no puedes hacerlo. No puedes controlarme, *ma chérie*, porque yo no obedezco tus reglas.

Sienna intentó pasar a su lado, pero él se interpuso en su camino.

–Apártate –le advirtió.

Él esbozó una sonrisa irónica y cuando ella levantó una mano para darle una bofetada, enfurecida, Andreas sujetó sus muñecas, inmovilizándola.

Solo podía hacer una cosa, algo que no hacía nunca y que salió de no sabía dónde, tomándola por sorpresa. Emociones que normalmente escondía salieron a la superficie y, de repente, se puso a llorar.

Andreas la soltó como si se quemara.

–¿Qué demonios...?

Sienna intentaba contener las lágrimas, pero no era capaz. Lloraba tanto que apenas podía hablar.

–Deja de llorar, por favor.

–No... puedo.

Él dejó escapar un suspiro.

–Lo siento, de verdad. No sé que me pasa contigo –se disculpó, abrazándola–. No llores, *ma petite*. No quería disgustarte de ese modo.

Sienna quería apartarse, pero algo en aquel abrazo protector se lo impedía. Era asombroso estar pegada a él, con la cabeza apoyada en su hombro. Se sentía tan segura allí, tan protegida por la fortaleza de su cuerpo, que le gustaría quedarse para siempre.

–Lo de hoy ha sido demasiado para ti y debería haberme dado cuenta. Dejar tu casa y tus amigos en Londres para venir a vivir conmigo y soportar el interés de la prensa...

Sienna sorbió por la nariz mientras él sacaba un pañuelo del bolsillo.

–Toma, sécate los ojos, *cara*.

Ella se sonó la nariz, intentando controlarse.

–Lo siento, no sé qué me ha pasado. No suelo llorar nunca.

Andreas apartó el flequillo de su cara.

–He sido un bruto y lo siento. Tenemos que estar juntos durante seis meses y debemos hacer un esfuerzo por llevarnos bien. No sirve de nada intercambiar insultos continuamente.

Sienna hizo una bola con el pañuelo.

–Siento mucho haber intentando pegarte.

Andreas sonrió.

–No lo has conseguido.

Ella apretó los labios, sintiéndose más vulnerable de lo que le gustaría.

–¿Te importa si subo a mi habitación? No tengo hambre y prefiero irme a la cama. Me duele un poco la cabeza.

–¿Necesitas algo? ¿Una aspirina?

–No, se me pasará. Siempre me duele la cabeza cuando lloro.

Sienna se dirigió a la puerta, pero se volvió antes de salir...

–Lo siento de verdad, Andreas.

–Soy yo quien debería disculparse. No tenía ningún derecho a insultarte.

Ella se mordió los labios.

–No solo hablo de lo que ha pasado ahora...

Andreas se puso tenso y, de repente, su expresión se volvió tan indescifrable como una máscara.

–Vete a la cama, Sienna. Nos veremos por la mañana.

Ella salió del comedor y cerró la puerta, pero el corazón parecía pesar una tonelada dentro de su pecho.

Capítulo 6

DURANTE el viaje a Provenza, Sienna se dio cuenta de que Andreas hacía un esfuerzo por mostrarse amable y solícito con ella. Fuera por si acaso los había seguido algún paparazzi o porque de verdad se arrepentía de la escena del día anterior, daba igual.

Cuando bajaron del avión en Marsella para tomar un coche de alquiler, Andreas le había explicado que el *château* había pertenecido a la familia de su madre durante generaciones, pero como su tío Jules había muerto años antes sin dejar herederos, la finca había ido a parar a su padre tras la muerte de Evaline.

Aunque no lo dijo, Sienna supo que le dolía que su madre no hubiera cambiado el testamento antes de morir. Ella sabía que Evaline había descubierto la aventura de Guido con su madre varias semanas antes de su muerte, pero entonces estaba ya muy enferma y seguramente no habría tenido energía para corregir su testamento antes de que fuese demasiado tarde. Y también sospechaba que había esperado que esa aventura fuese algo fugaz que pasaría pronto.

Mientras Andreas giraba hacia la entrada de la finca, Sienna miró alrededor, sorprendida. Había visto fotografías del *château* de Chalvy en el pasado, pero era completamente diferente verlo en persona.

Los interminables campos de lavanda, las colinas cubiertas de verde, los pastos al pie de las montañas, un lejano campo cubierto de amapolas rojas que bailaban con la brisa del verano...

El aire era fresco, limpio, y escuchar el canto de los pájaros era una delicia después del estruendo de la ciudad.

Se le ocurrió entonces que aquel sitio podría ser suyo. Si Andreas la dejaba antes de que pasaran los seis meses, cada hectárea de terreno, cada antigua piedra, cada flor, cada brizna de hierba, todo sería suyo.

Su corazón se aceleró de repente. ¿Era mercenario por su parte querer que aquel sitio fuera suyo? Nadie podría echarla de allí. Nadie llamaría a la puerta para exigir el pago del alquiler. Se sentiría segura por primera vez en toda su vida. Tendría un techo sobre su cabeza para siempre y nadie podría quitárselo.

Pero solo podría ser suyo si Andreas rompía el acuerdo de estar juntos durante seis meses.

Mientras él la ayudaba a bajar del coche, el guardés, Jean-Claude Perrault, y su esposa, Simone, los saludaron amablemente. La pareja parecía estar deseando mostrarle a Andreas que eran los mejores guardeses del querido *château* familiar, aunque su formalidad resultaba un poco irritante para Sienna.

Después de servir unos refrescos, Jean-Claude sugirió enseñarle a Andreas la propiedad mientras Simone ayudaba a Sienna a instalarse.

Ella siguió a la mujer al piso de arriba, donde había preparado una suite con una enorme cama de nogal abrillantada y pulida y sábanas bordadas. Sienna no pensaba contarle que Andreas y ella no iban a compartir habitación, de modo que se limitó a sonreír al ver las flores que había colocado en jarrones sobre la cómoda y las mesillas.

–Todo está muy bonito.

–Esta ha sido siempre la habitación principal –dijo la mujer–. Durante siglos, las novias de la familia Chalvy han pasado aquí su noche de bodas porque tiene la mejor vista del campo de lavanda. Es una pena que no puedan quedarse más tiempo.

–Sí, una pena –murmuró Sienna.

–Es una luna de miel muy corta, pero *monsieur* Ferrante es un hombre tan ocupado, ¿verdad?

–Sí, lo es.

–Si necesita ayuda, solo tiene que llamarme. Serviremos la cena a las ocho y media. Un chef del pueblo vendrá a prepararla para ustedes.

–Muy amable.

–Es la primera vez en muchos años que *monsieur* Ferrante viene al *château* de Chalvy y es un momento para celebrar. Jean-Claude y yo estamos muy contentos de que haya sentado la cabeza. Durante un tiempo nos preguntamos si sería como su tío y no se casaría nunca.

–¿Se refiere al tío Jules?

Simone asintió mientras pasaba la mano por el edredón.

–Él no era hombre de una sola mujer. Su hermana Evaline, por otro lado, solo tenía ojos para el padre de Andreas. Se enamoró de él cuando era adolescente y fue un matrimonio feliz hasta que... –la mujer sonrió, incómoda–. Disculpe, no debería andar cotilleando como una de las chicas del pueblo. Se me había olvidado su conexión con la familia... no quería ofenderla.

–No pasa nada –la tranquilizó Sienna–. Sé que la relación de mi madre con el padre de Andreas provocó mucho dolor.

–Supongo que nadie sabe lo que ocurre en un matrimonio salvo las dos personas involucradas –dijo Simone, suspirando–. Evaline amó a Guido hasta el día que murió, pero sospecho que él no la amaba del mismo modo. Algunos hombres son así, especialmente los hombres ricos. Pueden tener a quien quieran y lo saben.

Sienna no podría estar más de acuerdo. ¿No lo demostraba su matrimonio con Andreas?

–Tengo un problema –dijo Sienna en cuanto se encontró con Andreas en el jardín. Lo había visto desde la ventana de la habitación y había bajado inmediatamente para hablar con él.

Estaba frente a un estanque de peces rojos, donde un par de ranas croaban alegremente.

–A ver si lo adivino: se te ha olvidado traer la plancha para el pelo –bromeo él.

Sienna suspiró.

–No voy a compartir esa habitación contigo. ¿Tú sabes lo bonita que la ha puesto Simone? Es como si esperase a miembros de la realeza –le dijo–. ¡Hay flores por todas partes y unas sábanas recién planchadas en las que durmieron tus bisabuelos!

Andreas la tomó del brazo para llevarla hacia un

paseo flanqueado por álamos cuyas hojas se movían con la brisa.

–Baja la voz. Hay gente trabajando por aquí, *ma chérie*.

Sienna sintió el roce de su pecho contra el torso de Andreas y tuvo que contener un escalofrío de puro placer.

–Tienes que hacer algo –insistió, sin embargo.

–No te pongas nerviosa, solo serán un par de noches. Además, no podemos romper la tradición de los Chalvy. Todos duermen en esa habitación después de su boda, ha sido así durante cientos de años.

Sienna se detuvo de golpe, fulminándolo con la mirada.

–Tú lo sabías desde el principio, ¿verdad? Lo sabías y no me lo advertiste.

–En realidad, había olvidado esa tradición. Mi abuela fue la última, ya que mi madre se casó con mi padre en Italia, no en Francia. Y mi tío no se casó nunca, así que tú eres la primera mujer de la familia Chalvy que va a dormir en esa habitación desde entonces.

–¿No olvidas un pequeño detalle? –le preguntó Sienna–. Yo no me he casado con un Chalvy, me he casado con un Ferrante.

–Pero ahora perteneces a la familia...

–Yo no te pertenezco –lo interrumpió ella–. Y será mejor que no lo olvides.

Él esbozó una sonrisa mientras tomaba su mano.

–No me mires con esa cara de enfado y sonríe como una recién casada, *cara*. Hay un jardinero cortando el césped a unos metros de nosotros.

Sin querer, Sienna clavó la mirada en sus labios, en

esa pecaminosa boca que ya había hecho tanto daño a su equilibrio. Era imposible ignorar la reacción de su cuerpo. La proximidad de Andreas, incluso su mirada la hacía sentir escalofríos. Sus pezones se levantaron al rozar su torso y se le encogió el estómago cuando se apoderó de su boca.

Los labios de Andreas eran firmes y suaves a la vez y sintió un cosquilleo extraño cuando pasó la lengua por su labio inferior. Pero, de inmediato, invadió su boca y su lengua buscó la suya en un erótico duelo que, sin la menor duda, él iba a ganar al final.

La tenía a su merced y se derritió, apoyándose en él, mareada al sentir la potencia de su masculino deseo. No quería perder el control, pero su cuerpo ansiaba esas eróticas sensaciones.

Andreas enredó los dedos en su pelo, inclinando la cabeza para besarla a placer, y Sienna se perdió en la fiebre de un beso que la hacía olvidar el pasado y el futuro.

Él la empujó suavemente, haciendo que sus cuerpos entraran en contacto y, al notar su erección, cualquier pensamiento sensato voló de su cabeza. Lo deseaba y no podía pensar en nada más.

–¿Sigues queriendo habitaciones separadas? –susurró Andreas.

Sienna intentó llevar aire a sus pulmones.

–Estoy empezando a pensar que podría haber sido buena idea airear esas sábanas –tuvo que admitir, burlona.

Él rio mientras tomaba su cara entre las manos.

–Me haces reír, *ma petite*. Me gusta que seas tan peleona y que tengas los pies firmemente plantados en el suelo.

Sienna desearía poder encontrar suelo para plantar los pies, pero en aquel momento se sentía al borde de un precipicio, a punto de lanzarse de cabeza a una aventura con Andreas Ferrante.

Lo deseaba.

Siempre lo había deseado.

Y podía tenerlo durante seis meses.

Era una tentación irresistible. Podría decirle adiós cuando todo terminase porque conocía las reglas desde el principio y él también. Era un arreglo conveniente para los dos, un romance sin ataduras. Ella no se enamoraría de Andreas y tampoco él de ella. Sería un interludio excitante para pasar el tiempo mientras se veían obligados a estar juntos.

Y le sentaría bien tener una aventura apasionada porque su cuerpo anhelaba una sensualidad que se había negado a sí misma durante mucho tiempo.

Andreas pasó la yema del pulgar por su labio inferior, sus ojos pardos hipnotizándola.

—Tú sabes que lo deseas —murmuró—. Lo sabías desde el principio. Y creo que mi padre debía saberlo también. Si no, ¿por qué habría orquestado este matrimonio?

Sienna se apartó.

—Anoche hablaba en serio. Siento mucho lo que pasó cuando tenía diecisiete años. Me asusté al ver a tu padre... no quería que mi madre perdiera su puesto de trabajo porque era la primera vez en mi vida que la veía feliz. No sabía que acabaría así. No sabía que te marcharías y no volverías a casa.

—No volví por muchas razones —dijo él, apartando las manos de su cara—. Mi padre y yo siempre tuvimos una relación difícil y chocábamos en muchas cosas. Él no quería que me dedicase a diseñar muebles, pero yo quería ganarme la vida sin contar con su dinero. No me interesaba heredar, como habían hecho su padre y su abuelo antes que él, quería vivir mi propia vida, con mis propias reglas.

Sienna caminaba a su lado, preguntándose si algún día la perdonaría. Por su culpa, la difícil relación de Andreas con su padre se había vuelto más difícil aún, tanto que ni siquiera habían hecho las paces antes de que él muriese.

¿Podía esperar que lo entendiera como un momento de inmadurez por su parte?

—Yo no sabía que la razón por la que mi madre era feliz era porque mantenía una aventura con tu padre —le dijo, después de una pausa—. Si lo hubiera sabido, creo que habría actuado de otra forma.

Andreas se detuvo para mirarla, con el ceño fruncido.

—Tu madre quería medrar en la vida y utilizó a mi padre para ello. Hasta hoy, no entiendo cómo pudo tener una aventura con una desvergonzada como ella...

—¡Mi madre lo amaba! —exclamó Sienna, fulminándolo con la mirada—. Él fue el único hombre al que amó de verdad, me lo confesó antes de morir. Antes había tenido aventuras sin importancia, pero cuando conoció a tu padre se enamoró de verdad. Y se le rompió el corazón cuando él se negó a reconocerlo públicamente. Creo que pensó que se casaría con ella tras la muerte de tu madre, pero se equivocó.

Andreas la miró, con expresión cínica.

—¿Seguro que amaba a mi padre o el estilo de vida que él podía ofrecerle?

–No espero que tú entiendas lo que es el amor –replicó Sienna–. Eres exactamente igual que tu padre en ese sentido. Tomas lo que quieres de la gente sin la menor emoción, sin que te importen nada, como si estuvieras haciendo negocios.

–¿Y tú no haces lo mismo? –le recordó él–. Te casaste con Brian Littlemore por dinero y te has casado conmigo por la misma razón. ¿No es eso hacer negocios? Quieres dinero a cambio de tu cuerpo, pero no entregas tu corazón.

–¿Tú quieres mi corazón, Andreas? –lo retó ella, altiva.

–Creo que tú sabes lo que quiero –respondió él, mirándola de arriba abajo–. Lo que los dos queremos. Y esta noche nada impide que lo tengamos.

Sienna levantó la barbilla.

–No he dicho que vaya a acostarme contigo.

Andreas inclinó la cabeza para besarla de nuevo.

–No, aún no, pero lo harás –dijo después–. No podrás evitarlo.

–Eso ya lo veremos.

Él tocó su mejilla con la punta de los dedos, sus ojos quemándola.

–Estoy deseando –le dijo con una sonrisa burlona antes de alejarse.

Capítulo 7

SIENNA estaba nerviosa cuando se reunieron para tomar una copa antes de la cena. Había conseguido evitarlo desde que se vieron en el jardín, pero no podía dejar de pensar en él.

Cuando lo oyó subir a su habitación para ducharse y cambiarse de ropa lo había imaginado desnudo bajo el agua, fibroso y bronceado...

Su cuerpo parecía decidido a tener lo que su cerebro le decía que era un peligro. Su traidor cuerpo exigía algo más que caricias, algo más que besos. Lo quería todo.

Y Andreas, maldito fuera, lo sabía.

Sienna entró en el salón que daba al jardín con los nervios de punta.

–¿Dónde están Jean-Claude y Simone? –le preguntó.

Andreas esbozó una sonrisa.

–Es nuestra luna de miel, *ma chérie*, y cuatro serían una multitud, ¿no te parece?

Ella tomó la copa de champán que le ofrecía.

–Entiendo que quieras quedarte con este *château* –le dijo, para cambiar de tema–. Es precioso.

–A mi madre le encantaba venir aquí. Y estoy seguro de que querría que sus nietos crecieran como lo habíamos hecho Miette y yo, con una mezcla de cultura francesa e italiana.

Sienna miró las burbujas en su copa, intentando no pensar en los hijos de Andreas corriendo por el jardín del *château*. Pero lo imaginaba con una mujer del brazo, la mujer a la que habría elegido como esposa. Tal vez volvería con Portia Briscoe cuando pasaran los seis meses, pensó entonces. Pero ese pensamiento resultaba aún más inquietante porque cuanto más conocía a Andreas, menos le parecía Portia adecuada para él. ¿Por qué no se daba cuenta?

–¿Miette se disgustó cuando tu padre te dejó a ti el *château* en su testamento?

–Lo que le disgustó fue que lo hubiéramos heredado tú y yo –respondió Andreas–. Cree que harás todo lo posible para que yo rompa el acuerdo y quedarte así con el *château*.

Sienna entendía que su hermana pensara eso. Durante el tiempo que vivió con la familia Ferrante, su relación con Miette había sido tensa. Aunque, siendo sincera, Sienna sabía que en general la culpa había sido suya porque estaba celosa. Miette tenía un padre y una madre que la adoraban y un hermano mayor que la protegía. Había crecido teniendo que preocuparse solo por los vestidos de diseño de cada temporada. Como Andreas, Miette había ido a los mejores colegios y a la mejor universidad. Incluso había pasado un año en Suiza antes de irse a Londres, donde había conocido a su marido, también un hombre acaudalado.

La vida de Miette era el sueño que Sienna había querido siempre para sí misma.

—¿Qué le has dicho?

—Que no debía preocuparse porque conozco bien tus trucos.

Sienna se encogió de hombros.

—Puedes asegurarle que solo quiero el dinero. El *château* es muy bonito, pero ¿qué haría yo con un sitio como este? Tendría que venderlo.

Andreas tomó un sorbo de champán mientras la miraba los ojos.

—No voy a perder el *château*. No pienso marcharme hasta que recupere lo que pertenece a mi familia.

—Lo mismo te digo —replicó ella—. Tampoco yo voy a marcharme antes de los seis meses por culpa de tus groserías.

Él sonrió, irónico.

—Eres tú quien parece decidida a provocar una pelea. Lo veo en tus ojos. Llevas buscándola desde que has bajado de la habitación.

—Tal vez tenga algo que ver con tus mentiras y tus trampas para que tuviéramos que compartir habitación.

—¿Cuál es el problema de compartir una cama en la que podrían dormir cuatro personas? —exclamó él—. Seguro que ni siquiera tendríamos que rozarnos.

Sienna apretó los labios.

—Solo sería otra mujer sin nombre a tu lado, ¿no?

—¿Estás celosa?

—¡Pues claro que no! —exclamó ella—. Pero no me gustaría que olvidases quién estará tumbada a tu lado. Puede que te tomes libertades con las que no me sienta cómoda.

—¿Tomarme libertades? —repitió Andreas, burlón.

Parece una frase sacada de una novela histórica. ¿Qué es lo que te preocupa, que pueda verte un tobillo? He visto mucho más que eso y tú lo sabes. Y no solo yo, todo el que tenga acceso a Internet ha podido verte, así que no te hagas la virgen ultrajada conmigo, no me lo creo.

Sienna se volvió para que no viera que se había ruborizado, intentando desesperadamente parecer tranquila cuando por dentro era todo lo contrario. Lo odiaba por recordarle eso. Pero qué típico de Andreas recordarle el pasado; un pasado que ella quería olvidar, que desearía no hubiese ocurrido nunca.

Fingía que no tenía importancia, pero cada vez que veía una foto suya en la prensa o una imagen de ese vídeo se moría de vergüenza. ¿Cómo podía haber ocurrido?

–La cena está lista –dijo Andreas–. Espero que tengas apetito.

Sienna lo miró, enfadada.

–Es mejor que charlar contigo –murmuró, pasando a su lado para ir al comedor.

La cena fue tensa. Sienna sabía que no estaba ayudando nada mostrándose tan hostil, pero le dolía que Andreas siempre pensara lo peor de ella. Parecía convencido de que haría lo imposible por quedarse con su herencia, pero, si no fuera por el dinero, que necesitaba para solucionar su vida, no estaría en aquel *château*. Ella quería librarse de Andreas tanto como Andreas de ella.

Bueno, tal vez no era cierto del todo, pensó mientras jugaba con su copa. La fascinación que sentía por él era innegable. Podía sentir la tensión en el ambiente cada vez que estaban juntos.

Saber que la deseaba hacía que fuese imposible ignorar su deseo por él y su traidor pulso se aceleraba cada vez que sus ojos se encontraban. Esas tensas miradas desataban algo dentro de ella hasta que tenía que girar la cabeza para no traicionarse a sí misma.

–¿Más vino? –preguntó Andreas.

Sienna cubrió su copa con la mano.

–No, gracias, ya he bebido suficiente.

Él esbozó una sonrisa.

–Siempre es sensato saber cuándo parar, ¿no?

–¿Tú siempre sabes cuándo parar o puedes permitirte el lujo de seguir adelante sin pensar en las consecuencias?

Andreas se echó hacia atrás en la silla y esperó un segundo antes de responder:

–No me gusta perder el control en ningún aspecto de mi vida.

Sienna enarcó una ceja, burlona.

–¿Ni siquiera en la cama?

Él seguía sosteniendo su mirada, con una intensidad a la vez emocionante e inquietante.

–Eso depende de a qué te refieras con perder el control. Si te refieres a perderlo durante el orgasmo, sí, eso es lo que pasa.

Sienna sintió que le ardía la cara. Imaginarlo perdiendo el control, teniendo un orgasmo, era suficiente para hacerla temblar.

–Te has puesto colorada, *ma belle* –dijo él entonces.

–No es verdad. Es que hace calor aquí.

Andreas se levantó de la silla para abrir la ventana, dejando entrar el fragante aire del jardín.

–¿Mejor?

Sienna sintió un cosquilleo mientras se acercaba a ella, haciéndole el amor con los ojos, como si ya estuviera viéndola desnuda, sus miembros enredados, sus cuerpos unidos en el más íntimo de los abrazos.

Casi podía sentirlo dentro de ella. La sensación empezó como un ligero cosquilleo y se convirtió en un redoble de tambor que crecía en intensidad a medida que pasaban los segundos.

Tuvo que tragar saliva cuando levantó su barbilla con un dedo.

–¿Qué vamos a hacer? –le preguntó Andreas.

–¿A qué te refieres?

–A esta situación, a lo que hay entre nosotros.

Ella se levantó como si Andreas hubiera tirado de una cuerda invisible. Estaban a unos centímetros el uno del otro.

–No lo sé –respondió, con voz ronca–. ¿Fingir que no ocurre nada?

Andreas pasó la yema del dedo por su labio inferior.

–Parece una buena idea en teoría. ¿Cómo propones que la pongamos en práctica?

Sienna pasó la lengua por el labio que él acababa de acariciar y, al notar el sabor salado de su piel, sintió de nuevo ese cosquilleo entre las piernas.

–No lo sé –respondió, intentando que su tono no la delatase–. ¿Se te ocurre alguna idea?

Los ojos pardos sostenían los suyos.

–Solo una –respondió Andreas con voz ronca.

–Espero que sea buena –dijo ella, con una voz apenas audible.

–Lo es.

Tomándola por los brazos para apretarla contra su torso, Andreas inclinó la cabeza para apoderarse de sus labios...

Y fue como una chispa sobre paja seca. Andreas la besaba apasionada, urgentemente, empujándola contra él, explorando su boca con sabiduría y Sienna respondió automáticamente derritiéndose sobre él; el desesperado deseo de estar más cerca apartando las objeciones que su cerebro intentaba poner.

Andreas levantó una mano para acariciarla por encima del vestido. Era una tortura tenerlo tan cerca... pero entonces, como si hubiera leído sus pensamientos, o su cuerpo, o las dos cosas, él bajó uno de los tirantes del vestido, el cálido roce de su mano provocando escalofríos de placer. Sienna tembló de arriba abajo cuando acarició su clavícula con la lengua...

Intentó respirar cuando bajó la copa del sujetador, pero su vientre se encogió de deseo al sentir su cálido aliento sobre el desnudo pecho, sus dientes y su lengua llevándola a un frenesí de deseo que nunca hubiera creído posible. Cuando envolvió un pezón con los labios para chuparlo, se erizó el vello de su nuca.

Más excitada que nunca, Sienna empezó a desabrochar los botones de su camisa, uno por uno, mientras besaba su piel.

Andreas emitió un gemido ronco cuando llegó al elástico del pantalón, su erección levantando la tela mientras lo acariciaba de arriba abajo.

Dejando escapar un gruñido, la tumbó con él en el suelo, buscando su boca mientras se colocaba encima. Sienna mordió su labio inferior, tirando de él en un desesperado intento de saciarse. Entre beso y beso, Andreas le quitó el vestido, el sujetador y las bragas mientras ella solo conseguía quitarle la camisa y el cinturón.

Andreas apenas tuvo tiempo de ponerse un preservativo antes de entrar en ella con una dura embestida que la hizo gritar de placer y dolor al mismo tiempo...

–¿Qué ocurre?

–Nada –respondió Sienna, apartando la mirada–. Es que ha pasado mucho tiempo, eso es todo.

Él levantó su barbilla con un dedo.

–¿Cuánto tiempo?

Sienna se mordió los labios.

–No lo sé, algún tiempo.

Andreas frunció el ceño.

–¿Cuánto tiempo, Sienna?

Ella se encogió de hombros.

–No me acuerdo.

–¿Quieres decir que hace tiempo que no te acostabas con tu marido?

Le resultaba imposible mentir cuando estaban mirándose a los ojos...

–Yo nunca me acosté con Brian.

Andreas se echó hacia atrás como si lo hubiera abofeteado.

–¿Qué?

–Era un matrimonio de conveniencia –le confesó Sienna–. Brian quería una esposa solo de nombre y yo quería la respetabilidad de un matrimonio. Fue un acuerdo que nos satisfacía a los dos.

Andreas se levantó de un salto y, después de abrochar su pantalón, tomó la camisa del suelo para ofrecérsela.

–Ponte esto.

Sienna se la puso, sintiendo que la envolvía su calor. La camisa no ofrecía la misma dignidad que un vestido, pero al menos cubría su desnudez.

Lo vio buscando su ropa por el suelo y doblándola meticulosamente cuando unos minutos antes prácticamente se la había arrancado...

–Te he hecho daño y lo siento mucho –dijo después.

–No me has hecho daño, de verdad.

–¿Por qué no me lo habías contado?

–¿Contarte qué? ¿Que hacía mucho tiempo que no me acostaba con nadie? No me hubieras creído –dijo Sienna–. La prensa miente continuamente sobre mi vida... ¿por qué ibas a aceptar mi palabra?

–¿Por qué dejas que publiquen esas cosas sin defenderte? –le preguntó Andreas.

Ella se encogió de hombros.

–Me da igual lo que piense la gente. Yo sé lo que es verdad y eso es lo único que importa.

–¿Por qué tu matrimonio con Brian no fue un matrimonio normal? –insistió Andreas–. Ibas con él a todas partes, siempre de su brazo como un trofeo. ¿Todo era mentira?

Sienna deseó haber mantenido la boca cerrada. ¿Qué le pasaba aquella noche? Tanta sinceridad era absurda. Si no tenía cuidado, contaría la verdad sobre «la amante» de Brian, un hombre, no una mujer, al que su difunto marido había adorado siempre, incluso antes de casarse con Ruth y tener tres hijos con ella. Era el secreto de Brian y ella había prometido guardarlo. Se lo había prometido en su lecho de muerte para proteger a sus hijos de las maldades de la prensa. Y debía tener mucho más cuidado con Andreas porque a él no era fácil engañarlo.

–Brian fue muy bueno conmigo y nunca lamenté haberme casado con él.

Andreas torció el gesto.

–Pero si tenía una amante, todo el mundo lo sabía. ¿Cómo pudiste permitir que mantuviera una aventura con otra mujer mientras estaba casado contigo?

Sienna apretó la ropa contra su cuerpo.

–No quiero hablar de ello. Además, no es asunto tuyo.

Él la estudió un momento, pensativo.

–Te casaste con él poco después de que la escandalosa cinta apareciese en Internet, ¿verdad? Unas semanas después, si no recuerdo mal.

–¿Y qué?

–¿Qué pasó esa noche, Sienna? ¿Y por qué, de repente, decidiste casarte con un hombre cuarenta años mayor que tú?

Ella apartó la mirada, sintiendo una opresión en el pecho. Había hecho muchas tonterías y esas tonterías le habían costado caro a su hermana. Tal vez era el momento de contarlo, pensó, de confesar lo mal que se sentía por lo que había pasado. Por qué deseaba contárselo precisamente a Andreas era algo que tendría que averiguar más tarde.

–Había salido a tomar unas copas con unos amigos –empezó a decir–. No solía emborracharme, pero esa noche debí de beber más de lo que pensaba o tal vez no había cenado lo suficiente. Solo recuerdo que desperté en la cama de un hombre al que no conocía. Él estaba desnudo, yo estaba desnuda... y me dio tanta vergüenza que, por primera vez, empecé a sentirme como la fresca de la que hablaba la prensa. Antes solía reírme porque solo me he acostado con dos chicos en toda mi vida y la verdad es que hoy en día eso no es nada, pero después de esa noche sentí que merecía las cosas que decían de mí por ser tan irresponsable.

—¿Te has parado a pensar que tal vez fuiste la víctima de ese hombre, que tal vez echó algo en tu bebida? —le preguntó Andreas.

Sienna asintió con la cabeza.

—La verdad es que lo pensé, pero de todas formas fue culpa mía. Debería haber elegido a mis amigos con más cuidado.

—Fuiste la víctima de un delito. ¿Por qué no lo denunciaste a la policía?

—¿Quién me hubiera creído? De tal palo tal astilla, habrían pensado. Además, no sabía si se había cometido un delito o no. En la cinta, ese hombre y yo estábamos besándonos y él me tocaba... pero no sé lo que pasó, no me acuerdo.

Andreas masculló una palabrota mientras se pasaba una mano por la cara.

—No lo entiendo. ¿Por qué no dijiste algo cuando la prensa creyó que tu hermana era la chica de la cinta?

—Porque entonces yo no sabía nada. En cuanto desperté en la habitación del hotel con aquel hombre me marché del país. Quería alejarme todo lo posible de allí y fue entonces cuando Brian apareció en mi vida.

Lo llamé llorando desde el aeropuerto... nos habíamos conocido en una fiesta unos años antes y nos hicimos amigos. Era como un padre para mí, el padre que nunca tuve. Brian me ofreció refugio y no lo pensé dos veces cuando sugirió que nos casáramos. Yo quería respetabilidad, él quería sentirse seguro.

Andreas levantó su babilla con un dedo.

–¿Por qué has dejado que todo el mundo crea esas mentiras sobre ti?

Sienna estaba acostumbrada a hacerse la dura, pero era imposible mantener la farsa cuando él parecía tan preocupado por ella.

–¿Podemos dejar el tema? Es el pasado y quiero olvidarlo.

–No puedes olvidar algo así. Dejaste que todo el mundo, incluido yo, te creyese una persona sin moral alguna cuando no lo eres.

–Puede que no lo sea, pero sigo queriendo tu dinero y eso me convierte en una buscavidas, ¿no?

–Mi padre te dejó ese dinero en su testamento –le recordó Andreas–. ¿Por qué me has hecho creer que eres alguien que no eres? ¿Qué esperas conseguir haciendo que todo el mundo te odie?

–Odiar es más fácil que amar –respondió ella–. Así es la vida. Y yo también soy así. Aunque te odio, estaba a punto de acostarme contigo.

Él siguió mirándola con gesto preocupado hasta que el corazón de Sienna parecía a punto de saltar de su pecho.

–Si no me odiabas antes, tampoco lo haces ahora –dijo Andreas–. Pero yo he sido un canalla contigo.

Ella tragó saliva.

–No, bueno... de todas formas, debería habértelo contado antes.

–¿Crees que te hubiera creído?

Sienna sonrió.

–No, seguramente no.

–¿Sabes el nombre de ese hombre?

Ella cerró los ojos un momento.

–Andreas, déjalo. No quiero que nadie le haga daño a mi hermana otra vez. Está a punto de casarse y sé lo que haría la prensa si tú buscases justicia. Hay suficientes fotografías mías entrando y saliendo de discotecas como para hacerme parecer una borracha irresponsable. Tú sabes cómo pueden retorcer las cosas los abogados para construir una defensa.

–Pero es lo que debes hacer.

–No, yo solo quiero olvidarme de ello.

–No puedes huir de algo porque te resulte desagradable...

–No estoy huyendo –lo interrumpió ella–. Lo que hago es seguir adelante, por mí y por Gisele.

Andreas sostuvo su mirada antes de apartar el flequillo de su frente, como haría con una niña.

Sin embargo, Sienna no se sentía como una niña y el roce de su mano provocó un escalofrío de deseo. Seguía queriéndolo dentro de ella, como antes...

¿Cómo sería que la poseyera del todo? ¿Sentirlo enterrado en ella? ¿Hacerlo perder el control? ¿Sentir cómo su cuerpo respondía al suyo en un ritmo tan antiguo como el tiempo?

El silencio parecía cargado de erótica tensión y, sin darse cuenta, sacó la punta de la lengua para pasarla por sus labios resecos.

Pero Andreas se apartó.

–Creo que, por el momento, lo mejor será mantener las distancias. Dormiré en otra habitación.

Sienna tuvo que esconderse tras el sarcasmo, algo a lo que estaba habituada.

–¿Temes enamorarte de mí ahora que sabes que no soy un fresca que salta de cama en cama?

Andreas sostuvo su mirada con implacable determinación.

–Quiero este *château*, Sienna –le dijo–. Estoy dispuesto a hacer lo que tenga que hacer para conseguirlo y ninguno de los dos quiere una relación que se nos ha impuesto por razones que aún no entendemos. De no ser por el testamento de mi padre, jamás se me habría ocurrido mantener una relación contigo y sospecho que tampoco lo habrías hecho tú.

–Tienes razón –asintió ella, intentando disimular cuánto le dolía que dijera eso–. Tú eres el último hombre con el que querría mantener una relación. Eres tan estirado que te pones nervioso si la servilleta del té está descolada.

–Y tú eres tan caótica como un huracán –respondió él–. Sigo sin creer que seas hija de una mujer que se ganaba la vida limpiando y ordenando casas.

–Se le daba bien limpiar las cosas de los demás, pero no era capaz de ordenar las suyas –dijo Sienna, encogiéndose de hombros–. Pasé la mayor parte de mi niñez preguntándome dónde viviríamos la semana siguiente. Mi madre decía o hacía algo que no debía y, de repente, teníamos que hacer las maletas. He perdido la cuenta de los colegios a los que fui... el tiempo que vivimos en tu casa fue el más largo y yo no quería que terminase.

Andreas tomó su mano para jugar distraídamente con sus dedos.

–No sabía que las cosas hubieran sido tan difíciles para ti. Siempre pensé que eras una cría maleducada y altiva, pero ahora entiendo por qué tenías esa actitud. Te sentías muy insegura.

–No debería quejarme –dijo Sienna, intentando ignorar el cosquilleo que sus caricias la hacían sentir–. Mucha gente lo ha pasado peor que yo.

Andreas besó suavemente sus nudillos.

–Deberías irte a la cama –murmuró–. ¿Necesitas algo? ¿Quieres que te llene la bañera?

El brillo de preocupación en sus ojos la hacía sentir delicada y femenina, un lujo que nunca había podido permitirse.

–No, creo que puedo hacerlo sola –respondió, con una sonrisa–. Pero gracias de todas formas.

Él siguió estudiándola durante unos segundos y Sienna sospechó que esos ojos castaños con puntitos verdes podían ver lo que había detrás de su despreocupada fachada. Aquel breve momento de intimidad había cambiado la dinámica entre ellos y no sabía cómo volver atrás.

–Lo que ha pasado esta noche... –Andreas frunció el ceño, como si no encontrase las palabras adecuadas–. Te he juzgado mal, pero espero que puedas perdonarme.

–Vaya, me gusta ese hombre tan simpático en el que te has convertido de repente –dijo Sienna–. Tal vez no te odiaré tanto si sigues así durante los próximos seis meses.

–Tú no me odias, *ma petite*. De hecho, tengo la impresión de que no me has odiado nunca.

Ella levantó la barbilla, con ese gesto tan suyo.

–¿No pensarás que sigo loca por ti como cuando era una adolescente? Eso fue hace mucho tiempo, Andreas. Puede que no tenga tanta experiencia como otras chicas de mi edad, pero te aseguro que no me he estado reservando para ti.

–¿Por qué no has tenido más relaciones? –le preguntó Andreas–. No puede haber sido por falta de oportunidades. Los hombres caen rendidos a tus pies, lo he visto con mis propios ojos. Podrías parar un tren con esa cara tan bonita.

–Vi a mi madre ir de un hombre a otro –empezó a decir ella–. Y vi lo que eso le hacía a su autoestima. Era yo quien tenía que consolarla... y me sentía como si fuera su madre. Supongo que eso tiene algo que ver. Además, quiero que se me aprecie por algo más que mi aspecto físico. Tengo sueños y aspiraciones, no soy una tonta. Desgraciadamente, muchos hombres no ven más allá del aspecto físico. O tal vez no quieren hacerlo.

Andreas seguía acariciando su cara, el roce haciendo que se derritiera.

–Eres una chica muy compleja, ¿no?

–No más compleja que cualquiera –respondió Sienna–. Y ni la mitad que tú.

Andreas esbozó una sonrisa.

–Entonces, tal vez nos parecemos más de lo que habíamos creído.

–No creo que tengamos mucho en común.

Andreas pasó un dedo por su labio inferior antes de bajar la mano.

–Tal vez tengas razón –admitió–. Llámame si necesitas algo.

Sienna asintió con la cabeza mientras pasaba a su lado, intentando no notar el calor de su cuerpo.

–Buenas noches, Andreas.

Capítulo 8

ANDREAS estuvo paseando por la habitación durante horas después de que Sienna se hubiera ido a dormir. Su perfume se había quedado en el aire... podía incluso olerlo en su piel y saborear la dulzura de su boca, a pesar de los tres vasos de whisky que había consumido.

Descubrir que no había tenido una relación sexual con su difunto marido lo había dejado estupefacto. De modo que todo lo que había creído sobre ella durante esos años era mentira...

Estaba convencido de que se había casado por dinero y descubrir que el matrimonio no fue más que un arreglo de conveniencia lo había dejado atónito.

No podía creer que tuviera tan poca experiencia sexual. A los veinticinco años, solo había tenido dos parejas...

Los paparazzi la representaban como una chica que iba de fiesta en fiesta y ella no hacía nada para sacarlos de su error. Evidentemente, la escandalosa cinta sexual la había afectado mucho, como afectaría a cualquiera, pero Andreas sospechaba que se había escondido detrás de esa etiqueta de buscavidas porque era su manera de esconder lo vulnerable que era. Se hacía la dura, fingiendo que nada le importaba un bledo, cuando no era así.

Y él la había tomado como si fuera una fulana, el deseo haciendo que perdiese la cabeza. Ella estaba dispuesta, pero eso no lo hacía menos responsable.

Le había hecho daño...

Andreas masculló una palabrota. Había actuado como su padre, dispuesto a saciar su deseo sin pensar en las consecuencias.

Nervioso, se pasó una mano por el pelo. ¿Era eso lo que su padre había querido? ¿Demostrarle lo difícil que era resistirse al deseo?

¿Su deseo por Sienna habría sido tan obvio? Él había hecho lo imposible por esconderlo. Se había disciplinado a sí mismo para ignorarla durante sus visitas o, como mínimo, tratarla como si fuera una cría. La había visto crecer, hacerse adulta. De visita en visita había pasado de ser una niña de catorce años a una sirena de diecisiete. Rechazarla había sido lo más honorable y, sin embargo, se preguntaba si eso, y no la vida de su madre, habría sido lo que hizo que se dedicara a ir de fiesta en fiesta, en un intento de salvar la cara.

Cuando cumplió los dieciocho ya tenía reputación de chica alegre. Una «ninfa de discoteca» la llamaban los periodistas en Londres; noche tras noche de fiesta con su grupo de amigos.

Y luego, cuando a los veintidós años se había casado con un hombre que podría ser su abuelo, todo el mundo dijo que era una buscavidas. Él mismo lo había hecho. Y la había llamado cosas peores.

Se le encogió el corazón al pensar que había creído

lo peor de ella cuando no era más que una cría que no había tenido una infancia normal.

Sienna no era la persona que él creía que era. Durante años se había escondido tras una fachada para protegerse del dolor. Bajo ese duro exterior había una joven vulnerable, una chica que nunca se había sentido segura o protegida. Él había cometido el error de suponer que era como su madre, intentando siempre sacar lo que pudiera de los demás...

Pero Sienna no era como Nell Baker y tenía más orgullo de lo que él había pensado.

Los insultos que había proferido contra ella volvían para castigarlo... aunque Sienna lo había insultado también. En el fondo, siempre había admirado que fuera tan desafiante y le gustaba pelearse con ella. Era un juego al que llevaban jugando desde siempre.

Andreas cerró los ojos, recordando lo que había sentido cuando estaba dentro de ella...

La deseaba.

Ese deseo no era nada nuevo para él, pero en aquel momento era más fuerte que nunca. Había saboreado el dulce placer de Sienna y era como una droga irresistible.

Respirando profundamente, exhaló un suspiro mientras miraba la luna por la ventana. Seis meses y todo aquello sería suyo, pensó. Sienna conseguiría su dinero y él heredaría el *château* de su familia.

Sabía que ella necesitaba dinero porque no tenía trabajo y los fondos que le había dejado su difunto marido se habían esfumado por culpa de la crisis. Estaba seguro de que podría retenerla a su lado durante ese tiempo y una aventura entre ellos sería un extra más que bienvenido.

Andreas cerró las cortinas. Tenía la sensación de que mantenerla a su lado no iba a ser el problema. Decirle adiós al final de los seis meses podría ser el mayor de los obstáculos.

Un golpecito en la puerta de la habitación despertó a Sienna a la mañana siguiente.

—Entra —murmuró, apartándose el pelo de la cara.

Andreas entró con una bandeja de cruasanes recién hechos y una taza de café.

—He pensado que te gustaría desayunar en la cama.

—¿Es otra de las tradiciones de los Chalvy?

Él esbozó una sonrisa mientras colocaba la bandeja sobre sus rodillas.

—Una de muchas.

—Aunque me gustaría mantener felices a los fantasmas de este *château*, me temo que no puedo tomar café a esta hora de la mañana. Me gusta el té. Llámame británica apestosa, pero a pesar de haber vivido muchos años en Italia, aún no me he acostumbrado a empezar el día sin mi taza de té.

Andreas levantó los ojos al cielo.

—Debería haberlo imaginado. Voy a hacerte un té.

Sienna inclinó a un lado la cabeza.

—No aguantarías ni cinco minutos como criado. Tienes que aceptar las órdenes con gracia y sin poner los ojos en blanco.

—Tal vez deberías darme unas lecciones —sugirió él.

—Ya sabes que a mí no se me da bien recibir órdenes —replicó Sienna—. En cuanto alguien me dice lo que debo hacer, yo hago justo lo contrario. Creo que es un problema de personalidad o algo así.

–Entonces tendré que pedirte lo contrario de lo que quiera. Se llama psicología inversa, ¿no?

–Algo así.

Sienna suspiró cuando Andreas salió de la habitación. Había dormido mal esa noche, ardiendo de deseo durante horas y luego, cuando por fin logró conciliar el sueño, había soñado con él. Había soñado con su boca y sus manos dándole placer, tocándola, acariciándola por todas partes.

Apretó las piernas al sentir un íntimo cosquilleo y se llevó una mano al estómago para intentar contener esa sensación, pero solo consiguió intensificarla.

La puerta se abrió unos minutos después y Andreas entró con una taza.

–Su té, señora –le dijo, haciendo una reverencia.

–Demasiado obsequioso –lo corrigió ella–. Tu jefe pensaría que estás robando la plata o algo así.

–Tal vez tenga un motivo oculto –dijo Andreas.

Sienna enterró la cara en la taza para no tener que mirarlo.

–Entonces, supongo que el desayuno en la cama es porque te sientes culpable. No tiene nada que ver con la tradición de los Chalvy.

–¿Cómo no voy a sentirme culpable? Después de lo que me contaste, me he pasado la noche dando vueltas.

Sienna no dejaba de mirar la taza.

–Estás exagerando.

Él apartó el pelo de su cara.

–Mírame.

Respirando profundamente, Sienna levantó la mirada. Andreas estaba recién afeitado, pero parecía cansado y tenía ojeras. ¿Habría pasado la noche preguntándose cómo sería hacer el amor de verdad? ¿Habría ardido de deseo durante horas? ¿Habría soñado con ella?

Era tan difícil saber lo que Andreas pensaba. Siempre había sido indescifrable.

Él rozó su cara con los dedos.

—Ayer me pasé y me hago responsable de ello. Me salté las reglas que habíamos impuesto y fue un error, pero prometo que no se repetirá... a menos que tú quieras. Si quieres que tengamos una aventura durante estos seis meses, lo tomaré en consideración.

Por supuesto, pensó ella. Sería un pasatiempo conveniente, como su madre lo había sido para su padre, y luego le diría adiós sin el menor remordimiento. Unos meses más tarde, o incluso unas semanas, se casaría con una mujer de su clase y llenaría sus fabulosas propiedades con niños guapísimos como él.

¿Y cómo iba a soportarlo ella?

Como había soportado todo lo demás, pensó entonces: poniendo buena cara. Le demostraría que podía jugar al mismo juego, que podía ser tan implacable y tan mercenaria como él. Cuando llegase el momento se marcharía sin mirar atrás.

—No creo que una aventura entre nosotros pudiera funcionar. Es mejor ajustarse al plan original.

Si se había llevado una sorpresa o estaba decepcionado, Andreas no lo demostró.

—Muy bien. Tengo que solucionar unos asuntos con Jean-Claude... probablemente no nos veremos hasta la noche.

–Seguro que encontraré algo con lo que divertirme –dijo Sienna–. Tal vez un lobo perdido en el bosque.

Andreas esbozó una sonrisa.

–El otro día vi que tenías una cámara de fotos. Pensé que te gustaba estar delante de la lente, no detrás.

–Pues eso demuestra lo poco que sabes de mí, ¿no?

–¿Alguien te conoce de verdad, *ma petite*?

Sienna se encogió de hombros.

–Tengo amigos, si eso es lo que quieres saber.

–Una persona puede tener cien amigos, pero eso no significa que alguien te conozca a fondo, que sepa quién eres cuando estás solo.

–¿Quién eres tú cuando estas solo, Andreas? –le preguntó ella–. ¿O es que nunca estás solo? Seguro que siempre hay alguna mujer haciéndote compañía o algún criado atendiendo todos tus deseos.

–Es una de las cargas de haber nacido en una familia rica –respondió él–. Todos se muestran amables y atentos contigo, pero nunca sabes si lo hacen porque de verdad les gusta tu compañía o porque esperan conseguir algo de ti.

–Si pudiera elegir, preferiría vivir en tu lado del mundo –bromeó Sienna–. Además, ¿quién necesita amigos cuando tienes montañas de dinero?

–¿De verdad crees eso? ¿De verdad crees que el dinero da la felicidad?

–No lo sé, te lo diré el día que reciba el dinero en mi cuenta dentro de seis meses –respondió ella–. Aunque un *château* gratis tampoco estaría mal.

Andreas apretó los labios.

–No vas a conseguir el *château*.

–Relájate, solo estaba bromeando. No quiero tu precioso *château*. Seguramente estará encantado por tus ancestros.

–Intenta no meterte en líos –dijo él mientras se dirigía a la puerta–. Y recuerda: cuando hables con alguien, estamos de luna de miel.

Sienna enarcó una ceja.

–Eres tú quien me deja sola en cuanto tiene una oportunidad.

Andreas volvió para colocarse al lado de la cama.

–¿Has cambiado de opinión, *cara*?

Ella sintió que se le ponía la piel de gallina.

–No, aún no. Tú no puedes darme lo que quiero.

Él tomó su cara entre las manos.

–¿Y qué es lo que quieres? ¿Un final feliz, una promesa de amor eterno?

Sienna tuvo que hacer un esfuerzo para no cerrar los ojos.

–Claro que no. Ninguno de los dos quiere eso.

–Podríamos pasarlo bien durante estos seis meses, *ma chérie*. Es una pena no aprovechar la situación, ¿no te parece? ¿Por qué no explorar las posibilidades?

Sienna no podía pensar cuando la miraba de ese modo. Esos ojos pardos prometían el cielo y lo deseaba más que nada, aunque sabía que probablemente terminaría mal.

¿Durante cuánto tiempo podría decir que no, especialmente después de lo que había ocurrido la noche anterior?

Mientras él inclinaba inexorablemente la cabeza, Sienna intentó llevar aire a sus pulmones, pero el roce de sus labios hizo que sus sentidos despertasen, la suave presión creando un burbujeo en su sangre, y abrió los labios para ponérselo más fácil. Aparentemente, su cuerpo había decidido traicionarla, por mucho que ella dijese lo contrario. Nadie la hacía sentir lo que sentía con él; sus caricias, sus besos hacían que su corazón galopase dentro de su pecho. Quería que la hiciese suya, quería que satisficiera un anhelo que no desaparecía.

–¿De verdad solo has tenido dos novios en toda tu vida?

–Sí –respondió Sienna–. Sé que la prensa siempre me ha hecho parecer una fresca, pero si quieres que te diga la verdad, el sexo nunca me ha interesado. Solo quería que terminase cuanto antes porque no sentía nada en absoluto.

–Seguramente porque no te sentías atraída de verdad por la otra persona –dijo Andreas–. Las primeras veces pueden ser incómodas y no hay que apresurarse. Necesitas tiempo para conocer tu cuerpo... yo me apresuré anoche porque pensé que tenías más experiencia, pero la próxima vez será diferente.

Sienna temblaba de anticipación. ¿Podía arriesgarse a tener una aventura con él? Sería una fiesta sensual que la sostendría durante el resto de su vida. ¿Pero de verdad podía olvidarse de los sentimientos?

Era una apuesta que cada vez la tentaba más.

–Pareces muy seguro de que va a haber una segunda vez. ¿No es un poco arrogante por tu parte?

–Hay una gran diferencia entre arrogancia y confianza –dijo él–. Estoy seguro de que seríamos dinamita juntos, pero no soy tan arrogante como para creer que pudiese durar.

No era la respuesta que Sienna había esperado. Parecía sugerir que solo tenía un interés pasajero en ella, que era más una novedad que una persona que le resultase realmente atractiva.

–¿Alguna mujer te ha interesado durante más de unos meses?

–Algunas más que otras.

–¿Y Portia Briscoe? Ibas a casarte con ella –le recordó Sienna–. ¿Qué pensabas hacer cuando te aburrieses de ella, tener una aventura como hizo tu padre?

Andreas apretó los labios.

–Mi padre le hizo promesas a mi madre que luego no cumplió. Yo no le hice a Portia promesa alguna. Ella sabía lo que buscaba en una esposa y estaba dispuesta a dármelo.

–No es la persona adecuada para ti, Andreas. Y no soy la única que lo piensa.

–¿Ah, no?

–Tu ama de llaves, Elena, piensa lo mismo que yo.

–Supongo que tú crees ser mejor candidata.

–No, pero evidentemente tu padre sí lo pensaba –replicó Sienna–. Si no es eso, no entiendo por qué nos ha metido en este lío. Tal vez quería que te parases a pensar en lo que estabas haciendo. Tal vez no quería que te casaras con una mujer de la que no estabas enamorado.

–¿Y por eso quería que mantuviera una relación de amor-odio contigo?

–Solo durante seis meses –le recordó ella.

Andreas suspiró.

–¿Sabes una cosa? Era más fácil odiarte. Ahora que te conozco mejor, me parece injusto tener esos sentimientos tan negativos.

–¿Estás empezando a enamorarte de mí?

–No estoy más enamorado de ti que tú de mí –respondió Andreas–. Lo que sentimos el uno por el otro es deseo. Y, en mi opinión, cuanto antes lo resolvamos, mejor.

Y luego, sin decir otra palabra, salió de la habitación cerrando la puerta tras él.

Más tarde, Sienna volvía de hacer fotografías en los campos de lavanda cuando vio a Andreas a lo lejos, inspeccionando los viñedos.

Levantó la cámara y lo capturó perdido en sus pensamientos o guiñando los ojos mientras miraba el cielo, tomando una hoja del viñedo y acariciándola entre los dedos. Pero entonces, como si se hubiera dado cuenta de que estaba siendo observado, Andreas giró la cabeza y la miró directamente.

Sienna bajó la cámara mientras se dirigía hacia ella a grandes zancadas, sus poderosos muslos haciendo que sintiera un hormigueo en el bajo vientre. Tenía un aspecto tan arrogantemente masculino con los vaqueros oscuros y la camiseta ajustada que marcaba sus pectorales y su estómago plano. Había sentido todo ese poder dentro de ella...

Y quería sentirlo de nuevo.

Andreas se detuvo frente a ella, casi bloqueando el sol con su estatura.

–¿Vas a decirme qué estás haciendo? –le preguntó.

–No es ningún secreto, estaba haciendo fotografías –respondió Sienna–. Eres un sujeto muy interesante cuando no sabes que te están fotografiando, como la mayoría de la gente. Es difícil conseguir una pose natural cuando saben que están siendo observados.

–¿Desde cuándo haces fotografías?

Sienna se encogió de hombros.

–Desde hace algún tiempo.

Andreas tomó la cámara digital para echar un vistazo.

–Tienes buen ojo. ¿Es una afición o algo a lo que quieres dedicarte profesionalmente?

–Perdí mi trabajo cuando Brian murió –respondió Sienna–. Sus hijos no querían saber nada de mí y eso me hizo pensar en ser mi propia jefa en lugar de depender de otros. Sé que tardaría algún tiempo en establecerme, pero me gustaría intentarlo. Claro que necesitaría un equipo mucho más profesional y tendría que alquilar un estudio. Hasta ahora no he podido permitírmelo, pero cuando pasen los seis meses... bueno, entonces sí podré hacerlo, ¿verdad?

Andreas la miraba, pensativo.

–¿Por qué me hiciste creer que solo querías el dinero para irte de juerga?

–Porque no sé si podré ganarme la vida como fotógrafa. Hay mucha competencia en esta profesión y no me hago ilusiones, sé que no soy mejor que los demás.

–¿Dónde te gustaría trabajar?

–En Londres. Pero sería divertido viajar haciendo fotografías por todo el mundo, ¿no? Incluso podría publicar un libro –Sienna sonrió–. Y tú podrías contarle a todo el mundo que me conociste antes de que me hiciera famosa.

–Seguro que te iría bien. Pareces tener un don para caer de pie sean cuales sean las circunstancias.

Ella se apartó el pelo de la cara.

–¿Qué harás con este sitio una vez que lo hayas heredado? ¿Vas a vivir aquí o seguirás en Florencia?

–Aún no es seguro que vaya a heredarlo y sería una tontería por mi parte hacer planes.

–No confías en mí, ¿verdad?

–Esta es una propiedad muy valiosa. Supongo que te habrás dado cuenta de que vale cinco o seis veces más que el dinero que vas a recibir. ¿Por qué iba a confiar en ti?

–No, claro. ¿Por qué?

Andreas dejó escapar un suspiro de irritación.

–Sé que he cometido errores contigo, pero sería un tonto si diera por sentado que vas a respetar los términos del acuerdo. No tienes una profesión fija ni una casa... ¿cómo sabes lo que vas a querer dentro de seis semanas y mucho menos dentro de seis meses?

–Sé muy bien lo que quiero –respondió ella–. Y sigo odiándote, por cierto.

–Será mejor que lo hagas –dijo Andreas, volviéndose hacia el viñedo–. Así todo será más fácil para los dos.

–¿Por qué nos vamos tan pronto? –preguntó Sienna esa tarde, mientras Andreas metía las maletas en el coche. Simone le había dicho que *monsieur* Ferrante quería volver a Florencia de inmediato–. Pensé que íbamos a quedarnos unos días.

–Ya he visto todo lo que tenía que ver –respondió

él, cerrando el maletero–. Los Perrault llevan el *château* perfectamente y tengo asuntos que atender en Florencia.

–¿No te preocupa lo que podría decir la prensa si acortamos nuestra luna de miel?

–Pensé que estabas deseando volver a ver a tu perro vagabundo.

–¿Entonces lo haces por mí? –preguntó ella, escéptica.

–Lo hago por los dos –respondió Andreas, abriendo la puerta del coche.

Sienna no vio mucho a Andreas cuando volvieron de Francia. Se iba de casa muy temprano y volvía cuando ella ya estaba en la cama. Que se comunicase con ella a través del ama de llaves la hacía sentir como una invitada molesta.

Claro que era eso en realidad. Andreas había planeado su vida con meticulosa precisión y Sienna no era parte de ella. De hecho, era la última mujer con la que hubiera querido casarse, pero el testamento de su padre lo había cambiado todo.

Y también ese breve momento de intimidad en Chalvy. Sin embargo, desde entonces había mantenido las distancias.

Tal vez estaba saliendo con alguien, pensó. Tal vez ya había encontrado a una mujer con la que satisfacer sus deseos. ¿Tendría que mirar hacia otro lado durante esos seis meses? ¿Lo estaba haciendo para obligarla a renegar del acuerdo?

Después de todo, era ella quien más tenía que perder. Lo único que Andreas debía hacer era esperar. Su falta de experiencia debía de ser un aburrimiento para alguien tan experto como él y probablemente estaba deseando librarse de ella.

Sienna estaba segura de que Elena sabía que no compartían cama, pero el ama de llaves era lo bastante discreta como para no decir nada.

Sí había mencionado, sin embargo, lo ocupado que estaba diseñando una colección de muebles por encargo de un multimillonario americano.

—Apenas duerme por las noches —le dijo—. Se pasa horas en la oficina, pero cuando termine podrá relajarse. Tal vez entonces la llevará a algún sitio bonito de luna de miel. Debe de sentirse sola en casa todo el día.

—No estoy sola —dijo Sienna—. Tengo a Scraps para hacerme compañía.

Elena sonrió, indulgente.

—Será más fácil cuando un *bambino* o dos la mantengan ocupada.

Sienna intentó no imaginar un bebé de pelo oscuro y ojos pardos, pero la imagen ya había aparecido en su cerebro.

Intentó pensar en una casa en Londres, una casa lujosa con un estudio y un jardín. Y dinero en el banco... mucho dinero.

Ese era su objetivo, no casarse con Andreas y tener hijos.

Sienna bajó a cenar una noche y encontró a Andreas en el salón, tomando un aperitivo.

–No sabía que fuéramos a cenar juntos –dijo él.

Ella lo miró, con la barbilla orgullosamente levantada.

–Prefiero irritarte con mi presencia, ya que has estado evitándome durante toda la semana.

Él esbozó una media sonrisa.

–¿Te sientes sola?

Sienna tomó la copa de vino que le ofrecía.

–No, en absoluto. Pero me pregunto qué dirá tu ama de llaves al ver que pasas todo el día en la oficina.

–Elena está empleada para atender la villa, no para especular sobre mi vida privada. Además, si estás aburrida, ¿por qué no te vas a dar una vuelta en el coche?

–No estoy aburrida, tengo muchas cosas que hacer, pero no me gusta fingir que todo va bien entre nosotros cuando no es verdad.

–Solo hay una forma de cambiar eso –dijo Andreas, mirándola con los ojos brillantes–. Puedes mudarte a mi habitación esta misma noche.

A Sienna se le encogió el estómago.

–Pero si ni siquiera nos caemos bien.

–Eso no tiene nada que ver, lo que importa es que seamos compatibles en la cama. He tenido amantes que no me caían nada bien, pero eran unas compañeras sexuales perfectas.

–¿Has estado enamorado alguna vez? –le preguntó Sienna.

–No –respondió él–. No digo que el amor no exista, pero a mí no me ha pasado –Andreas tomó un sorbo de vino–. ¿Y a ti?

–Creo que mi hermana gemela ha acaparado todo

el amor que correspondía a esta familia –bromeó Sienna–. Nunca he visto a dos personas más enamoradas que Gisele y Emilio. No habrás olvidado su boda, ¿verdad? Se casan dentro de tres semanas. He llamado a tu secretaria para que lo anotase en tu agenda porque yo tengo que irme un par de días para echarle una mano.

–No lo había olvidado –respondió Andreas–. De hecho, estoy deseando conocer a tu hermana.

–No nos parecemos nada. Bueno, físicamente sí, pero nada más.

–Debéis de tener algo más en común.

–No, no mucho. Gisele es cariñosa y dulce, pero al no haber tenido las mismas experiencias, queremos cosas diferentes de la vida. Me he preguntado alguna vez si sería igual de haber crecido juntas, pero nunca lo sabré.

Él la estudió un momento, como si quisiera memorizar sus facciones.

–¿Crees que podré diferenciaros?

–Te contaré un secreto: mi hermana será la que vaya vestida de blanco –bromeó Sienna–. Ah, y llevará una alianza en el dedo a juego con el fabuloso anillo de diamantes que Emilio le regaló.

–Eso me recuerda que tengo algo para ti –dijo Andreas, dejando la copa sobre la mesa para sacar una cajita del bolsillo–. Puede que lo reconozcas. Perteneció a mi madre y a mi abuela antes que a ella.

Dentro de la cajita había un anillo de diamantes y zafiros que Evaline Ferrante había llevado a menudo.

–Sí, lo reconozco –le dijo, mirándolo con el ceño fruncido–. ¿Pero no deberías guardarlo para tu futura esposa?

–Si no te gusta, puedo comprarte otro.

Sienna no entendía su expresión o su tono antipático.

–Claro que me gusta –le dijo, poniéndoselo en el dedo–. Siempre me había parecido precioso, pero te lo devolveré cuando nos divorciemos. Es lo más justo.

–Muy bien –Andreas volvió a llenar su copa–. Me he dado cuenta de que no llevas joyas. ¿Qué fue de los diamantes que llevabas cuando estabas casada con Littlemore?

–Se los devolví a la familia cuando Brian murió. También eran una herencia, como este anillo.

Andreas la miró, pensativo.

–Por lo que decía la prensa, su familia nunca te aceptó.

–Los hijos de Brian habían querido mucho a su madre y no aceptaron que nadie más ocupara su puesto. Y era comprensible.

–¿Crees que habrían aceptado a su amante?

–No –murmuró ella, apartando la mirada.

–Y, sin embargo, según cuentan, tenía una aventura desde hacía muchos años. Me parece extraño que se casara contigo y no con ella.

Sienna se encogió de hombros.

–No sé por qué lo hizo.

–Eres muy leal a Littlemore, ¿verdad?

–¿Por qué no iba a serlo? Se portó muy bien conmigo.

–¿Por qué no se casó con su amante? –insistió Andreas–. ¿Por qué decidió casarse con una mujer que tenía la edad de su hija?

–Tal vez su amante ya estaba casada.

Él levantó su barbilla con un dedo.

–Esa no es la razón, ¿verdad?

Sienna permaneció en silencio. El intenso escrutinio de sus ojos pardos hacía que su corazón latiese más aprisa. Cada día era más difícil esconderle cosas. Parecía quitarle capas de piel para llegar hasta su corazón...

–Brian Littlemore no tenía una aventura con una mujer, ¿verdad que no? Su amante era un hombre –dijo Andreas entonces.

Sienna tragó saliva.

–Eso no es verdad.

–No me mientas, *cara*. Puedes ser sincera conmigo sobre esto. No saldrá de esta habitación, te lo prometo.

Ella se mordió los labios.

–¿Cómo lo has descubierto? Se supone que no lo sabe nadie. Brian no quería que sus hijos se enterasen porque pensaba que no lo entenderían. Si esto se hiciera público, le haría daño a mucha gente...

–Yo he llegado a esa conclusión e imagino que muchos otros lo habrán hecho también.

–Brian quería proteger a su familia –insistió Sienna–. Sus padres eran muy conservadores y se habrían llevado un disgusto tremendo, así que hizo lo que se esperaba de él: se casó y formó una familia. E incluso tras la muerte de su mujer quiso mantener las apariencias, pero no sabes lo difícil que era para él. Estaba atrapado. No debes contárselo a nadie, Andreas.

–No lo haré –le aseguró él–. Pero no entiendo que te preocupe tanto una familia que te echó del negocio en cuanto Brian murió.

Sienna miró sus cálidos ojos pardos y sintió un pellizco en el pecho. No quería perder el control de sus sentimientos y enamorarse de Andreas sería el mayor error de su vida. Tenía que ser fuerte para marcharse cuando llegase el momento.

—Me importa lo que quería Brian. Él confiaba en mí y no quiero traicionar esa confianza.

Andreas acarició su mejilla con el pulgar, una caricia que la hacía sentir como si sus terminaciones nerviosas estuvieran a flor de piel.

—¿Estabas dispuesta a dejar que pensara que eras una buscavidas para proteger su secreto? ¿Mi opinión sobre ti no te importa nada?

Sienna se pasó la lengua por los labios.

—Imagino que dentro de seis meses lo que pienses de mí no será relevante. No nos movemos en los mismos círculos y probablemente no volveremos a vernos.

—Eso sería una pena, ¿no te parece?

—¿Por qué?

—Porque tengo la impresión de que voy a echar de menos hacer esto —respondió Andreas, antes de inclinar la cabeza para besarla.

Capítulo 9

SIENNA sintió la suave presión de sus labios. Era un beso suave, sin urgencias, sin pasión descontrolada, solo sus labios moviéndose sobre los suyos, explorándolos.

Ella le devolvió el beso de la misma manera, rozándolo y apartándose, rozándolo de nuevo, variando la presión, pero no la intensidad.

Era un beso para conocerse, el primer beso romántico entre dos personas que se sentían atraídas la una por la otra, pero que tenían cuidado de no sobrepasar el límite. Ninguna otra parte de su cuerpo se tocaba; Andreas no la abrazó, ella no le echó los brazos al cuello. Solo se rozaban sus labios, pero aun así sus entrañas se derretían como la cera de una vela bajo el calor del sol.

Después de interminables y ensoñadores minutos, Andreas se apartó, mirándola con expresión burlona.

–Tienes una boca deliciosa. Es sorprendentemente suave considerando que tienes una lengua muy afilada.

Sienna no pudo disimular una sonrisa.

–Sí, bueno... reconozco que tú eres capaz de sacar lo peor de mí.

–Tampoco tú sacas lo mejor de mí –dijo él–. Pero

tal vez cuando hayan pasado estos seis meses podremos ser amigos. ¿Crees que es posible, *ma petite*?

Sienna dejó escapar un suspiro.

–No sé si podría pensar en ti como un amigo. Pero imagino que tendré que encontrar a otro con el que afilar mis garras.

Andreas acarició su mejilla por última vez antes de bajar la mano.

–Seguro que con otro no lo pasarías tan bien como conmigo –le dijo, con expresión inescrutable.

Sienna tenía la impresión de que no estaba hablando solo de sus peleas verbales. Y lo absurdo era que no podía imaginarse besando a otro hombre. No podía imaginar a otro acariciándola y haciéndole el amor.

Solo quería a Andreas.

Pero era ridículo, él solo quería el *château*. Ella no era más que un medio para conseguir un fin. En seis meses, todo habría terminado y la dejaría como su padre había dejado a su madre.

Aquello no era para siempre.

–Tal vez no, pero, si no lo intento, no lo sabré nunca, ¿no te parece?

Andreas asintió, con los ojos brillantes.

–Deberíamos cenar –dijo entonces–. Después, tengo que ponerme a trabajar.

–¿Es que nunca descansas? No puedes seguir a este ritmo. No es sano.

–Mucha gente depende de mí para vivir –respondió Andreas, pasándose una mano por el pelo–. La muerte de mi padre no podría haber ocurrido en peor momento.

–No creo que muriese para fastidiarte –replicó Sienna.

—No estés tan segura.

—¿De verdad lo odiabas?

Él dejó escapar un largo suspiro.

—De niño, era mi héroe —le confesó—. Quería ser como él cuando creciera: un hombre de éxito, alguien importante. Pero a medida que fui haciéndome mayor empecé a ver que, como la mayoría de la gente, tenía un lado oscuro. Era un hombre dominado por sus emociones, egoísta y a veces increíblemente implacable. Explotó el amor que mi madre sentía por él, pero no creo que la amase nunca. Creo que solo se casó con ella porque sabía que no le plantaría cara y, sencillamente, aceptaría lo que él dijese. Ella podría haberlo abandonado por su aventura con tu madre, pero no lo hizo.

—Y parece que tu padre no quería que tú cometieras el mismo error al elegir esposa, ¿no crees? —sugirió Sienna.

—¿Qué quieres decir?

—La perfecta Portia, la esposa que nunca metería la pata. La esposa que miraría hacia otro lado si tú tuvieras una aventura. Ese era el matrimonio que tenías planeado, ¿no?

Andreas frunció el ceño.

—No sabes lo que estás diciendo.

—¿Ah, no? —lo retó ella, enarcando una ceja.

—He cambiado de opinión sobre la cena. Vuelvo a la oficina —dijo Andreas entonces, irritado—. Nos veremos mañana.

Sienna no estaba cuando Andreas volvió a casa al día siguiente. La villa le parecía completamente diferente sin ella; el aire no contenía ese embriagador perfume suyo y los cojines del sofá estaban colocados en su sitio. No había vasos por todas partes, ni revistas y la televisión no estaba puesta a todo volumen.

Todo era paz y tranquilidad. Todo muy ordenado y limpio, pero estéril.

Un poco como su vida.

Andreas apartó de sí tal pensamiento y sacó el móvil del bolsillo para llamarla.

—¿Dónde estás? —le espetó.

—A punto de llegar a casa —respondió Sienna.

—¿De dónde vienes?

—He estado... en el médico.

—¿Estás enferma?

—No, en realidad no.

Andreas sabía que le estaba ocultando algo.

—¿Se puede saber qué te pasa?

—He tenido un pequeño accidente y me han dado un par de puntos en la mano. Pero no es nada serio.

—¿Qué ha pasado?

—Estoy bien, pero tienes que prometerme que no te librarás de Scraps.

Andreas frunció el ceño.

—¿Ese chucho te ha mordido?

—Fue culpa mía —respondió Sienna—. Intenté acercarme demasiado para ponerle una pomada en la pata porque tiene una herida y el pobre me mordió porque le hice daño.

—Te advertí que te alejarás de ese perro —dijo Andreas, enfadado—. ¿Puedes conducir?

—Claro. Voy conduciendo ahora mismo.

–¿Por qué no le has pedido a Franco que te llevase al médico?

–Estás empezando a asustarme –bromeó Sienna–. Pareces un marido enamorado.

Andreas se acercó a la ventana por si la veía llegar.

–Estás conduciendo un coche muy caro y necesitas las dos manos, no una sola.

–No voy a cargarme tu precioso coche –replicó ella, antes de cortar la comunicación.

Sienna detuvo el coche frente a la entrada de la villa, pero no tuvo tiempo de quitar la llave del contacto porque Andreas abrió la puerta, furioso.

–¿Por qué no me has llamado?

–No exageres, solo ha sido un arañazo.

Él tomó su mano vendada.

–¿Cuántos puntos te han dado?

–Cinco –respondió ella.

–¿Cinco puntos? –exclamó Andreas, alarmado–. Eso no es un arañazo. Podrías haber perdido un dedo.

–Pero no lo he perdido.

–Ese perro tiene que irse de aquí. Le pediré a Franco...

–No vas a hacer nada. Si le haces algo al perro, te juro que no vuelvo a dirigirte la palabra en mi vida.

Sus ojos se encontraron entonces.

–¿Por qué estás tan decidida a rescatar a un perro que, claramente, no quiere ser rescatado?

Sienna levantó la barbilla, retadora.

–Claro que quiere ser rescatado, lo que pasa es que no sabe en quién confiar. Pero lo hará, solo hay que ser paciente.

Andreas masculló una palabrota mientras la tomaba del brazo para llevarla al interior de la casa.

–Me va a dar un ataque al corazón por tu culpa, *ma petite*. No sabía que una mujer tan pequeña pudiese provocar tal caos.

Sienna lo miró, con gesto impertinente.

–Menos mal que solo van a ser unos meses, ¿no? Cuando esto termine podrás volver a tu ordenada vida y olvidarte de mí.

–Lo estoy deseando –murmuró Andreas.

Capítulo 10

SIENNA despertó durante la noche, cuando pasó el efecto del anestésico. Los analgésicos que le había dado el médico seguían en su bolso, dentro del coche... el nerviosismo de Andreas había hecho que lo olvidase.

Suspirando, apartó las sábanas y bajó al primer piso. Cuando pasaba frente al estudio de Andreas vio luz por debajo de la puerta y lo oyó teclear en su ordenador...

Sienna pasó de puntillas, pero uno de los tablones del suelo crujió y la puerta del estudio se abrió de golpe.

–¿Qué haces?

–Iba a salir...

–¿Para qué?

–Me he dejado el bolso en el coche y dentro están los analgésicos que me ha dado el médico.

–¿Por qué no me lo has pedido?

–Porque me ha empezado a doler ahora –respondió ella.

–Sube a tu habitación, yo te lo llevaré.

Sienna volvió a su habitación, suspirando, y se dejó caer sobre la cama. Unos minutos después, Andreas subió con el bolso y un vaso de agua.

–Gracias.

–¿Te duele mucho?

–No, solo un poco –respondió ella, después de tomar una pastilla.

Andreas tenía una mano apoyada en la cama, a pocos centímetros de la suya, y movió un poco el pulgar para acariciarla. Ese simple roce fue suficiente para provocar una tormenta en su interior.

Miraba su boca y era como si estuviera besándola, tanto que le quemaban los labios y tuvo que pasarse la lengua por ellos.

Andreas levantó una mano para rozar su cara, trazando la curva de su labio superior con la yema del dedo en una caricia tan íntima...

–Te deseo –dijo Sienna.

Los ojos de Andreas, oscuros, intensos y serios, brillaban como nunca.

–¿Eres tú quien habla o los analgésicos?

–Soy yo –respondió ella, poniendo una mano sobre su cara–. Quiero que me hagas el amor.

Él tomó esa mano para besarla, el roce de sus labios obligándola a cerrar los ojos.

–Yo también te deseo –dijo Andreas–. Me estás volviendo loco.

–Creo que los dos estamos un poco locos. Nos odiamos, nos deseamos...

–Es una locura –asintió él, enterrando los dedos en su pelo.

El deseo que había entre ellos era explosivo, imparable, creando un río de lava ardiente entre sus piernas. Dejando escapar un suspiro de placer, Sienna se abrió para él y Andreas jugó con su lengua, bailando con ella, enseñándole cómo le gustaba.

La barrera del delgado camisón no era barrera en ahsoluto para sus manos. Al contrario, el roce de la tela intensificaba las sensaciones. Pero cuando Andreas apartó la tela y envolvió uno de sus pezones con la boca, haciendo círculos sobre la aureola, Sienna suspiró de placer, su corazón latiendo a un ritmo frenético.

–Vamos a quitarte esto –murmuró él, tirando del camisón. Sienna se sentía extrañamente cómoda sin ropa, notando cómo la devoraba con los ojos–. Eres increíblemente hermosa... y tu piel es como la seda.

–Quiero tocarte –Sienna empezó a desabrochar los botones de su camisa, pero no llegó muy lejos con una sola mano.

–Espera un momento –Andreas se apartó para ponerse en pie, mirándola mientras se quitaba la camisa.

Sienna seguía con los ojos cada movimiento. Verlo totalmente desnudo por primera vez la hacía temblar de anticipación. Era fibroso, fuerte, con un nido de vello negro entre las piernas del que brotaba su impresionante erección.

Él sacó un preservativo de la cartera y se tumbó a su lado.

–¿Estás completamente segura? –le preguntó–. No es demasiado tarde para echarse atrás. No quiero hacerte daño y tu mano...

–Mi mano está perfectamente –lo interrumpió Sienna–. Quiero esto, te deseo.

Andreas se tomó su tiempo, acariciándola por todas partes, haciéndola sentir algo que nunca había sentido antes. No conocía sus zonas erógenas y no sabía lo delicioso que era sentir sus caricias en el interior de los muslos...

No sabía que perdería la cabeza cuando él abrió suavemente sus femeninos pliegues con los dedos para luego acariciarlos con la lengua. Su cuerpo respondía con una energía sensual que la tomó por sorpresa. Era como una ola gigante que no terminaba nunca de envolverla, dejándola sin respiración, revolcándola hasta dejarla agotada, sin aliento.

Sienna abrió los ojos, atónita.

–Vaya...

–Y aún hay más –bromeó Andreas.

–¿Más?

Él esbozó una sonrisa que la hizo temblar de nuevo.

–Iré despacio –le prometió–. Eres muy estrecha y no quiero hacerte daño. Relájate, debes ajustarte a mí, no cerrarte.

Sienna suspiró de placer mientras se colocaba encima, apoyándose en las manos para no aplastarla. Le encantaba el roce de sus muslos, cubiertos de vello, y que la acariciase casi con reverencia, sin dejar de besarla, asegurándose de que estuviera húmeda antes de penetrarla y deteniéndose mientras su cuerpo se acostumbraba a la invasión.

Sienna sintió que sus músculos internos lo envolvían y se arqueó hacia él para estar más cerca...

–¿Te gusta?

Andreas pasó una mano por su pelo.

–Desde luego que sí –respondió.

Y luego, cerrando los ojos, empezó a moverse adelante y atrás, llevándola con él al paraíso.

Andreas miraba a Sienna dormir. Estaba tumbada de lado, con la mano vendada entre los dos, el pelo extendido sobre la almohada.

Había hecho el amor muchas veces y con muchas mujeres en su vida y siempre había disfrutado, pero hacerlo con Sienna era algo mucho más satisfactorio, una experiencia abrumadora que lo conmovía...

Claro que ella lo sorprendía continuamente, ese era parte de su encanto. Nunca sabía qué esperar de ella porque era totalmente impredecible.

Sienna abrió los ojos de repente y esbozó una sonrisa adormilada.

—He tenido un sueño asombroso. Un multimillonario guapísimo me hacía el amor... en la vida real le odio a muerte, pero en el sueño era mágico. ¿A que ha sido un sueño muy raro?

Andreas sonrió mientras acariciaba su mejilla.

—¿Seguro que lo odias a muerte en la vida real?

—Pues... no tanto como antes, pero no estoy enamorada de él ni nada parecido.

—¿Entonces cuál es el plan? ¿Una aventura corta para quitárnoslo de encima?

Ella pasó un dedo por su esternón, haciendo que el corazón de Andreas casi saltara de su caja.

—Ese es el plan —respondió—. Cinco meses más o menos serán suficientes, ¿no te parece?

Él estudió su boca durante un segundo.

—¿Y si el multimillonario guapísimo quisiera ampliar el plazo un poco más?

Sienna lo miró, en silencio.

—¿Por qué iba a querer eso?

—Tal vez le guste que tú desordenes su ordenada vida —respondió Andreas.

—No lo creo —dijo ella, haciendo esa cosa tan sexy con el dedo—. Nos volvemos locos el uno al otro.

Cuando rozó su erección, Andreas contuvo el aliento. Su suave piel era como un guante de seda...

Sienna sonrió mientras inclinaba la cabeza, su pelo haciéndole cosquillas en el abdomen cuando empezó a acariciarlo con la boca. Dejó escapar un gemido mientras lo lamía como un gatito, pero luego se convirtió en una tigresa que parecía querer devorarlo. Intentó apartarse, pero ella lo empujó contra la cama con expresión decidida.

–No te muevas.

–No tienes que hacerlo –dijo él, intentando recuperar el control.

–Tú me lo has hecho a mí.

–Eso es diferente –murmuró Andreas, con voz ronca.

–Todo vale en el amor y la guerra –le recordó ella.

–¿Y esto qué es, el amor o la guerra?

Sienna se apartó el pelo de la cara, en sus ojos un brillo travieso.

–La guerra –respondió, antes de inclinar la cabeza de nuevo para cantar victoria.

Capítulo 11

EN LAS semanas previas a la boda de su hermana, Sienna se asentó en la vida de Andreas como si siempre hubiera estado allí. Por tácito acuerdo, no hablaron del futuro, pero su aventura seguía siendo tan apasionada como esa primera noche.

Se había preguntado muchas veces si el ardor de Andreas se apagaría con el tiempo, pero no había sido así y se veía constantemente sorprendida por la capacidad de su cuerpo para sentir placer. Su mezcla de ternura y atrevimiento como amante la dejaba sin aliento. Solo tenía que mirarla de cierta manera y temblaba de anticipación. Se había vuelto más aventurera, más atrevida, y tenía más confianza en sí misma a medida que pasaban los días. Además, le gustaba pillarlo por sorpresa, seducirlo cuando menos lo esperaba.

Andreas era un amante generoso que la llenaba de regalos. Le había comprado una sofisticada cámara y un ordenador para guardar sus fotografías. Incluso la había animado a imprimirlas de manera profesional y había enmarcado algunas para colgarlas en su oficina de Florencia.

Sienna se preguntó si seguirían colgadas allí una vez que su matrimonio se hubiera roto.

El otro proyecto con el que Andreas la había ayudado era Scraps. Con mucho cuidado y paciencia, el perro empezaba a sentirse cómodo con ellos. Andreas se negaba a dejarlo entrar en casa, pero Sienna se contentaba con saber que Scraps estaba sano y feliz.

Por una vez en la vida, la prensa la dejó en paz. Parecían aceptar que Andreas y ella estaban felizmente casados y, aparte de alguna fotografía cenando en algún famoso restaurante o acudiendo a una gala benéfica, no los molestaban en absoluto.

Sienna sabía que no duraría, pero intentaba no pensar en ello. Empezaba a dársele muy bien no pensar en las cosas que la molestaban; la negación se había convertido en su constante compañera. En cuanto un pensamiento preocupante aparecía en su cabeza, ella lo apartaba. Como sus sentimientos por Andreas, por ejemplo.

Se negaba a pensar en lo que pasaría transcurridos los seis meses, cuando cada uno se iría por su lado.

En cuanto a lo que Andreas sentía por ella, sabía que era igualmente peligroso examinarlo de cerca. Él tenía un objetivo y, en unos meses, lo conseguiría. Se haría cargo del *château* y seguiría adelante con su vida. Sin ella.

Nunca hablaba de sus sentimientos. Era atento y afectuoso, incluso juguetón, pero alguna vez lo encontraba mirándola con el ceño fruncido, como si no estuviera seguro de qué iba a hacer con ella.

Sienna sospechaba que lo encantaba y lo frustraba al mismo tiempo.

Una mañana, Andreas entró en el dormitorio que compartían cuando estaba intentando decidir qué ropa debía llevarse a Roma para ayudar a su hermana con los preparativos de la boda.

–Has vuelto temprano.

Andreas frunció el ceño.

–¿Tienes que sacar todo del armario cuando vas a vestirte?

Sienna torció el gesto.

–Estoy intentando hacer la maleta.

–¿Por qué?

–Porque me voy a Roma, ¿recuerdas? A la boda de mi hermana. Si no quieres ir, no tienes por qué hacerlo, nadie te va a presionar. Imagino que ir a una boda de verdad donde la pareja se quiere te abriría los ojos.

–¿Qué significa eso?

–Averígualo tú mismo –respondió ella, sacando la maleta del armario.

–¿Se puede saber qué te pasa? –exclamó Andreas, tomándola por la muñeca.

–¿A mí? Eres tú quien se porta como un ogro. ¡Y quítame las manos de encima!

–Esta mañana no te importaba que te tocase.

–Pero ahora no quiero que lo hagas.

Andreas tiró de ella, apretándola contra su torso.

–Demuéstralo.

–No tengo que demostrar nada –dijo Sienna, empujándolo. Pero era como intentar mover un rascacielos.

–Dame un beso y te dejaré ir –le propuso Andreas.

–Muy bien –asintió ella, decidida a demostrarle que era capaz de resistirse. Haría con ese reto lo que hacía con los pensamientos que no eran bienvenidos: apartarlos de su cabeza–. Bésame, niño rico.

Andreas inclinó la cabeza, rozando la comisura de sus labios con la punta de la lengua. El roce de su barba la hacía sentir ese cosquilleo traidor entre la piernas...

–Estás haciendo trampas –protestó.

–¿Por qué?

–Has dicho que ibas a besarme, pero aún no me has besado.

–Estoy empezando a hacerlo –dijo Andreas, volviendo a rozar esa esquina de su boca.

Sienna dejó escapar un gemido. Aún no la había besado y, sin embargo, ya estaba temblando como un diapasón.

Por fin, cuando no pudo soportarlo más, agarró su cabeza con las dos manos para besarlo. Pero Andreas tomó el control de inmediato; la sensual invasión de su lengua destruyendo cualquier esperanza de resistirse. Sienna se apretó contra él, frotándose contra su erección, deleitándose con la sexual energía que había entre ellos.

–Quítate la ropa –dijo Andreas con voz ronca, mientras tiraba de su camiseta.

Sienna cayó sobre el colchón, dejando escapar un gemido. De alguna forma, sus vaqueros y zapatillas desaparecieron a toda velocidad y, de repente, estaba desnuda y temblando. Andreas abrió sus piernas y, después de ponerse un preservativo, se colocó entre ellas, moviéndose con un ritmo primitivo que le ponía la piel de gallina.

El ritmo era cada vez más rápido, la cruda urgencia haciendo que Sienna envolviera las piernas en su cintura, desesperada por retener la sensación el mayor tiempo posible.

Nunca había sentido nada así. Los espasmos sacudieron su cuerpo unos segundos antes de que Andreas se derramase en su interior; los músculos de su espalda y hombros relajándose por fin mientras los acariciaba.

En ese momento de silencio, cuando los dos estaban saciados y agotados, sintió que la coraza que cubría su corazón caía como si un escultor la hubiese arrancado con un cincel.

Y eso la asustó.

No podía dejar que pasara.

Tenía que matar aquel sentimiento antes de que echase raíces.

–Apártate –murmuró, empujándolo.

Andreas frunció el ceño.

–¿Qué ocurre, *ma petite*?

–¿Por qué siempre tienes que hablar en dos idiomas? Me desconcierta.

–Tú hablas los dos idiomas, de modo que no te desconcierta en absoluto.

–Estoy desconcertada –insistió Sienna, tomando un albornoz para cubrir su desnudez.

Andreas se levantó de la cama y puso las manos sobre sus hombros.

–¿Qué es lo que te desconcierta, *cara*?

Ella se apartó, fingiendo buscar algo en el armario.

–Creo que la boda de mi hermana me ha afectado más de lo que yo creía. Ha sido tan... diferente a la nuestra.

–¿Y eso es un problema?

–No –respondió Sienna–. ¿Por que iba a ser un problema? Nosotros no nos hemos casado enamorados y no tenemos toda la vida por delante. Esta aventura resulta entretenida, pero no quiero estar atada a ti más tiempo del necesario.

Andreas se quedó en silencio durante largo rato.

—¿Necesitas ayuda para hacer la maleta? —le preguntó por fin.

Ella se volvió para mirarlo.

—Puedo hacerlo sola. Creo que es hora de que aprenda a solucionar mis propios problemas.

—Tú no has creado este problema. La culpa es de mi padre.

—¿De verdad?

Andreas la miró, pensativo.

—Sospecho que mi padre quería darme una lección. Quería que entendiese lo difícil que es elegir entre lo que creo que quiero y lo que de verdad necesito.

—¿Y has decidido ya qué es lo que necesitas?

Él siguió mirándola en silencio durante unos segundos.

—Sé lo que quiero, pero no estoy seguro de lo que necesito.

—¿Y qué es lo que quieres? —le preguntó Sienna—. ¿Más dinero, más fama y notoriedad?

Andreas la apretó contra su pecho, haciendo que el corazón de Sienna latiese a un ritmo vertiginoso.

—Creo que tú sabes la respuesta a esa pregunta —respondió, antes de apoderarse de su boca una vez más.

Capítulo 12

ESTÁS absolutamente preciosa –dijo Sienna, mientras ajustaba el velo de Gisele–. Emilio se va a quedar sin palabras cuando te vea.

Su hermana sonrió, feliz.

–Andreas va a tener una reacción similar cuando te vea a ti. Estás guapísima.

–Gracias.

Sienna se acercó al espejo para darse un retoque de última hora antes de que Hilary, la madre de Gisele, volviese de la suite en la que estaba arreglándose el pelo. Con todo el jaleo, era la primera vez que estaba a solas con su hermana.

–¿Va todo bien? –le preguntó Gisele.

Sienna se volvió para mirar unos ojos azul grisáceo idénticos a los suyos. Todavía le seguía sorprendiendo el parecido entre ellas. Se parecían tanto y, sin embargo, eran tan diferentes.

–Estoy bien –respondió, esbozando una sonrisa.

Gisele puso una mano sobre su hombro desnudo.

–Andreas y tú sois felices, ¿verdad? Fue un noviazgo relámpago y a veces me he preguntado...

–Pues claro que somos felices –la interrumpió Sienna–. Todo va fenomenal.

–¿No lamentas que no hubiera invitados en tu boda?

–¿Por qué iba a lamentarlo?

Gisele la miró a través del espejo.

–Te he visto mirando a mi madre mientras me ayudaba a vestirme y parecías tan triste. Supongo que debió de ser muy difícil para ti casarte sin tener a tu madre... ¿es por eso por lo que quisiste una boda íntima?

Sienna dejó el brillo de labios sobre la mesa.

–Yo no soy como tú –mintió–. Nunca me ha interesado una gran boda. Para empezar, no sabría organizarla y seguramente se me olvidaría invitar a las personas más importantes o pediría las flores del color equivocado... en fin, no es lo mío.

Gisele sonrió mientras apartaba de su frente un mechón de pelo.

–Eres buena para Andreas –le dijo–. En la cena de la otra noche me di cuenta de que a veces es un poco estirado y distante, tal vez porque lo educaron de una manera muy estricta. No se siente cómodo dejando que la gente se acerque demasiado a él, pero he visto cómo te mira, Sienna. Es como si no pudiera creer lo afortunado que es de haber encontrado a alguien como tú.

Sienna tomó la brocha del colorete, aunque no la necesitaba porque sus mejillas tenían más que suficiente color en ese momento.

–Los dos somos afortunados.

Aunque solo fuera durante unos meses, pensó.

–Será un padre maravilloso –dijo su hermana–. ¿Habéis hablado ya de formar una familia?

Sienna apartó la mirada.

–No, aún no. Él no... no está preparado todavía.

Gisele esbozó una alegre sonrisa.

–Es que tengo una noticia que darte. Me preguntaba si era por eso por lo que Andreas y tú os habíais casado a toda prisa y me parecía tan emocionante que las dos estuviéramos embarazadas al mismo tiempo.

Sienna se volvió tan rápido que estuvo a punto de perder el equilibrio.

–¿Estás embarazada?

–Sí –respondió Gisele, con una radiante sonrisa–. Emilio está muy contento y no se lo hemos contado a nadie todavía, aparte de mi madre, pero quería que tú fueras la primera en saberlo. Vamos a tener gemelos.

–¡Gemelos! –Sienna abrazó a su hermana, intentando desesperadamente ignorar la punzada de envidia que sentía.

No estaba bien tener celos de Gisele. Ella no era la que había anhelado una familia desde que era una cría y no sabría qué hacer con un bebé. Ni siquiera había tenido uno en sus brazos jamás.

¿Qué derecho tenía a preguntarse cómo sería tener un hijo? ¿Sentir esos diminutos miembros moviéndose dentro de ella? ¿Tener en sus brazos a su hijo recién nacido? ¿Respirar su delicioso olor a bebé mientras acariciaba su cabecita?

El anhelo de tener un hijo la sorprendió porque llevaba con él un dolor que era como un peso en el corazón. No habría bebés para ella, Andreas ya había dejado claro que jamás la querría como madre de sus hijos. Y cada vez que hacían el amor usaba preservativo...

Pero no podía imaginarse a sí misma haciendo el amor o besando a otro hombre y no querría el hijo de otro hombre.

–¿Sabes si son gemelos idénticos? –le preguntó a su hermana, pensando en esos dos bebés abrazados como debieron de estarlo Gisele y ella en su momento.

–Sí, la ecografía muestra que comparten la misma placenta.

–¿Y el sexo? ¿Sabes si son niños o niñas?

–Niños –respondió Gisele, poniendo una mano sobre su abdomen–. Después de perder a Lily, jamás pensé que volvería a quedar embarazada, pero esta vez va a ser diferente. Noto que es diferente.

La puerta se abrió en ese momento y Hilary entró en la suite, muy elegante con su nuevo peinado.

–¿Lista, cariño? –le preguntó a Gisele–. Emilio está esperando a su futura esposa.

Sienna le entregó el ramo de flores, intentando sonreír mientras por dentro sentía como si estuviera muriéndose.

Ya había perdido la oportunidad de amar.

¿Habría perdido también la oportunidad de ser madre?

Andreas sintió que su corazón daba un salto dentro de su pecho al ver a Sienna recorriendo el pasillo de la iglesia delante de su hermana. Llevaba un vestido largo de color café con un lazo de color crema atado en la cadera y el cabello elegantemente peinado. Estaba preciosa... claro que también lo estaba su hermana.

Andreas apartó la mirada de Sienna para mirar a Gisele, que parecía flotar por el pasillo de la iglesia con un vestido de satén color marfil y un precioso velo sujeto por una tiara de diamantes. Antes de la cena del día anterior solo la había visto en fotografías y su parecido con Sienna era asombroso, pero en persona era irreal. Era como ver a Sienna en un espejo.

Pensó entonces, con cierto sentimiento de culpa, que así era como Sienna debería haberse casado, como una novia de verdad.

¿Habría querido ella una ceremonia así?

De inmediato, se sintió como un idiota.

¿No soñaban todas las chicas con una boda de cuento de hadas?

Durante el servicio religioso, Sienna miraba a su hermana y al novio con una sonrisa en los labios, pero Andreas no sabía si tenía los ojos empañados de felicidad o de tristeza. Estaba un poco pálida, pensó, y la vio pasarse la lengua por los labios un par de veces, como si estuviera nerviosa.

Pero lo que más lo sorprendió fue que la ceremonia lo conmoviese. Él había ido a muchas bodas y siempre le habían parecido largas y aburridas. Nunca se le había hecho un nudo en la garganta cuando el novio prometía amar y respetar a la novia para siempre.

Emilio Andreoni era un hombre enamorado y se le rompió la voz en un par de ocasiones mientras hacía esas promesas...

Andreas se preguntó si Sienna estaría pensando en su primer beso, mientras se prometían falso amor eterno. Recordaba la electricidad de ese beso cada vez que la besaba desde entonces. La deseaba cada minuto del día... había esperado que el deseo desapareciera, pero era todo lo contrario.

¿Los cinco meses que quedaban serían suficientes para él?

Como era la dama de honor, Sienna estuvo separada de Andreas durante casi todo el banquete y eso aumentó su ansia por ella. Andreas estaba deseando que terminasen las formalidades para poder hacerla suya de nuevo y apretó los puños al ver que un amigo del novio la tomaba por la cintura en la pista de baile...

Él nunca había sentido celos de nadie, pero en aquel momento los sentía y tuvo que apretar los dientes hasta que le dolió la mandíbula.

¿Estaba Sienna tonteando con ese hombre? Lo miraba con esa sonrisa suya tan radiante, su mano izquierda sobre su hombro, la del hombre en su cintura mientras bailaban un romántico vals.

Andreas se levantó de la silla para ir a la pista.

—Me gustaría bailar con mi mujer.

El joven soltó a Sienna y dio un paso atrás.

—Sí, claro –murmuró, antes de alejarse.

Sienna lo miró, sacudiendo la cabeza.

—¿A qué estás jugando? Tenía que bailar con él, es el mejor amigo de Emilio.

—He decidido interrumpir antes de que hicieras el ridículo.

—¿Yo? Eres tú quien está haciendo el ridículo.

—El único hombre con el que deberías bailar soy yo. Estamos casados, ¿recuerdas?

—Solo durante cinco meses más –lo retó Sienna–. Después de eso, seré libre para estar con quien me dé la gana.

–Pero, por el momento, eres mi mujer y espero que actúes de ese modo.

–En realidad, no soy tu mujer. Todo esto es una farsa, un juego absurdo. Me sorprende que nadie se haya dado cuenta, pero estoy segura de que Gisele sospecha algo.

–¿Por qué lo dices?

–Porque me ha hecho muchas preguntas sobre nuestro matrimonio y sobre la razón por la que no quise una boda con muchos invitados –respondió Sienna.

Andreas la llevó bailando hasta una columna, lejos de las miradas de los demás invitados.

–¿Te gustaría haber tenido una boda normal?

–Lo dirás de broma –respondió ella, desdeñosa–. Esto no es un matrimonio, es una patraña. Menos mal que no tuvimos que mentir delante de un sacerdote, en una iglesia llena de invitados. Además, para Gisele es diferente. Mi hermana está enamorada de Emilio y él de ella.

Andreas sostuvo su mirada durante unos segundos y vio que se mordía los labios.

–¿Qué te pasa, Sienna?

–Nada.

–Te conozco bien y sé que te pasa algo, *ma petite*. Siempre te muerdes los labios cuando estás nerviosa o triste.

Ella respiró profundamente.

–Me he puesto sentimental, eso es lo que pasa.

–Ha sido una boda muy conmovedora, es verdad –asintió Andreas–. Es evidente que Gisele y Emilio están enamorados. Nunca había visto una novia más radiante.

–Está embarazada. Van a tener gemelos.

–¿En serio? Imagino que estarás muy contenta por ella.

–Sí, lo estoy –Sienna volvió a morderse los labios, apartando la mirada.

–¿Seguro?

–Menos mal que nosotros usamos siempre preservativo –dijo ella entonces, apartándose–. ¿Te puedes imaginar lo niños tan insoportables que tendríamos tú y yo? Si tuviéramos gemelos, seguro que estarían peleándose desde el momento de la concepción. Me saldrían estrías de las patadas.

Andreas sintió un pellizco en el estómago al imaginar a Sienna embarazada, su cuerpo hinchándose a medida que pasaban los meses. Imaginó a dos niñas de pelo rubio como ella o dos niños de pelo oscuro como él... o uno de cada. Se imaginó a sí mismo viéndolos nacer, teniéndolos en sus brazos, queriéndolos y protegiéndolos para siempre.

Pero puso el freno a tales pensamientos como un piloto de carreras intentando evitar un accidente.

En cuestión de meses tendrían todo lo que querían, se dijo. Él tendría el *château* de Chalvy y Sienna tendría su dinero. No necesitaba la complicación de estar atado a ella para siempre.

La pasión se acabaría tarde o temprano. Su matrimonio era un error, una mentira provocada por los manejos de su padre.

Él no sería un esclavo del deseo.

La pasión se acabaría.

Tenía que ser así.

–Deberíamos volver al banquete –le dijo–. Todo el mundo estará preguntando dónde nos hemos metido.

Capítulo 13

ERA TARDE cuando volvieron al hotel. Sienna se quitó los zapatos y tiró el chal sobre la cama, cansada y triste. Andreas apenas había dicho una palabra desde que volvieron al banquete. Había bailado con ella, pero sus movimientos eran mecánicos, como su relación.

Su matrimonio era una mentira.

Era una farsa comparada con el de su hermana y la hacía sentir como un fraude. ¿Cómo podía haber aceptado algo tan distinto a lo que siempre había querido?

No podía seguir así, decidió, contando mentira tras mentira a todo el mundo. ¿Cuánto tardaría Andreas en darse cuenta de la verdad? Y entonces se convertiría en objeto de compasión, como su madre. Sería la mujer que no era lo bastante bella o lo bastante buena como para retener a Andreas Ferrante.

–Me voy –dijo él entonces.

–¿Qué? –exclamó Sienna–. Pero si es la una de la mañana.

–Necesito un poco de aire fresco.

Ella se encogió de hombros, como si no le importase.

–No te esperaré despierta –le dijo, quitándose las horquillas del pelo.

–Tengo que irme a Washington unos días y le pedido a Franco que venga a buscarte por la mañana.

–¿No quieres que vaya contigo?

–Estaré muy ocupado. El empresario para el que estoy diseñando la colección de muebles quiere que conozca a un colega suyo.

Sienna odiaba sentirse como una amante que había dejado de interesar. ¿Era así como se había sentido su madre? ¿Descartada, traicionada?

Se le encogió el corazón al ver la expresión indescifrable de Andreas. No era importante para él, pensó. ¿Cómo podía haber dejado que eso ocurriera? Había traicionado todos sus valores.

Andreas la había utilizado y se sentía seguro sabiendo que no tenía nada que perder. Si se marchaba, conseguiría lo que quería, lo que siempre había querido, un montón de piedras y cemento, no a ella. Había sido una tonta por creer otra cosa.

–¿No te preocupa lo que diga la prensa?

–Tengo que llevar un negocio, Sienna. No quiero distraerme cuando puedo conseguir un contrato tan importante.

–Muy bien. Entonces, nos veremos cuando nos veamos.

Él no respondió, pero el sonido de la puerta al cerrarse fue respuesta más que suficiente.

–¿Cómo que no está aquí? –exclamó Andreas cuando volvió a la villa una semana después.

Elena levantó las manos en un gesto de inocencia.

–La señora me pidió que le dijera que todo ha terminado. No quiere seguir siendo su esposa.

Andreas tuvo que contener una exclamación.

–¿Cuándo se marchó?

–El día después de la boda de su hermana. Intenté convencerla de que esperase unos días, pero me dijo que había tomado una decisión firme.

–¿Por qué no me llamaste entonces para contármelo?

–Sienna me hizo prometer que no lo haría.

–Deberías haberme informado, Elena. Era tu obligación.

–Tal vez usted debería haberla llamado todos los días, como habría hecho un buen marido. Tal vez entonces Sienna no se habría marchado –le espetó el ama de llaves.

Andreas se pasó una mano por el pelo.

–¿Dónde demonios estará?

–No me dijo dónde iba, pero dejó esto para usted –Elena le entregó el anillo de su madre.

Andreas cerró los puños, airado. No se le había ocurrido pensar que Sienna pudiera marcharse. ¿No quería el dinero? Si se marchaba, el acuerdo quedaba roto automáticamente y no conseguiría un céntimo.

Un mes antes, eso le habría hecho dar saltos de alegría, pero en lo único que podía pensar en ese momento era en recuperarla.

La llamó al móvil, pero como esperaba saltó el buzón de voz.

–Debe de haber dejado alguna pista sobre dónde está. ¿Se ha llevado el pasaporte?

–Creo que sí –Elena suspiró–. El pobre Scraps está

tan triste que no come y empiezo a preocuparme por él.

Andreas dejó escapar un bufido.

–Eso demuestra cuánto le importaba ese perro.

–Sienna lo quiere mucho.

–Si lo quisiera, no se habría ido.

–A lo mejor no sabe si él la quiere –sugirió Elena, mirándolo a los ojos.

–¿No tienes trabajo que hacer? –le espetó Andreas.

–Sí, *signor* Ferrante –respondió ella–. Pero sin Sienna, aquí no hay mucho que hacer. Ella hacía que la casa estuviera llena de vida.

Andreas salió al jardín a buscar a Scraps, pero el animal apenas levantó la cabeza al verlo.

–Me han dicho que no comes –murmuró, sentándose a su lado en la hierba–. ¿Qué te pasa?

El perro dejó escapar un triste suspiro.

–No contesta al teléfono. Le he dejado cien mensajes... lo está haciendo a propósito para volverme loco, claro. Quiere que le suplique que vuelva, pero no pienso hacerlo. Yo no pierdo nada si se rompe esta relación, es ella quien más tiene que perder. Yo me quedaré con el *château*, que era lo que quería desde el principio.

Scraps emitió un gemido, mirándolo con sus ojos castaños.

–Ya sé lo que estás pensando, que soy un idiota por mentirme a mí mismo –siguió Andreas, arrancando una brizna de hierba–. Y tienes razón, me da igual el *château*, no quiero vivir allí a menos que ella viva conmigo. Y tampoco quiero vivir aquí... odio que Sienna sea tan desordenada, pero ahora todo está tan limpio y organizado. Me vuelve loco, pero daría cualquier cosa por tenerla aquí otra vez. No sé dónde está o con quién está. Y no sé si volverá algún día, Scraps. ¿Qué voy a hacer? ¿Suplicarle de rodillas que vuelva?

Scraps movió la cola, mirándolo con ojos sabios.

–Tienes razón, estoy loco por ella –admitió Andreas, dejando escapar una risa amarga–. Y no es solo deseo, nunca ha sido eso. Sienna es lo mejor que me ha pasado en la vida. Estoy enamorado de ella –Andreas frunció el ceño, sorprendido consigo mismo–. No puedo creer que haya dicho eso. Nunca he querido a nadie aparte de mi madre y mi hermana, pero ese cariño es diferente –siguió, acariciando la cabeza del perro–. ¿Y si ella no me quiere? Quedaré como un idiota si le digo lo que siento y Sienna se ríe en mi cara.

Scraps dejó escapar otro suspiro perruno, apoyando la cabeza entre las patas.

–No voy a decírselo por teléfono, claro. Voy a buscarla –Andreas se levantó, decidido–. Tengo que decírselo cara a cara. Cree que es más lista que yo, pero no es verdad.

Scraps se levantó también, como si quisiera seguirlo.

–Si quieres entrar en casa, haré una excepción por esta vez. Pero nada de saltar en los sofás y está absolutamente prohibido subirse a la cama. ¿Lo entiendes?

La casita frente al mar en South Harris, Escocia, era el escondite perfecto. Sienna podía pasear por las interminables y solitarias playas de la isla pensando en su futuro, en su solitario futuro sin Andreas. Había esperado que la llamase mientras estaba en Washington, pero no lo había hecho...

Y había llegado el momento de rehacer su vida, una vida que no lo incluía a él; una vida sin pasión, sin amor, una vida triste y solitaria, todo lo contrario a lo que tenía su hermana. ¿Cómo podían dos personas idénticas tener vidas tan diferentes?

Había llamado a Gisele para decirle que se había marchado de Italia, pero no quiso contarle dónde estaba porque sabía que se lo contaría a Andreas y no estaba preparada para hablar con él. Andreas Ferrante había tenido su oportunidad y la había desaprovechado.

Sienna había apagado el móvil desde entonces y solo comprobaba los mensajes de vez en cuando. Había literalmente cientos de mensajes de Andreas, desde tranquilos y hasta amables a intransigentes, exigiendo que volviera a Florencia de inmediato.

Sienna los había borrado todos, deseando poder borrar sus recuerdos del mismo modo.

En la cama, por las noches, mientras el viento golpeaba el acantilado, pasaba horas pensando en Andreas, en sus caricias, en sus besos.

Llevaba en la isla casi quince días y no había leído un solo periódico o una revista desde entonces. Había evitado buscar noticias en la red porque no quería saber qué decía la prensa sobre la ruptura de su matrimonio. Pero mientras paseaba por la playa una mañana había escuchado un mensaje de Gisele alertándola sobre una entrevista en la que hablaban, una vez más, de la escandalosa cinta de vídeo que circulaba por Internet. Aparentemente, el hombre con el que se acostó había decidido dar una exclusiva al saber que era la esposa de un magnate.

Sienna leyó la entrevista con el estómago encogido, reviviendo la vergüenza y la angustia que sintió entonces. Según la versión del hombre, ella se había portado como una fulana...

¿Dónde podía esconderse de aquello? ¿La perseguiría durante toda su vida?

El siguiente mensaje de Gisele contenía un enlace y Sienna lo pinchó.

El magnate franco-italiano Andreas Ferrante presenta cargos por difamación contra Eric Hogan sobre la supuesta noche, dos años atrás, que el señor Hogan pasó en Londres con su esposa, la señora Ferrante, y que quedó grabada en una cinta de vídeo que circula por Internet. El caso será largo y caro, pero Andreas Ferrante afirma que no parará hasta limpiar el nombre de su esposa. La policía está investigando si Hogan podría haber echado algo en la bebida de la entonces señorita Baker y parece que han aparecido algunos testigos...

El corazón de Sienna latía con tal fuerza que apenas podía respirar. Leyó el artículo de nuevo, con los ojos empañados...

Andreas estaba defendiéndola.

Públicamente, además. Estaba luchando por limpiar su honor, sin pensar en el dinero que eso le costaría ni en el escándalo que iba a provocar.

Sienna se dirigía a la casa para hacer la maleta cuando una alta e imponente figura apareció por el camino. El viento desordenaba su pelo y sus ojos eran tan tormentosos como el cielo.

–Espero que tengas una buena razón para no devolver mis llamada –le espetó Andreas–. ¿Tú sabes los problemas que me has causado? He gastado una fortuna buscándote... ¿por qué no me has llamado? ¿Tan difícil era?

Sienna se lo comía con los ojos.

La había defendido.

–Muy bien, no respondas, me da igual –siguió él–. Pero dime una cosa: ¿por qué te fuiste de repente?

–¿Cómo me has encontrado? –preguntó Sienna.

–Gisele me dijo que le había parecido escuchar gaitas de fondo durante una de vuestras conversaciones –respondió Andreas–. El resto es obra de un investigador privado. ¿Tú sabes lo que está diciendo la prensa?

Sienna se apartó el pelo de la cara.

–No he leído los periódicos desde que llegué aquí. Siento mucho si te lo han hecho pasar mal...

–No estoy hablado de eso. Ya me he encargado del sinvergüenza de Hogan y te aseguro que no volverá a hablar de ti en toda su vida. ¿Cómo has podido pensar que no estaría preocupado por ti? ¿Te das cuenta de que quedé como un tonto delante de todo el mundo cuando volví a Florencia y tú habías desaparecido?

–Podrías haberme llamado cuando estabas en Washington, pero no lo hiciste. Te estaba dando a probar tu propia medicina.

–¿Te das cuenta de que no vas a conseguir un céntimo? Has roto el acuerdo, de modo que todo será para mí.

—Siempre ha sido todo tuyo, Andreas —replicó ella—. La ironía es que he pasado toda mi vida envidiando a los ricos como tú, pensando que tener propiedades me haría feliz, pero me he dado cuenta de que las posesiones y el prestigio nunca pueden compensar por lo que es realmente importante en la vida. Todo eso no es nada si no tienes amor.

—¿Y crees que no te quiero? —le espetó Andreas—. Llevo quince días buscándote, he dejado de trabajar... y no me hagas hablar del contrato que he perdido en Estados Unidos. Estaba demasiado ocupado buscándote como para hacer otra cosa. ¿Cómo te atreves a acusarme de no quererte?

Sienna lo miraba, perpleja.

—¿Me quieres? ¿No lo dices solo para salvar la cara y llevarme de vuelta a Florencia?

—¡Lo digo porque es verdad, maldita sea! Me encanta tu absurdo sentido del humor, que seas tan desordenada, que hayas domesticado a un perro vagabundo lleno de pulgas que ya no puede vivir sin ti... tu sonrisa, tu risa, ese brillo travieso en tus ojos. Me encanta tenerte entre mis brazos y que digas una cosa cuando estás pensando lo contrario —Andreas llevó aire a sus pulmones—. ¿Me he dejado algo?

Sienna esbozó una sonrisa.

—No, creo que lo has dicho todo.

Él soltó una carcajada, apretándola contra su pecho mientras respiraba el aroma de su perfume.

—Serás bruja. Te quiero tanto que me duele.

—¿Dónde te duele?

–Aquí –respondió Andreas, tocándose el corazón.

Sienna tuvo que parpadear para contener las lágrimas.

–Me he sentido tan sola desde la boda de Gisele y Emilio... pero no podía seguir viviendo una mentira. Tu padre hizo mal al organizar este matrimonio, fue cruel y manipulador.

–Lo sé, *ma petite* –asintió él, acariciando su mejilla–. Ver el amor que Emilio siente por tu hermana me hizo abrir los ojos. Durante toda mi vida he evitado compromisos emocionales, pero contigo era diferente, siempre ha sido diferente. Aunque creo que no supe cuánto te quería hasta que vi cómo se portaba Scraps después de que te fueras.

–¿Está bien? He llorado tanto pensando en él.

Andreas sonrió.

–Ha decidido que el establo ya no le gusta y se ha aposentado en la villa. Le gusta particularmente tumbarse en el sofá para ver la televisión.

Sienna sonrió mientras le echaba los brazos al cuello.

–Ese es mi chico. Siempre supe que podría domesticarlo. Solo tenía que ser paciente.

Andreas la apretó contra su corazón.

–Quiero que tengamos una boda de verdad, una de esas bodas de cuento de hadas con un velo largo, zapatos de cristal y todo lo que tú quieras.

Sienna dejó escapar un suspiro de felicidad mientras miraba los queridos ojos pardos.

–Solo te quiero a ti. ¿Qué más podría querer?

–¿Qué tal un par de hijos? Dijiste que no querías tenerlos, pero...

–Ahora que lo mencionas, no estaría mal tener un niño o dos.

Andreas besó la punta de su nariz.

–Me gusta la idea de verte embarazada y creo que deberíamos ponernos a ello. ¿Qué dices?

–Suena estupendo.

Andreas se apartó un momento para mirarla a los ojos.

–¿Te das cuenta de que aún no has dicho que me quieres? Yo gritando que estoy loco por ti y tú no me dices nada.

–Te quiero –Sienna sonrió, más feliz que nunca–. Te quiero con todo mi corazón. Creo que siempre te he querido, incluso cuando te odiaba. ¿Tiene sentido?

Andreas esbozó una indulgente sonrisa.

–Tiene todo el sentido del mundo, mi adorable bruja –respondió, antes de apoderarse de sus labios.

BIANCA

MELANIE MILBURNE

DIAMANTES EN ROMA

Emilio Andreoni, importante hombre de negocios y el soltero más codiciado de Italia, quería la perfección en todo. Para culminar su éxito, solo necesitaba una cosa más… ¡La mujer perfecta! En el pasado, había creído encontrarla, Gisele Carter; pero un escándalo había hecho que rompiera su aparentemente perfecto compromiso matrimonial.

Sin embargo, dos años después de la ruptura, Emilio tuvo que enfrentarse a unas pruebas irrefutables y reconocer la inocencia de Gisele.

ENEMIGOS ANTE EL ALTAR

La última vez que Andreas Ferrante vio a Sienna Baker ella había intentado ingenuamente seducirlo. Aunque su provocativa sensualidad estaba grabada en su memoria, las terribles consecuencias de ese momento lo habían atormentado desde entonces, de modo que la noticia de que debía casarse con ella le parecía impensable…

N.º 501

Volver a ver a Andreas años después hizo que Sienna recordara aquella terrible humillación. Y en cuanto a casarse con él… tendrían suerte si aguantaban toda la ceremonia sin armar un escándalo.

Pero había una fina línea entre el amor y el odio… ¿Las llamas del odio se volverían pasión incandescente durante su noche de bodas?

¡YA EN TU PUNTO DE VENTA!

DESEO

EMILIE ROSE
PAPÁ POR SORPRESA

Pierce Hollister necesitaba una niñera urgentemente. Anna Aronson, la mujer perfecta para el puesto, ya tenía un bebé, por lo que aquel hombre solitario se encontró viviendo en una casa llena de niños. Entonces una complicación surgida del pasado amenazó con destruirlo todo. ¿Defendería el papá millonario lo que era suyo?

JULES BENNETT
AL PRECIO QUE SEA

Anthony Price, el director más famoso de Hollywood, siempre conseguía lo que quería. Sin embargo, la vida le ofreció un guion de lo más inesperado cuando obtuvo la custodia de su sobrina huérfana. Necesitaba a su mujer más que nunca… pero ella se había marchado tres meses atrás. Para conseguir que volviera, tenía que demostrar que estaba dispuesto a anteponer la familia a su carrera.

N.º 565

MERLINE LOVELACE
SECRETO MORTAL

Grace Templeton, cumpliendo la promesa que le había hecho a su prima en el lecho de muerte, dejó a un bebé en la puerta de los Dalton y, a continuación, se ofreció a trabajar como niñera para intentar descubrir cuál de los gemelos Dalton era el padre. La promesa incluía proteger al bebé, pero no enamorarse del hombre que al final resultó ser el padre de Molly.

DESEO

MAYA BANKS

ARRÁSTRAME AL PARAÍSO

El magnate Theron Anetakis solo tenía un problema… y acababa de entrar en su despacho. Después de ocupar su puesto en las oficinas de Nueva York, Theron pretendía casarse y formar una familia para consolidar su futuro, pero no se esperaba aquello. La pequeña Isabella Caplan se había convertido en una voluptuosa joven con planes propios, y esos planes no incluían dejar que el administrador de la fortuna de su padre la casara con otro hombre. Llevaba muchos años loca por Theron y había llegado el momento de seducir al ardiente magnate hotelero.

N.º 566

AVENTURA SECRETA

Tras una increíble noche de pasión, Jewel Henley descubrió que el exótico extranjero que la había vuelto loca era su nuevo jefe, Piers Anetakis. Y antes de poder ofrecerle una explicación, se encontró sin trabajo… y embarazada.

Cinco meses después, Piers al fin dio con ella. Decidido a explicarle los errores cometidos, se encontró con una innegable evidencia: Jewel estaba embarazada de su hijo. Su honor griego le exigía pedirle matrimonio, pero ¿había entre ellos algo más que lujuria? ¿Bastaría para que su matrimonio de conveniencia durase?

JAZMÍN™

ANNE WEALE
CUANDO NUNCA SE HA AMADO

Cally iba buscando un poco de paz y tranquilidad cuando llegó a aquel pueblo de España... pero la llegada del misterioso millonario Nicolás Llorca lo cambió todo.

Los encantos de aquel hombre resultaban extremadamente difíciles de resistir. Aunque estaba decidida a alejarse de él, su seguridad empezó a tambalearse cuando Nicolás le hizo una oferta que no pudo rechazar.

MARION LENNOX
AMOR EN PALACIO

Tammy era la tutora de su sobrino huérfano, Henry, que algún día sería príncipe de un país europeo. Marc, el príncipe regente, quería educar a Henry en la realeza. Pero Tammy, una combativa australiana, no tenía tiempo para los títulos y quería darle a su sobrino todo el amor que necesitaba... aunque tuviera que mudarse al palacio.

Y mientras Tammy y Marc se enfrentaban por el futuro del bebé, la pasión que nació entre ellos se hizo imposible de resistir.

N.º 586

CATHIE LINZ
UN HOMBRE DE PALABRA

Según Kate Bradley, los hombres guapos y temerarios no eran buenos maridos. Pero eso no le impedía fantasear con Striker Kozlowski, el marine a quien había adorado en secreto desde los diecisiete años. Ahora, tenía que asegurarse de que Striker cumpliera la voluntad de su abuelo... y de mantener ocultos sus verdaderos sentimientos.

DESEO

*Estaba dispuesto a hacer lo posible
por recuperar a su hijo*

TENTACIONES
Y SECRETOS

BARBARA
DUNLOP

N.º 237

Después del instituto, T.J. Bauer y Sage habían seguido caminos distintos. Un asunto de vida o muerte volvió a reunir al empresario y a la mujer que había mantenido en secreto que tenía un hijo suyo. Pero T.J. no quería ser padre a tiempo parcial. El matrimonio era la única solución… hasta que el deseo reavivado por su esposa, que lo era solo de nombre, cambió radicalmente lo que estaba en juego.

¡YA EN TU PUNTO DE VENTA!

DESEO

Necesitaba un soltero de alquiler

DIGNO
DE AMAR

KATHERINE GARBERA

N.º 2196

Corrine Martin necesitaba un acompañante para los actos sociales, y aquella subasta en la que consiguió al guapísimo Rand Pearson fue la respuesta a todos sus problemas. Corrine había sufrido demasiado en el pasado, por eso no quería ningún tipo de compromiso sentimental... ni siquiera con alguien tan irresistible como Rand. Pero no esperaba que el deseo se interpusiera en sus planes.

Para Rand, Corrine era el único punto de luz en una vida oscurecida por un terrible secreto; el problema era que quería mucho más de ella que una aventura sin compromisos.

¡YA EN TU PUNTO DE VENTA!